글 카챠 브란디스

1970년에 태어나 미국학과 영문학, 독일학을 공부한 뒤 언론사에서 기자로 일했다. 어린 시절부터 계속해서 글을 써 왔으며, 어린이 독자를 위한 수많은 소설을 출간했다. 지금은 남편과 아들, 그리고 고양이 세 마리와 함께 독일 뮌헨 근처에 살고 있다.

그림 클라우디아 칼스

어렸을 때부터 작가나 예술가가 되길 꿈꿨다. 두 갈래 길에서 고민하던 중 삽화를 배우기로 결심하고, 함부르크응용과학대학에서 삽화와 커뮤니케이션 디자인을 전공하며 꿈을 이루었다. 검증된 디자이너로서 함부르크에서 그림책, 어린이와 청소년을 위한 책, 비소설류의 삽화와 포스터 작업을 하고 있다.

옮김 윤영철

한국외국어대학교에서 공부했고, 여러 나라에서 생활하며 통번역을 포함한 다양한 경험을 했다. 특정 장르에 대한 선호 없이, 문학과 음악, 미술 등 인간의 삶을 좀 더 풍성하게 만드는 활동 모두를 좋아한다. 최근 『별을 쫓는 자들 3권. 연기 나는 산』을 번역했고, 책을 좋아하는 아내와 책 중독을 물려받은 딸과 함께 남양주에 살고 있다.

WOODWALKERS
우드워커

1 기억을 잃은 소년

2024년 12월 20일 초판 인쇄

글 카챠 브란디스 | **그림** 클라우디아 칼스 | **옮김** 윤영철

기획 이성애 | **편집** 한명근 | **교정·교열** 권혜정
마케팅 한명규 | **디자인** 김성엽의 디자인모아

발행처 ㈜가람어린이

출판등록 2002년 9월 16일 제2002-000291호
주소 경기도 고양시 덕양구 삼원로 63, 1015호
전화 02-323-2160 | **팩스** 02-6008-2150
전자우편 garambook@garambook.com
블로그 blog.naver.com/garamchildbook
인스타그램 instagram.com/garamchildbook
X(트위터) twitter.com/garamchildbook
유튜브 가람어린이tv
카카오톡 채널 가람어린이출판사

ISBN 979-11-6518-355-4 (73850)

WOODWALKERS

우드워커

1 기억을 잃은 소년

카챠 브란디스
클라우디아 칼스 그림 | 윤영철 옮김

가람어린이

‘신비로운 소년’.

신문과 텔레비전 뉴스에서 나를 부르는 이름이다.

어느 날 갑자기 숲에서 ‘짜잔!’ 하고 나타난 신비로운 소년, 그게 바로 나다.

“그 소년이 누구인지, 어디서 왔는지는 아무도 알지 못합니다. 소년은 기억을 잃었기 때문에, 스스로도 자신이 누군지 모릅니다.”

사실 내 기억은 완벽하고, 모든 것을 빠짐없이 기억하고 있다.

물론 처음으로 마을에 내려와 인간을 만났던 그날의 아주 강렬하고 특별했던 기억까지도…….

차례

WOODWALKERS
우드워커

• 등장인물 8

1 인간의 경이로움 11
2 사냥을 못 하는 육식 동물 31
3 위험하지 않은 포식자 42
4 이상한 제안 50
5 또 다른 제안 59
6 송곳니가 뾰족 73
7 클리어워터 중고등학교 85
8 야생적이고도 다양한 97
9 그랜드 캐니언에서 있었던 일 112
10 한밤중의 들소 소동 127
11 와피티사슴의 심술 135
12 결투 신청 145
13 인간 경보 160

14 한밤의 결투 *177*

15 영웅 *190*

16 나무 위의 오두막 *204*

17 앤드루 밀링의 초대 *218*

18 접시 위의 심장 *230*

19 스파이 *239*

20 가짜 주머니칼 *257*

21 강하고 야성적인 것 *277*

22 대형 사고 *294*

23 올빼미의 눈 *308*

24 비장의 방법 *318*

25 이에는 이 *332*

26 동맹이냐 적이냐 *352*

27 사냥개들과 사냥꾼 *364*

28 죽느냐 사느냐의 문제 *375*

29 스파이의 정체 *388*

등장인물

카락 **퓨마** 열한 살 때 숲을 떠나 인간으로 살기로 결심한다. 모래색 머리카락과 초록빛이 도는 금색 눈동자를 가진 소년. 인간 이름은 제이.

❙클리어워터 중고등학교 학생들❙

브랜든 **들소** 카락의 룸메이트로, 늘 말린 옥수수 알갱이를 씹어 먹는다.
홀리 **다람쥐** 붉은 머리에 검은 눈동자. 말썽꾸러기에 물건을 슬쩍하는 버릇이 있다.
넬 **생쥐** 뉴욕 출신으로, 들소도 이길 만큼 강하다.
루 **와피티사슴** 학교 선생님의 딸로, 카락이 첫눈에 반할 만큼 예쁜 소녀.
도리 **고양이** 러시안 블루. 애완 고양이로 자랐다.
버사 **회색곰** 먹는 걸 좋아하고, 힘이 무척 세다.
님블 **토끼** 플루트와 피아노 등 악기 연주를 잘한다.
후아니타 **거미** 수줍음 많은 소녀. 대부분은 거미의 모습을 하고 있다.
섀도 **까마귀** 윙의 쌍둥이 남매.
윙 **까마귀** 섀도의 쌍둥이 남매.
제프 **늑대** 학교 안 늑대 무리의 알파.
클리프 **늑대** 학교 안 늑대 무리의 베타.

티카니 늑대 학교 안 늑대 무리의 베타. 이누이트족 출신이다.

보 늑대 학교 안 늑대 무리의 오메가.

리로이 스컹크 놀라거나 겁이 나면 방귀 폭탄을 발사한다.

비올라 염소 냄새를 가리기 위해 탈취제와 향수를 즐겨 쓴다.

쿠키 주머니쥐 늪지 출신으로, 놀라면 죽은 척을 한다.

트루디 가면올빼미 늑대 무리의 알파인 제프를 좋아한다.

❙클리어워터 중고등학교 교직원❙

리사 클리어워터 흰머리수리 학교 교장으로, 생물 과목을 가르친다.

제임스 브리저 코요테 수학, 물리, 화학, '특수 상황에서의 행동 요령' 과목을 가르친다.

빌 브라이트아이 늑대 역사, '전투와 생존' 과목을 가르친다.

사라 캘러웨이 방울뱀 영어와 '인간 연구' 과목을 가르친다.

이시도어 엘우드 와피티사슴 '변신' 과목을 가르친다.

파커 퍼그 미술, '독립적인 동물 되기' 과목을 가르친다.

셰리 말릴라 비버 보건 교사 및 요리사.

테오 말코손바닥사슴 학교 관리인.

❙그 밖의 등장인물❙

앤드루 밀링 퓨마 성공한 사업가로, 미 서부에서 막강한 부와 권력을 가지고 있다.

1

인간의 경이로움

우리는 보드라운 발로 솔숲을 지나왔다. 엄마와 미아 누나, 그리고 나까지 셋이서. 마치 털 속에 개미가 들어간 것처럼 난 엄청나게 흥분해 있었다.

'우리 정말 가는 거죠?'

텔레파시를 써서 엄마한테 벌써 몇 번이나 같은 질문을 했다.

'정말 인간들이 사는 마을에 가는 거예요?'

엄마는 한숨을 내쉬었다.

'한 번만 더 물어보면 되돌아갈 줄 알아!'

누나와 내가 엄마를 짜증 나게 한 건 사실이다. 지난 몇 주 동안, 딱 한 번만이라도 좋으니 제발 마을에 데려가 달라고 엄마를 계속 졸라 댔으니까. 인간에 대해 관심을 갖게 된 이상, 그저 이야기를 듣는 것만으로는 만족할 수 없었다.

잠시 후 엄마는 멈춰 서서 마치 프레리도그를 사냥할 때처럼 발톱을 쫙 펴고 흙바닥을 벅벅 긁기 시작했다.

'여기가 바로 인간의 물건을 숨겨 놓는 곳이야.'

엄마가 알려 주었다. 엄마의 발밑에서 이미 은색으로 빛나는 무언가가 모습을 드러내고 있었다.

엄마는 만족스럽게 고개를 끄덕이고는 변신하기 시작했다. 몸통과 다리가 똑바로 펴지고, 뒷발이 길쭉한 발로 변하고, 앞발이 펴지며 손가락이 되었다. 그동안 모래색 털은 몸에서 완전히 사라졌다. 엄마는 이제 기다란 밝은 갈색 머리카락을 등 뒤로 늘어뜨리고 있었다. 우리를 보고 미소를 짓자 우스울 정도로 작은 인간 이빨이 보였다.

"좋아, 이제 너희 차례야."

엄마가 높고 날카로운 인간의 목소리로 말했다.

"어떻게 하는지는 알지? 집중해야 해. 인간일 때 너희 모습이 어떻게 생겼는지 떠올려 봐. 그리고 그 모습을 너희 안에서 느끼는 거야. 어때, 찌릿찌릿한 느낌이 드니?"

안타깝게도 누나는 고개를 절레절레 저었는데, 퓨마의 모습으로 그러니까 좀 우스꽝스러워 보였다.

하지만 나는 문제없었다. 잠시 후에는 숲속에 두 발로 서 있었고, 솔잎이 맨발바닥을 콕콕 찌르는 걸 느낄 수 있었다. 내가 무슨 소리를 낼 수 있는지 들어 보려고 그 자리에서 폴짝폴짝 뛰면서 웃어 보았다. 인간처럼 양손이 생기니까 정말 좋았다. 손으로 할 수 있는 일이 믿을 수 없을 정도로 많았기 때문이다. 우리는 변신을 자주 하지 않았기 때문에 그게 어떤 느낌인지 거의 잊고 있었다.

"힘내, 누나! 할 수 있어!"

변신에 애를 먹고 있는 미아 누나를 응원했다.

"변신을 못 하면 우리랑 같이 못 가!"

"너무 다그치지 마. 그게 미아를 더 힘들게 하는 거야."

엄마가 말했다.

조바심을 내며 기다리다가, 놀랍도록 쓸모 있는 인간의 손을 써서 땅속에 뭐가 숨겨져 있는지 마저 파 보기 시작했다. 땅속 깊은 곳에 묻혀 있는 건 흠집이 가득한 금속 상자였다.

마침내 누나도 변신하는 데 성공했다. 제멋대로 헝클어진 밝은 갈색 머리카락이 마치 머리 위에 호저를 한 마리 얹어 놓은 것처럼 보였다. 누나는 그걸 계속 손가락으로 빗어 내리고 있었는데, 그다지 도움이 되는 것 같진 않았다.

누나가 내 옆에 무릎을 꿇고 앉았고, 우리는 함께 상자 뚜껑을 열어 보았다. 엄마는 엄숙하게 몇 가지 물건을 꺼내서 우리에게 건네주었다. 기다란 천 조각과 네모난 천 조각, 가죽으로 만든 길고 속이 빈 무언가까지. 이 너덜너덜한 천 조각들을 가지고 뭘 어떻게 해야 하는지 난 싹 다 까먹었다.

엄마가 다시 미소 지었다.

"카락, 그걸 머리에 쓰면 어떡하니? 그건 바지야, 다리를 넣어야지!"

"미리 좀 말해 주지 그랬어요."

구시렁대며 처음부터 다시 입었다. 우리 셋 다 가까스로 옷을 차려입는 데 성공했을 때, 호기심에 다시 한 번 상자 안을 살펴보았다. 그곳에는 인간의 약이 들어 있는 온갖 종류의 깡통과 병이 있었다. 그리고 구겨진 녹색 종이 몇 장도…….

"이건 뭐예요?"

엄마에게 물었다.

"돈. 달러야. 이걸로 마을에서 물건을 살 수 있어."

엄마가 설명하면서 금속 상자에서 조심스럽게 종이 한 장을 꺼냈다. 숫자 5가 적힌 종이였다. 엄마는 그걸 주머니에 넣고 우리를 진지하게 바라보았다.

"좋아, 이제 가자. 우리가 마을에 가는 건 딱 이번 한 번만이야. 그러니까 잘 둘러보렴. 하지만 무슨 일이 있어도 변신하면 안 돼. 이건 정말 중요한 거야! 우리 정체를 들키면 안 되니까. 알겠지?"

갑자기 입이 바싹 말랐다.

"만약 인간들이 우리 정체를 알아차리면 어떻게 되는데요?"

"우릴 죽일 거야."

엄마가 긴장한 목소리로 대답했다.

오! 미아 누나와 나는 서로를 마주 보았다. 내 눈도 누나처럼 겁을 집어먹고 동그래져 있을까?

마침내 우리는 마을을 향해 출발했다. 겉으로 보기에 우린 아마 괴상해 보였을 거다. 우리의 옷차림은 마치 전나무에 사는 물고기 같았다. 그만큼 어울리지 않았다는 말이다. 내가 입은 바지는 복숭아뼈 위로 껑뚱하게 올라와 있었고, 티셔츠는 여기저기 얼룩지고 색이 온통 바래 있었다. 그리고 우리 셋 다 머리에는 솔잎을 덕지덕지 매달고 손은 흙투성이였다.

그런 건 아무래도 상관없었다. 만약 인간들이 우리를 이상하게 쳐다본다고 해도, 난 너무 흥분해서 알아차리지 못할 테니까. 마을에는 인간들이 정말 많았다! 그리고 온갖 색깔로 번쩍번쩍 빛나는 자동차들은 가까이 다가올 때면 믿을 수 없을 정도로 지독한 냄새를 풍겼다! 하지만 무엇보다 흥미로운 것은 가게들이었다. 중심가에 들어서자마자 나는 이미 가장 가까운 유리창에 코를 딱 붙이고 있었다. 거기선 모자도 팔고, 돌멩이도 팔고 있었다.

'세상에! 누가 돌을 산다는 거지?'

옷도 있고, 그림이 그려진 컵도 있고, 더 많은 옷이 있고, 말도 안 되게 맛있는 냄새가 나는 음식도 있었다.

가게 옆 간판에 '소프트아이스크림-바닐라, 딸기, 초콜릿'이라고 쓰여 있었다. 엄마가 읽는 법은 가르쳐 줬지만, 소프트아이스크림이 뭔지는 알려 준 적이 없었다. 달콤하고 부드러운 향기가 콧속을 가득 채웠고, 배 속 어디쯤에서 꼬르륵거리며 불평을 늘어놓는 소리가 들리기 시작했다.

'잠깐, 내 배가 뭐라고 하는 거지?'

어쨌든 그 냄새는 나쁘지 않았다. 그런데 등골이 오싹하게도, 티셔츠 안쪽에서 털이 자라면서 간질간질한 느낌이 들었다.

'아, 안 돼! 멈춰! 지금은 아니야!'

잽싸게 눈을 감고 속으로 주문을 외웠다.

'나는 인간이다, 나는 인간이다…….'

털이 점점 짧아져서 사라져 버릴 때까지 계속 반복했다.

'후유, 살았다!'

충격으로 무릎이 풀려서 후들후들 떨렸다.

"좋아, 이제 너희에게 아이스크림을 하나씩 사 줄게."

엄마가 엄숙하게 숫자 5가 적힌 구겨진 종이를 꺼내 낯선 여자에게 건넸다.

"초콜릿 하나, 바닐라 하나 주세요."

그 여자는 짤그랑거리는 금속 조각을 엄마에게 주었고, 나한테는 한 무더기의 곰 똥처럼 보이는 걸 내밀었다.

맛이나 보자는 생각으로 그 차가운 갈색 물건에 혓바닥을 가져다 댔다. 그 즉시 놀랍도록 달콤한 맛이 입안 가득 퍼져 나갔다. 정말로 곰 똥이 이런 맛이라면, 앞으로 곰이 보일 때마다 큰

일을 볼 때까지 쫓아다닐 자신이 있었다.

누나는 바닐라 아이스크림을 먹더니 행복한 한숨을 내쉬었다. 하지만 동시에 불안한 표정으로 주위를 계속 두리번거렸다. 그도 그럴 것이 우리 주위에는 인간도 너무 많고 낯선 냄새와 소음이 가득했다.

우리는 슈퍼마켓이라는 곳 앞을 지나갔는데, 유리문 너머로 진열된 물건들이 매우 흥미로워 보였다.

"저기 들어가 보고 싶어요!"

누나가 말했고, 나도 신나게 졸라 댔다. 엄마는 마지못해 고개를 끄덕였다.

"그래, 알았어. 하지만 오래는 못 있어."

유리문이 우리 앞에서 활짝 열렸다. 누나와 나는 주위를 둘러보며 놀라서 말문이 턱 막혔다. 여기도 먹을 거, 저기도 먹을 거! 산더미처럼 쌓인 먹을 거!

"우아, 사슴한테 한 방 걷어차인 느낌인데!"

나도 모르게 중얼거렸다.

"인간들은 겨울에도 이런 것들을 다 쉽게 얻을 수 있나 보죠?"

"물론이지, 겨울에도 똑같아."

엄마가 대답했다. 누나와 나는 부러워서 신음을 흘렸다. 겨울이면 사슴이나 큰뿔양을 잡기가 더욱 힘들어져서 우리는 자주 굶주렸다.

무심코 미아 누나를 봤다가 깜짝 놀랐다. 흥분한 누나가 슬금슬금 변하기 시작했기 때문이다! 누나는 송곳니가 입술 밖으로 삐져나온 것도 알아차리지 못한 채 선반에서 고양이 그림이 그려진 깡통 하나를 꺼냈다. 아마 고양이가 우리와 조금 닮아서일 것이다. 누나는 송곳니로 깡통에 구멍을 내고 내용물의 냄새를 맡았다.

"이거 봐! 여기서는 차에 치여 죽은 동물들을 통조림으로 만들어 파나 봐!"

누나가 조금 떨어져 있는 나와 엄마에게 소리쳤다.

난 엄마의 소매를 잡아당겼지만, 마침 엄마는 주머니에서 떨어진 금속 돈들을 줍느라 정신이 없었다. 누나는 여전히 구멍 뚫린 깡통을 손에 들고 있었다.

"정신 차리고 그것 좀 내려놔!"

작은 소리로 속삭였지만, 누나는 되려 나한테 쉿쉿 소리를 내더니 고개를 들고 냄새를 맡았다.

"여기서 엄청 맛있는 냄새가 나지 않아?"

엄마를 다시 돌아보았다. 슈퍼마켓에 있던 남자 인간이 다가와 엄마가 돈을 줍는 것을 도와주고 있었다. 그 남자는 코 위로 반짝거리는 동그라미 두 개를 얹고 있었는데, 그 동그라미에 금속 막대가 연결되어 귀 뒤에 꽂혀 있었다. 난 잠시 동안 누나의 일은 까맣게 잊고 그 남자를 홀린 듯 바라보았다.

그러자 그 남자가 나를 보고 활짝 미소 지었다.

"안녕? 이름이 뭐니?"

"카락이에요."

남자를 올려다보며 대답했다.

"잭슨홀은 마음에 드니?"

"완전 좋아요!"

남자는 웃으면서 바스락거리는 소리가 나는 조그맣고 둥근 물건을 내 손에 쥐여 주었다. 맛있는 냄새가 나서 입에 넣었더니, 남자가 큰 소리로 껄껄 웃었다.

"사탕 껍질을 먼저 벗겨야지."

남자는 내가 껍질 까는 것을 도와준 뒤 손을 흔들고는 다시 일하러 갔다. 인간들은 정말로 친절했다! 게다가 이렇게 놀라움으로 가득한 마을을 만들다니, 인간들은 얼마나 강한 걸까?

'내가 인간들처럼 된다면 어떤 기분일까? 나도 이들처럼 살 수 있을까?'

안타깝게도, 사탕은 곰팡이 핀 과일 맛이었다. 나는 아무도 안 볼 때 몰래 바닥에 뱉어 버렸다.

"미아!"

엄마의 끔찍한 비명 소리를 듣자마자 인간에 대한 생각을 멈추고 돌아섰다. 누나의 얼굴은 보송보송한 연한 갈색 솜털로 덮여 있었다. 그 모습을 본 순간 등골이 오싹해졌다. 누나는 다시 퓨마로 변신하고 있었다!

'내가 좀 전에 그랬던 것처럼 누나도 변신을 멈출 수 있을까?'

엄마는 누나를 사람이 없는 통로로 끌고 가서 웃는 여자의 얼굴이 그려진 음식물 꾸러미를 집어 누나의 코앞으로 들이밀었다.

"미아, 얘야, 집중하렴. 이게 네 모습이야. 그리고 넌 이 모습으로 머물러 있어야 해. 이 그림처럼 된다고 상상하렴. 최대한 집중하고. 알겠니?"

누나는 고분고분하게 고개를 끄덕였다. 누나의 송곳니가 다시 줄어드는 것을 보고 조금은 안심했다. 아주아주 조금이지만, 어쨌든. 하지만 누나는 다시 코를 킁킁거리며 통로 끝에 있는 무언가를 뚫어져라 바라보았다.

"아! 안 돼, 정육 코너라니……."

엄마가 중얼거렸다. 하지만 이미 늦었다. 다시 퓨마의 모습으로 변한 누나는 잽싸게 정육 코너를 향해 달려가고 있었다. 누나의 날렵한 옅은 갈색 몸통은 거의 땅에 닿지도 않는 것 같았다. 딱 두 걸음 만에 정육 코너에 도착한 누나는 앞발을 고기 진열장에 턱 걸치고, 발을 쭉 뻗어 발톱마다 고기를 끼웠다.

슈퍼마켓 손님들은 비명을 지르며 사방으로 도망치면서, 누나에게 납작하고 네모난 물건을 집어 던졌다.

'누나를 죽이려고 해!'

나는 간신히 인간의 모습을 유지한 채로 가능한 한 많은 사람들의 손에서 그 물건들을 낚아챘다. 무언가가 무너지고 깨지는 소리가 계속 들려왔다.

"안 돼, 카락! 그러지 마!"

엄마가 소리친 뒤 누나를 쫓아갔다. 누나는 느긋하게 자리 잡고 앉아 사냥감을 먹으려는 듯, '아침 식사용 시리얼'이라고 적힌 선반 꼭대기로 올라가고 있었다. 하지만 선반이 너무 미끄러워서 제대로 잡을 수가 없었다. 누나의 무게를 이기지 못한 선반이 흔들거렸고, 다음 순간 누나는 와르르 쏟아지는 종이 상자 세례를 받으며 바닥으로 쿵 떨어졌다. 잠시 동안 위로 삐죽 튀어나온 꼬리를 빼면 누나는 상자 더미에 깔려 보이지도 않았다. 이제 훨씬 더 많은 인간들이 비명을 지르며 출구를 향해 달려가고 있었다.

인간들이 우리를 두려워하는 모습을 보니 어떤 면에선 좋기도 했다.

'근데 왜 우리는 인간들을 두려워하는 거지?'

"당장 여기서 나가야 해!"

누나의 옷을 챙기는데 엄마가 목소리를 낮춰 말했다.

"어서 벗어나자. 몇 분 안에 총을 들고 올 거야."

"총이라고요?"

난 걱정스레 물었다. 그게 뭔지 정확히는 몰랐지만, 어쩐지 불길하게 들렸다.

마침 누나가 상자 더미에서 기어 나오고 있었다. 머리끝부터 발끝까지 밝은색 시리얼 부스러기로 뒤덮여 있는데도, 소고기 한 덩이를 질겅질겅 씹고 있는 모습이 꽤 즐거워 보였다. 엄마는 누나의 목덜미를 잡고 흔들어 댔다.

"서둘러, 당장 여기서 나가야 해!"

엄마가 명령했고, 우리 셋은 달리기 시작했다.

하지만 너무 늦었다. 이미 검은 제복을 입은 힘세 보이는 남자들이 출구를 가로막고 있었는데, 네발 달린 동물을 지나가게 해 줄 것 같진 않았다. 엄마가 엄호하는 동안 누나와 나는 선반 뒤로 재빨리 미끄러져 들어갔다.

"누나, 다시 변신해야 해!"

누나의 털북숭이 귀에 대고 필사적으로 속삭였다.

"제발 부탁이니까 다시 한 번 노력해 봐, 좀!"

잠깐 숨을 돌리고 나니, 여전히 바늘처럼 뾰족뾰족한 발톱이 달린 손가락으로 머리카락을 빗고 있는 인간 소녀가 내 옆에 앉아 있었다.

"정말 미안해."

누나가 풀이 잔뜩 죽은 목소리로 말했다.

"내 고기도 좀 남겨 주지 그랬어."

누나가 퓨마로 변신할 때 떨어뜨린 옷을 건네주며 난 투덜거렸다.

누나가 옷을 다 입자마자 엄마가 우릴 재촉했다.

"서둘러, 우리도 다른 사람들처럼 비명을 지르면서 밖으로 뛰쳐나가야 해."

작전은 완벽히 성공했다. 누나가 여전히 발톱이 달려 있는 두 손을 바지 주머니에 숨기는 것을 깜빡했는데도, 제복 입은 남자들은 우리에게 눈길조차 주지 않았다. 우리는 녹초가 된 채 그놈의 끔찍한 신발 때문에 쓰라린 발을 절뚝이며 숲으로 돌아왔다.

우리가 겪은 일들을 들려주었을 때, 아빠는 몹시 언짢아 보였다.

"어쨌든 인간들이 우리한테 나쁜 짓을 하지는 않았어요."

난 최선을 다해 아빠를 안심시키려고 했다. 아빠는 퓨마의 눈으로 날 의심스럽게 쳐다보았다.

"사실 우리한테 엄청 잘해 줬어요! 누나가 고기 파는 곳으로 가서 고기를 훔쳐 먹기 전까지는요."

아빠가 나를 향해 위협적으로 으르렁거렸다.

'잘해 줬다고? 인간들은 교활하고 위험해!'

아빠의 목소리가 내 머릿속을 뚫고 들어왔다.

'우린 그들과 가까워지면 안 돼!'

아빠는 불쾌한 표정으로 엄마를 향해 고개를 돌리고 따지듯 물었다.

'꼭 애들을 데리고 인간 마을에 가는 미친 짓을 벌여야 했어?'

'애들을 못 가게 했으면 자기들끼리 몰래 갔을 거야.'

엄마가 똑같이 성질을 부리며 대답했다.

슬프게도 나는 그 경이로운 장소로 돌아가고 싶은 마음이 간절했다. 그곳에는 새로 배울 것들이 너무나도 많았다!

'왜 우리 변신족은 양쪽 세계를 넘나들며 살 수 없는 거예요? 우리가 원할 때마다 인간과 동물로 자유롭게 변신하면서 살 수도 있잖아요.'

난 용기 내어 물어보았다.

'인간으로 살고 싶다면 서류가 잔뜩 필요해. 네가 누구인지 말해 주는 서류 말이야. 그리고 우린 그게 없어.'

엄마는 내가 알아듣게 설명하려고 애썼다.

아빠는 황금빛 눈동자로 날 바라보았고, 아빠의 시선은 내 생각을 꿰뚫어 보았다.

'카락, 너는 반드시 둘 중 하나를 선택해야만 해. 두 세계 모두를 가질 수는 없어.'

당연히 엄마는 누나와 나를 두 번 다시 마을로 데려가지 않았다. 실망한 나는 시간만 나면 높은 산 위로 올라가 별보다 훨씬 밝게 반짝이는 마을의 불빛을 내려다보며 밤 시간의 대부분을 보내곤 했다. 그래도 마음속에서 들끓는 열망을 도저히 주체할 수 없었다.

반년쯤 지났을 때, 부모님이 사냥 나간 틈을 타서 처음으로 혼자서 몰래 마을로 갔다. 거리를 돌아다니며 수천 가지 새롭고 흥미로운 냄새를 맡았고, 엄마가 '자동차'라고 부르던 것을 한 번 타 보고 싶다는 생각을 했다. 집으로 돌아왔을 때는 다시 떠나고 싶다는 마음만 가득했다.

두 해가 지나 열한 살이 되었을 때, 마침내 결심했다. 하지만 그것은 우리 가족이 반길 만한 결정은 아니었다.

'저는 인간들과 함께 인간처럼 살고 싶어요.'

어느 날 아침, 털에 묻은 이슬을 모두 핥아 낸 뒤에 가족들에게 선언했다.

'카락, 너 머리에 헛바람이 잔뜩 들었구나.'

누나가 나를 가까이 끌어당겨 발톱을 숨긴 발로 한 대 퍽 치며 말했다.

숨을 깊이 들이마신 뒤 열심히 집중해서 몸을 변화시켰다. 그 즉시 털이 사라졌고, 맨살에 닿는 차갑고 습한 바람에 금세 내 털이 그리워졌다.

"농담 아니에요."

내가 갑자기 변신하자 아빠는 움찔하더니, 인간이 된 내 모습을 화난 얼굴로 노려보았다. 엄마도 무척 심란해 보였다.

'하지만 그럴 수는 없어. 네가 앞으로 어떻게……'

"어떻게 해야 하는지는 잘 알고 있어요."

난 자신 있게 말했다. 몇 주 동안이나 내 계획을 고치고 또 고쳤다.

"먼저 숨겨 둔 물건들을 꺼내서……"

'잊어버려라. 넌 여기 있어야 해.'

아빠의 화난 목소리가 머릿속에서 으르렁거렸다. 털로 뒤덮인 아빠의 귀가 신경질적으로 움찔거렸다.

'헛소리는 집어치우고 사냥이나 하러 가자. 사슴을 공격하는 방법을 알려 주마.'

'잼버, 카락은 진심이야.'

엄마가 근심이 가득한 얼굴로 나를 바라보며 말했다.

'엄마는 내가 집을 떠나기엔 너무 어리다고 생각하는 걸까?'

하지만 나는 이제 열한 살이고, 엄마는 변신족은 인간보다 훨씬 빨리 독립한다고 말했다. 만약 내가 진짜 퓨마였다면, 벌써 여러 해 전에 집을 떠났을 것이다.

'자주 올게요.'

나는 흥분과 우려가 뒤섞인 목소리로 말했다.

'그럴 수 있으면요.'

'그렇게까지 가고 싶다면 어디 한번 가서 살아 봐.'

아빠가 으르렁거렸다.

'분명히 말하는데, 우린 인간들과 엮이고 싶지 않다. 그것만 알아 둬라!'

이번에는 내가 충격을 받았다.

"하지만 제가 인간으로 살아간다고 해도…… 전 인간이 아니에요. 그저 인간인 척하는 거예요. 겉으로 보이는 모습은 다를지라도 전 어디까지나 저예요."

'카락, 정말로 혼자서 거기 가고 싶니?'

엄마의 목소리에는 힘이 하나도 없었다.

'만약 네가 두 번째 모습을 선택한다면, 우리는 네 곁에 머물 수 없어. 어쩌면 오랫동안 너를 못 볼 수도 있어. 인간은 우리 같은 포식자가 자기 집 근처를 어슬렁거린다는 사실을 받아들이지 못하니까.'

"하지만 엄마도 변신할 수 있잖아요, 가끔씩이라도요."

간절히 애원해 봤지만 가족들은 대답하지 않았고, 내 마음은 한층 더 슬퍼졌다. 심지어 엄마는 고개를 돌리기까지 했다.

엄마는 인간들을 믿지 않았고, 인간으로 변신하는 것도 좋아하지 않았다.

'이건 정말 멍청한 생각이야!'

누나가 내 옆으로 바짝 다가와 부드러운 머리를 내 맨다리에 문질렀다. 누나는 혼란스럽고 슬퍼 보였다.

'산에서 사는 게 그렇게 마음에 안 들어?'

"아니, 나도 여기가 좋아. 하지만……."

내 인간의 눈에 눈물이 그렁그렁 맺혔다. 간단하게 말하자면, 난 그저 퓨마로 사는 것으로는 만족할 수 없었다. 하지만 그걸 전부 설명하기는 힘들었다.

'카락, 네가 우리를 필요로 할 때 우린 네 곁에 있어 주지 못할 거야.'

엄마는 슬픈 얼굴로 이 말을 반복했다. 나는 엄마가 인간으로 변신해서, 엄마도 일부는 인간이라고 말하며 내가 느끼는 감정들을 어떻게든 이해해 줄 거라고 반쯤 기대했었다. 하지만 엄마는 여전히 퓨마의 모습으로 남아 있었다.

"이제 가 봐야겠어요."

누나와 아빠의 털북숭이 목에 차례로 팔을 두르고 꼭 껴안아 주었다. 그러고 나서 엄마에게도 똑같이 인사했다.

'몸조심하렴.'

엄마의 슬픈 작별 인사가 머릿속으로 들려왔다. 아빠는 내가 안았을 때 움직이지도 않고, 나를 쳐다보지도 않았다.

'정말로 아빠는 나를 포기했을까?'

아니, 그럴 리 없다. 아빠는 지금 그저 화가 많이 났을 뿐이고, 결국 마음을 가라앉힐 거라고 난 확신했다.

몹시 지치고 몸이 떨렸지만, 결심을 굳히고 물건을 숨긴 장소에서 옷을 꺼냈다. 맨발이긴 하지만 인간의 모습으로 계곡과 숲과 공터를 지나 첫 번째 건물이 보일 때까지 쉬지 않고 산을 내려갔다. 그리고 잭슨홀 경찰서의 문을 두드리고 경찰에게 내가 누구인지도, 어디서 왔는지도 모른다고 주장했다.

내 계획은 제대로 먹혔다. 경찰들은 나를 인간이라고 생각하고 필요한 서류를 모두 가져다주었다.

시간이 흘러 이제 나는 열세 살이 되었고, 제이라는 이름으로 불린다. 몇 주 전부터는 잭슨홀 중학교 7학년에 다니고 있다. 그 전까지는 우선 위탁 가정에 맡겨져 교육을 받았다. 인간 세상에 대해 배워야 할 게 정말로 많았기 때문이다. 짧은 모래색 머리카락과 초록빛이 도는 금색 눈동자 덕에 난 중학교에서 눈에 띄지 않는 존재가 됐다. 다른 평범한 남학생들처럼 나도 청바지에 운동화 차림으로 배낭을 메고 다닌다. 이곳에 있는 인간들은 대부분 나에게 익숙해졌다.

전부 다 그런 건 아니지만.

안타깝게도, 모든 인간이 내가 생각했던 것만큼 친절한 건 아니었다. 어떤 아이들은 내가 듣지 못할 거라고 생각하고 나에 대해 시답잖은 말들을 떠들고 다녔다. 하지만 나는 들을 수 있다. 변신족의 귀에는 인간들이 속삭이는 소리도 아주 크게 들리니까. 그리고 더 질이 나쁜 몇몇 애들은 미쳐 날뛰는 생쥐처럼 고약하게 굴었다. 예를 들면, 션, 케빈, 그리고 케빈의 여자 친구 베벌리가 그렇다.

네 삶의 모든 것이 뒤바뀐 9월의 어느 날, 그 녀석들은 학교 정문에서 나를 기다리고 있었다. 심술궂은 표정으로 히죽거리면서.

2

사냥을 못 하는 육식 동물

케빈은 학교에서 가장 힘이 센 남학생 중 하나였고, 다른 애들을 괴롭히는 것에 재미가 들려 있었다. 케빈의 여자 친구 베벌리는 미식축구팀의 치어리더가 되고 싶어 했지만, 얼굴이 감자처럼 생겼다. 치어리더가 될 가망은 없어 보였다. 아마도 베벌리가 다른 사람을 깔아뭉개는 걸 좋아하는 이유가 그것 때문인지도 모르겠다. 그리고 션은 딱히 할 일이 없었기 때문에 늘 셋이서 함께 몰려다녔다.

셋 다 나를 무슨 먹잇감 보듯 바라보았다. 나도 약간은 먹잇감이 된 것 같은 느낌이 들었는데, 그다지 기분 좋은 느낌은 아니었다. 중학교에 입학하고 첫 두 주 동안은 너무나도 많은 사람이 나를 주목하고 있어서, 그 셋은 나를 건드리지 않고 그냥 놔두었다. 하지만 이제 사냥 금지 기간은 끝났다. 그 녀석들은 이미 몇 번이나 나를 밀쳤고, 발을 걸어 넘어뜨리려고 했다. 내

재킷에 페인트를 칠하려고 시도한 적도 있었다. 그 녀석들은 내 등 뒤에서 심술궂은 농담을 주고받는 게 엄청 재미있다고 생각하는 것 같았다. 내가 항상 안 들리는 척 무시하는데도 말이다. 녀석들이 괴롭힐 때 날 도와주러 오는 사람은 단 한 명도 없었고, 그럴 때마다 조금씩 더 슬퍼졌다.

빠져나갈 구멍을 찾고 있는 사이 셋은 점점 더 가까이 다가왔다. 다른 학생들은 아무도 우리에게 관심을 기울이지 않았다. 다들 바쁘게 제 갈 길로 흩어졌다.

"뭐 하냐, 제이?"

케빈이 앞으로 다가오며 물었다. 동시에 션은 뒤로 접근했다.

"나 좀 그냥 내버려두면 안 될까?"

일단 좋은 말로 대화를 시도했다.

"이거 왜 이래, 신비로운 소년."

션이 내 팔을 꽉 붙잡자, 케빈이 주먹을 들어 올리며 말했다.

"우린 그냥 같이 놀자는 거야."

"배에다 주먹을 날리는 걸 놀이라고 할 순 없지 않나."

케빈의 주먹이 내리꽂히기 전에 난 슬쩍 몸을 뺐다. 케빈의 강력한 펀치는 그대로 션의 배로 날아가 꽂혔다.

"크헉!"

션은 충격으로 눈이 커다래지며 희미하게 신음 소리를 냈다.

물론 케빈은 션 따위는 전혀 신경 쓰지 않고, 내 옆으로 성큼

다가와 헤드록을 걸었다.

'이런 건 재미없는데.'

"잠깐, 잠깐만! 숨을 못 쉬겠어!"

난 헐떡이며 소리쳤다.

"그러라고 하는 거야."

케빈이 말했고, 션은 미친 듯이 낄낄댔다.

'그래, 놀아 주는 건 여기까지.'

재빨리 자세를 낮추며 케빈의 겨드랑이를 파고들어 바지춤을 잡고, 허리를 살짝 비틀며 케빈을 그대로 바닥에 던져 버렸다. 그러고 나서 곧바로 션의 발을 걸었다. 단, 너무 세게 넘어지면 다칠 것 같아서 친절하게 케빈의 몸 위로 넘어뜨려 주었다.

마침내 그 자리를 벗어날 수 있게 되었다. 아니, 적어도 그럴 생각이었다. 하지만 바로 그때, 머리 위로 얼음장처럼 차가운 물 한 양동이가 좌악 뿌려졌고, 나는 머리끝에서 발끝까지 홀딱 젖은 생쥐 꼴이 되고 말았다.

'아차, 베벌리를 깜빡했네!'

하필이면 물이라니! 녀석들은 몰랐겠지만, 나는 물이 정말 싫다. 굴욕스럽게 홀딱 젖은 채로 지나가는 자리마다 자국을 남기면서 슬그머니 그 자리를 떴다. 뒤에서 요란한 웃음소리가 들려왔다. 눈이 뜨거워지고, 심장 박동은 멈춘 것 같았다. 정말 쥐구멍에라도 들어가 혼자 조용히 슬퍼하는 시간을 갖고 싶었다.

'얘들은 왜 나를 있는 그대로 받아들이지 않는 걸까? 그리고 나를 괴롭히는 게 왜 그렇게 즐거울까?'

까마귀 한 마리가 근처 울타리 위를 총총거리며 뛰어다니다가, 까악까악 울며 날개를 파닥거렸다. 힐끗 쳐다보고 나서 계속 걸어가다가, 내 앞쪽에서 점잖게 걷고 있던 두 번째 까마귀에 걸려 넘어질 뻔했다. 까마귀가 고개를 옆으로 갸웃하더니 빛나는 검은 눈동자로 날 올려다보았다. 나는 우울한 생각에 잠긴 채 까마귀를 피해 갔다. 학교에 다니는 게 무척 재미있을 줄 알았다. 이럴 줄은 상상도 못 했다. 난 대부분의 과목을 꽤 잘하는 편이었고, 선생님들 역시 내가 호기심이 많은 것과 부족한 과목을 따라잡으려고 열심히 노력하는 점을 좋아했다. 하지만 가끔은 수학이나 음악 이론 같은 걸 도대체 왜 배워야 하는지 궁금하기도 했다. 그리고 지금껏 친구를 한 명도 사귀지 못했다.

'퓨마는 타고나기를 외롭게 타고나서 그런 걸까? 아니면 내가 너무 자주 바보짓을 해서일까?'

생각하면 할수록 점점 더 우울해졌다. 그리고 이제 까마귀 두 마리가 내 신경을 긁기 시작했다.

'도대체 나한테 뭘 원하는 거냐?'

그때 둘 중 한 마리가 내 어깨에 앉으려고 했다.

"저리 가! 내가 나무인 줄 알아?"

중얼거리며, 내 위탁 부모가 준 낡은 산악자전거를 가지러 발을 질질 끌면서 걸어갔다. 까마귀들은 날아가 버렸다.

어쩌면 나는 미식축구팀에 들어가려고 노력해야 할지도 모른다. 누구나 유명한 미식축구 선수를 좋아한다. 그리고 영화배우들도. 하지만 나는 지역 방송에 두세 번 얼굴을 비췄을 뿐이라, 그 정도로는 인기를 끌기 힘들었다.

TV에 나오는 사람들은 정말로 유명하고 인기도 많았다. 학교 담장에는 곧 다가올 행사를 소개하는 포스터가 걸려 있었는데, 그 포스터에는 아주 유명한 남자의 웃는 얼굴이 그려져 있었다. 앤드루 밀링. 이 사람의 이름은 어느 곳에서나 볼 수 있었고, 나도 뉴스에서 들어 본 적이 있었다. 아마도 모두가 앤드루 밀링의 친구가 되고 싶어 할 거다.

홀딱 젖은 채로 자전거를 타고 집으로 돌아왔다. 물론, 내 위탁 가정인 랄스턴 가족의 집으로. 마당에는 랄스턴 가족이 키우는 검은색 래브라도 빙고가 뛰어놀고 있었다. 내가 자전거를 세워 놓자 빙고는 여느 때와 마찬가지로 털을 바짝 세우고 날 보며 짖어 댔다. 빙고는 커다란 고양이들을 좋아하지 않았다. 평소처럼 빙고를 가볍게 무시하고, 주방을 가로질러 2층 내 방으로 올라가려고 했다. 하지만 안타깝게도, 타이밍이 좋지 않았다.

수양아버지인 도널드 아저씨는 집에서 심리 상담소를 운영했는데, 상담실에서 커피 한잔 마시고 싶으면 그냥 칸막이 문만 열고 주방으로 들어오면 되는 구조였다. 내가 집에 도착했을 때

도널드 아저씨가 딱 그러고 있던 중이었다.

"다녀왔습니다."

나는 풀 죽은 목소리로 인사했다.

"그래, 학교는 어땠니?"

도널드 아저씨가 아버지 같은 인자한 미소를 지으며 내 어깨에 팔을 둘렀다가 곧바로 화들짝 놀라며 팔을 홱 치웠다.

"이런, 세상에! 제이, 왜 이렇게 젖었니? 아이고, 내 스웨터! 다음 환자가 5분 뒤에 오는데! 난 빨리 옷을 좀 갈아입어야겠다. 너도 얼른 가서 갈아입으렴. 샤워도 꼭 하고!"

도널드 아저씨는 허둥지둥 자리를 떴다.

수양 여동생 멜로디는 베이지색 카펫이 깔린 계단에 앉아 장난감 말을 가지고 노는 중이었다.

"내 말 밟지 마!"

멜로디가 나를 보자마자 소리쳤다.

평소 같지 않게 말론 형의 방에서는 시끄러운 헤비메탈 음악이 흘러나오고 있지 않았다.

'이게 웬 떡이야!'

말론 형의 방을 지나치려는데, 문이 쾅 하고 열리더니 무지막지한 소음이 나를 덮쳤다. 나는 놀라서 영혼이 가출할 뻔했고, 거기엔 TV 리모컨을 손에 든 채 배꼽 빠지게 웃고 있는 말론 형이 있었다.

"놀라는 꼴 좀 봐! 정말 대박이네! 한 번 더 어때?"

말론 형을 죽일 듯이 노려보고 나서 문을 쾅 닫고 방으로 들어갔다. 그리고 재빨리 마른 옷으로 갈아입고 침대에 몸을 던졌다. 인간이 되려고 했던 것이 어쩌면 최고의 선택은 아니었던 것 같다.

사실, 그건 정말 형편없는 생각이었다! 산에는 쓸모없는 인간의 지식을 내 머릿속에 억지로 집어넣으려고 하는 교사들도 없고, 날 괴롭히려고 하는 불량배 녀석들도 없었다.

'난 퓨마로서 완벽히 행복하게 살고 있었는데, 왜 그걸 포기했을까?'

가족들을 생각할 때마다 작은 벌레가 심장을 갉아 먹는 느낌이 들었다. 일 년 반 전에 나는 가족들을 만나려고 시도했었다. 하지만 가족들은 더 이상 그곳에서 살지 않았다. 가족의 사냥터를 떠나 버렸다.

'나 때문일까? 아니면 무슨 일이 생긴 걸까?'

가족들은 산속 어딘가에 있을 수도 있고, 몇 백 미터 떨어진 곳에 있을지도 모른다. 어떻게 해야 가족들을 다시 찾을 수 있을지, 또 가족들이 나를 용서해 줄지, 전혀 알 수가 없었다.

게다가 지금은 가을이고, 이곳 로키산맥에는 겨울이 더 일찍 찾아온다. 다 자란 퓨마는 겨울 산에서 혼자 살아남을 수 있을 테지만, 나는 아직 완전히 자란 것은 아니었다. 더군다나 작은 문제가 하나 더 있었다…….

꼬리에 꼬리를 무는 생각들 속으로 더 깊이 빠져들기 전에 방 밖에서 가벼운 발소리가 들려왔고, 누군가가 내 방문을 두드렸다. 누구일지는 보지 않아도 알 수 있었다. 나는 어떻게든 미소를 지어야만 했다. 수양어머니인 안나 아줌마가 들어와 내 침대 모서리에 걸터앉았다. 그리고 보기만 해도 가슴이 따스해지는 미소를 나를 향해 지어 주었다.

"제이."

안나 아줌마가 내 이마에 흘러내린 머리카락 한 가닥을 부드럽게 쓸어 주며 입을 열었다.

"힘든 하루였나 보구나, 그렇지?"

나는 고개를 끄덕였다. 뭔가를 말하고 싶었지만, 쉽게 나오지 않았다.

"선생님한테 혼났니? 아니면 이해하기 힘든 거라도 있어?"

고개를 젓자 안나 아줌마는 나를 자랑스러워하는 눈길로 바라보았다.

안나 아줌마는 청소년 복지 센터에서 일했다. 내가 남루한 차림으로 불쌍하게 경찰서에 앉아 있을 때, 자신의 가정에서 나를 돌봐 주겠다고 제안했던 사람이 바로 안나 아줌마였다. 또 놀라운 인내심을 발휘해서, 내 나이 또래의 인간이 알아야 하는 모든 걸 나에게 가르쳐 주었다. 25센트 동전에 누구의 얼굴이 있는지(조지 워싱턴), 인터넷이 무엇인지(고양이 동영상을 잔뜩 볼 수 있는 것), 글짓기 과제는 어떻게 하는 것인지(정신 나갈 정도로 많은 양의 단어를 펜으로 적는 것), 또 휴대폰은 무엇에 쓰는 물건인지(항상 무리 지어 다니기 위해 필요한 것) 등등을 말이다.

멜로디는 처음 만났을 땐 나에게 관심을 보였지만, 안나 아줌마가 나와 함께 있는 시간이 길어지자, 날 짜증 나는 존재로 여기기 시작했다. 그날 이후로 멜로디는 나를 털 속의 진드기처럼 대했다. 정작 자기는 털이 하나도 없으면서.

"애들이 괴롭히니?"

안나 아줌마는 그냥 넘어가려 하지 않았다.

"그러면 너도 똑같이 해 줘."

"벌써 그랬어요."

안나 아줌마 뒤에 있는 그랜드티턴산맥 포스터를 보면서 말했다. 그곳에는 눈 덮인 가파른 산봉우리와 빛나는 호수와 검푸른 숲이 있었다.

"그냥 제가 너무 달라서 그런가 봐요. 아무도 저랑 친구가 되려고 하지 않아요."

"네가 다르다는 건 사실이야. 그래서 뭐?"

안나 아줌마가 나를 똑바로 쳐다보며 말했다. 마치 '너는 너 사신을 위해서 싸워야만 해!'라고 말하는 듯한 눈빛이었다.

나는 베개에 얼굴을 묻었다. 안나 아줌마는 내가 얼마나 다른지 알지 못했다. 나와 우리 가족 말고도 변신족이 있다는 얘기를 들은 적은 있지만, 실제로 마주친 적은 한 번도 없었다. 안나 아줌마는 잠시 내 어깨를 토닥여 주다가 한숨을 쉬며 나를 혼자 남겨 두고 밖으로 나갔다. 한참을 침대에 누워 있다가, 무슨 소리가 나서 주위를 둘러보았다.

작은 동물 한 마리가 창문에 붙어 있었다. 다람쥐였다. 다람쥐는 앞발을 유리창에 얹고 창턱 위에 편안히 앉은 채로 방 안에 있는 나를 쳐다보고 있었다. 내가 쳐다보자, 다람쥐는 창턱 위를 돌아다니며 춤을 추기 시작했다.

'요즘 동물들이 단체로 뭘 잘못 먹었나…….'

깍지를 껴서 뒤통수를 받치고, 또다시 삶에 대한 고민을 시작했다. 내가 산으로 돌아가지 못하게 막고 있는 문제에 대한 고민이었다. 가족을 떠나기 전에 부모님은 육식 동물이 알아야 할 이런저런 것들을 나에게 알려 주었다. 그런데 가르쳐 주지 않은 것이 딱 하나 있었는데, 그게 가장 중요한 거였다.

나는 사냥을 할 줄 모른다.

'그래, 까짓것 어떻게 하는 건지 배우면 돼.'

스스로를 격려하려고 애썼다.

'사슴한테 뛰어들어서 목을 물어뜯으면 되는 거지 뭐. 연습하면 되지 않겠어?'

그런데 생각만 해도 속이 메슥거렸다. 이제 나는 스테이크라면 우선 비닐 포장을 벗기고 프라이팬 위에 살포시 올려 익힌 뒤 포크와 나이프로 잘라 먹는 데 더 익숙해졌다. 아, 물론 허브버터를 빼먹으면 곤란하다.

미아 누나가 이 모습을 보면 분명 깔깔대며 웃을 것이다.

'그래서 뭐?'

사냥은 연습하면 얼마든지 할 수 있다. 난 곧바로 실행에 옮기기로 했다.

'오늘 밤, 내가 뭘 할 수 있는지 보여 주겠어!'

3

위험하지 않은 포식자

밤이 되기를 초조하게 기다렸다. 성가신 래브라도를 포함해서 집안 식구 모두 잠이 들었을 때, 방에서 또 다른 나의 모습으로 변신했다. 다시 퓨마가 되는 것은 정말 놀라운 느낌이었다. 숲의 제왕 퓨마! 창턱으로 뛰어올라 균형을 잡고 서서 주변에 아무도 없는지 확인하는 동안, 내 몸의 근육들이 마치 강철로 된 용수철처럼 느껴졌다.

2층에서 곧장 잔디밭으로 뛰어내려, 마당을 가로질러 집 뒤편 숲이 시작되는 곳을 향해 달려갔다. 달이 보이지 않는 밤이었지만, 내 고양이의 눈은 별빛을 받아 반짝였다. 밤공기에서 자유의 냄새가 났고, 멀리서 날카롭게 울부짖는 소리가 들려왔다. 분명 이 근처엔 사냥 연습을 할 수 있는 사슴이 있을 것이다.

얼마 지나지 않아 사슴 세 마리를 발견했다. 암사슴 둘과 수사슴 하나였다. 먹음직스럽게 보이는 사슴들이 숲속 공터에서 풀을 뜯고 있었다. 예상했던 것보다 캠핑장이 가까이 있었지만, 캠핑하는 사람들이 공손하게 부탁한다면야 나중에 고기 몇 점 정도 나눠 줄 수도 있었다.

이제부터는 아빠한테서 배운 대로 사냥감을 추적해야 했다. 나는 사슴에게서 시선을 떼지 않은 채로 조심스럽게 한 걸음씩 앞으로 나아갔다. 땅에 닿을 듯 바짝 낮춘 자세, 유연한 어깨, 사냥감을 향해 쫑긋 세운 귀까지, 내 자세는 완벽 그 자체였다.

그때 사슴 한 마리가 갑자기 고개를 들었다.

'내가 뭘 잘못했나? 바람 방향을 확인하는 걸 깜빡했나?'

아니, 절대 그럴 리 없다.

'이제 20미터만 더 가면 돼……. 됐어, 지금 공격해야 해. 지금, 지금, 지금 당장!'

사슴을 향해 풀쩍 뛰어올랐다. 아니, 그러려고 했다.

정신을 차리고 보니, 가늘고 재수 없는 뭔가에 앞발이 걸려 허공에서 멋지게 공중제비를 돌고 있었다. 그런 다음 등으로 풀밭에 철퍼덕 떨어져, 몇 바퀴 더 데굴데굴 굴렀다.

'아, 진짜!'

벌컥 화를 내며 감히 내 발을 건 게 뭐였는지 돌아보았다.

'이런 벼락 맞을……!'

텐트를 고정시켜 놓은 밧줄에 걸려 넘어진 거였다.

사슴들이 깜짝 놀라서 나를 쳐다보더니, 큰 소리로 콧방귀를 꿔며 아주 느린 속도로 달아나 버렸다. 도중에 쓸데없는 발길질도 몇 번 하고, 엉덩이에 난 하얀 털을 보여 주기도 하면서.

'저 녀석들이 날 비웃었어!'

사슴들이 내 꼴사나운 공중제비를 본 게 틀림없었다!

모욕감에 사로잡혀서 당장 그 사슴들을 쫓아가려고 했다.

'감히 퓨마를 비웃은 초식 동물의 최후가 어떤지 보여 주마!'

하지만 그때 바스락거리는 소리가 들려왔고, 그 소리를 들으니 떠오르는 생각이 있었다.

'텐트 고정 밧줄이 있다는 건 바로 옆에 텐트가 있다는 소린데…….'

정말로 바로 옆에서, 밧줄에 연결되어 있던 검은색 사각형 텐트 밖으로 누군가가 살금살금 기어 나오고 있었다. 그 사람은 1킬로미터 밖에서도 맡을 수 있을 정도로 두려움의 냄새를 풍기며, 뭔가를 찾아 미친 듯이 주위를 쑤석거리고 있었다.

'아마 손전등이겠지.'

난 짐작했다. 이 세상의 가련한 지배자께서는 어둠 속에서 손전등 없이는 눈뜬장님이나 마찬가지였다.

하지만 최악의 사태는 그게 아니었다. 이제 내 뒤쪽에 있는 또 다른 텐트에서도 누군가가 부스럭대고 있었다.

"휴고, 뭐 하는 거니? 왜 이렇게 소란스러워?"

아들을 꾸짖는 듯한 엄마의 목소리였다.

다른 방향에서 다가오는 발소리도 들렸다. 나는 공포에 질린 채로 몸이 뻣뻣하게 굳어 버렸고, 어느 방향으로 도망가야 할지조차 알 수 없었다.

"으악! 엄마……."

겁에 잔뜩 질린 목소리였다.

"이렇게 시끄럽게 굴면 누가 잘 수 있겠니?"

"엄마아……."

"뭔데 그래?"

"내가 낸 소리가 아니란 말이에요."

"휴고, 엄마가 거짓말은 안 된댔지!"

부스럭거리는 소리와 함께 또 다른 사람이 텐트에서 나왔다. 그리고 곧 공터에 울려 퍼지는 우렁찬 외침을 들을 수 있었다.

"으아아아악! 곰이다!"

물론 난 곰이 아니었다. 하지만 그 사람이 본 건 내가 틀림없었다! 나는 당황해서 허둥지둥 도망쳤지만, 불행히도 방향을 조금 잘못 잡는 바람에 하마터면 휴고의 엄마와 정면으로 부딪힐 뻔했다. 마지막 순간에 아슬아슬하게 피하긴 했지만, 꼬리가 휴고 엄마의 다리를 때렸다. 그 작은 충돌 때문에 바닥에 쓰러져 버린 휴고의 엄마는 곧바로 비명을 질러 대기 시작했다. 다양한 종류의 손전등에서 나온 불빛이 덤불과 내 털을 훑고 지나갔다. 만약 이 사람들이 생물 수업 시간에 졸지 않고 조금만 더 집중했더라면, 자신들이 '곰'에 대해 완전히 잘못 알고 있다는 것을 알아차렸을 것이다.

이제 문제는 어떻게 도망치느냐였다. 지금쯤이면 이 동네에 사는 다람쥐부터 들소까지 다들 내가 여기 있다는 것을 알게 되었을 거라서, 사슴 사냥을 하겠다는 원대한 꿈을 깔끔하게 접어야 했다. 주위에 있던 사람들이 모조리 텐트에서 뛰쳐나와 공포에 사로잡힌 채로 비명을 지르며 나무 위로 도망치려고 했지만, 안타깝게도 성공한 사람은 한 명도 없었다. 그사이에 나는 엄청난 뜀뛰기를 선보이며 펄쩍펄쩍 도망갔다.

어떤 남자가 던진 돌이 내 코를 정통으로 때렸다. 그리고 갑자기 뒤에서 두 줄기 불빛이 어둠을 몰아내더니, 대형차의 엔진이 으르렁거리며 살아났다.

'어어…… 안 돼! 저 사람들 도대체 뭘 어쩌려는 거야? 날 차로 치려고?'

난 겁에 질렸다.

'살려 줘! 출구가 어느 쪽이지?'

도통 감을 잡을 수 없었지만, 어쨌든 출구를 찾아야만 했다.

'일단 여기서 도망쳐야 해! 멀리, 멀리, 멀리!'

단숨에 화장실 지붕 위로 뛰어 올라갔다가 곧바로 반대쪽으로 뛰어내렸다. 놀랍게도 그쪽 길은 뻥 뚫려 있었다.

잠시 후, 나는 칠흑같이 어두운 숲속에 혼자 남겨졌다. 그러고 나서도 뒤에서 자동차 엔진 소리나 비명 소리가 사라질 때까지 계속 달리고, 달리고, 또 달렸다. 그즈음 내 혓바닥은 가슴까지 늘어져 있었다. 뭐, 적어도 내 느낌엔 그랬다는 얘기다.

마침내 랄스턴 가족의 집에 도착해서 2층에 있는 안전한 내 방으로 뛰어 들어갔을 때는 너무너무 행복했다.

다음 날, 내 모험이 신문에 실렸다. 나는 재빨리 제목과 기사를 읽어 내려갔다.

퓨마, 캠핑장 사람들을 습격하다!

시카고에 사는 휴고 군(11세)과 그의 모친 미셸 씨(41세)는 분노한 포식자로부터 가까스로 탈출했다.

"겁나서 죽을 뻔했어요."라고 미셸 씨는 말했다.

'올빼미 똥! 내 꼴사나운 짓이 동네방네 소문나게 생겼네.'

위험한 동물이 아직 근처에 있을 거라는 산림 감시원의 예측 때문에 캠핑을 하던 사람들은 다들 대피했고, 캠핑장은 그날 밤새도록 비어 있었다.

나는 피식 웃었다. 그 예측은 옳았다. 직선거리로 따지면, 내가 사는 곳은 그 캠핑장에서 고작 5킬로미터밖에 떨어져 있지 않았으니까.

"뭔가 기억이 돌아올 만한 기사를 찾았니?"

미소 띤 내 얼굴을 보고, 도널드 아저씨가 간절하게 물어보았다. 도널드 아저씨는 여전히 내 기억이 어느 날 갑자기 마술 상자처럼 짜잔, 하며 열리기를 바라고 있었다. 실망스럽게도, 도널드 아저씨의 다양한 심리 분석 기법들은 내 기억을 한 조각도 되살리지 못했다. 물론 그건 내가 줄곧 '아무것도 기억 안 나요' 전략을 고집했기 때문이다. 걱정했던 최면 요법조차도 내 정체를 밝혀 내는 데 실패했다. 오히려 도널드 아저씨가 유리알처럼 번들거리는 눈으로 자신이 예전에 저질렀던 교통사고에 대해 중얼거렸던 걸로 보아, 내 고양이의 눈이 아저씨를 최면에 빠뜨린 것 같았다.

"아뇨, 그냥 재미있는 기사가 있어서요."

신문을 다시 식탁 위에 올려놓았다. 말론 형은 콘플레이크를 게걸스럽게 입에 밀어 넣고 있었고, 멜로디는 접시에 가득 담긴 달걀 볶음을 포크로 쿡쿡 찔러 대고 있었다. 멜로디가 잠자리처럼 삐쩍 마른 데는 다 이유가 있었다. 틈틈이 머리에 꽂고 있던 꽃줄기를 만지작거리기도 하고, 식탁 아래에 있는 빙고에게 아침으로 먹던 베이컨을 먹이기도 했다.

"제이, 달걀 볶음 좀 더 먹을래?"

안나 아줌마가 나를 향해 미소를 지으며 권했다.

"고맙지만 괜찮아요."

난 정중히 사양했다.

마치 나 역시 마구 뒤섞인 달걀 볶음이 된 것 같았다. 어젯밤의 행동은 확실히 문제를 일으켰다. 누군가가 나를 '문제 동물' 취급하며 총을 쏠 거라는 걱정 따위 하지 않고, 퓨마의 모습으로 숲에 돌아갈 수 있으려면 얼마나 오랜 시간이 걸릴까?

밤 소풍을 나서기 전보다 더욱 가라앉은 기분으로 학교에 가려고 집을 나섰다.

하지만 학교에 도착하지는 못했다.

4

이상한 제안

자전거를 타고 고속도로 옆을 달리고 있을 때, 하늘색 드레스를 입은 키가 크고 날씬한 여자가 눈에 들어왔다. 그 여자는 길가에 서서 나를 유심히 지켜보다가 나를 향해 손을 들었다.

'응? 뭐지? 설마 자전거를 태워 달라는 건 아니겠지?'

무슨 문제라도 생겼나 싶었지만, 겉으로 보기엔 그런 것 같지는 않았다. 멈춰야 할지 말아야 할지를 고민할 겨를도 없이, 그 여자를 그냥 지나쳐 버렸다. 잠시 후, 그 여자에 대해서는 까맣게 잊은 채 오늘 보게 될 역사 시험에 대한 고민에 빠졌다.

'이 정도 공부했으면 설마 낙제하진 않겠지?'

숲에서 지낼 때는 인간의 역사에 대해 궁금한 것들이 아주 많았다. 하지만 막상 배워 보니, 역사의 위대한 사건들이란 단지 수많은 사람들이 다른 사람들의 머리통을 냅다 후려갈기는 일들이 모여서 된 것처럼 보였다.

'어, 잠깐만!'

똑같은 여자가 또다시 길가에 서 있었다! 그 여자가 나를 앞질러 와 있는 것이다!

어안이 벙벙해진 나는 속도를 줄이고 그 여자를 자세히 살펴보았다. 나를 유심히 살피고 꿰뚫어 보는 듯한 그 시선에, 만약 내가 퓨마인 상태였다면 털이 바짝 곤두섰을 것이다. 지금 내 팔뚝에 있는 우스꽝스러운 작은 털들도 그렇게 곤두서 보려고 최선을 다하는 중이었다. 이 여자는 어쩐지 좀 무서웠다.

'귀신인가?'

여자의 짧은 머리카락은 유령처럼 창백한 흰색이었고, 또 이상한 점은 맨발로 길가에 서 있다는 것이었다. 인간들은 맨발로 다니지 않는다. 인간들은 항상 다른 동물의 가죽을 자기 발에 끼우느라 큰돈을 쓴다.

자전거의 속도를 올렸다. 왜냐하면 그 여자의 다음 행동이 궁금했기 때문이다. 또다시 나한테 똑같은 장난을 칠 것인지…….

그 여자는 똑같이 했다.

이번엔 자전거를 멈춰 세우고, 여자에게서 눈을 떼지 않은 채로 자전거에서 내렸다. 여자의 살짝 굽어진 코와 엄격하고 날카로워 보이는 얼굴에서 야성미가 느껴졌다. 우리는 한동안 말없이 서로를 살폈다. 먼저 침묵을 깬 건 나였다.

"누구세요?"

여자의 얇은 입술에 미소가 번졌다. 그러자 갑자기 그 여자가 더 이상 위협적으로 보이지 않았다. 여자가 말했다.

"자전거는 여기 놔두고 나랑 같이 가자."

이 여자에게 무언가 특별한 점이 있다는 걸 느낄 수 있었다. 그래서 여자가 따라오라고 손짓했을 때, 머뭇거리지 않고 그 말을 따랐다. 우리는 길을 벗어나서 쑥으로 뒤덮인 골짜기의 탁 트인 초원으로 들어섰고, 몇 개의 바위와 덤불이 있는 곳에서 멈췄다. 그 여자는 바위와 덤불로 둘러싸인 곳에 앉아서 나에게도 옆에 앉으라고 손짓했다.

"그래, 인간들과 함께 지내는 건 어때?"

나는 혼란에 빠진 얼굴로 여자를 바라보았다.

'인간들과 함께? 그렇다면 그 말은…….'

"혹시…… 변신족이에요?"

내 질문에 여자가 웃으면서 고개를 끄덕였다.

"좀 더 경험이 쌓이면 자연스럽게 느낄 수 있겠지만, 지금 한 번 시도해 볼래? 다른 존재와 가까이 있으면 더 수월하니까."

내 안에서 무슨 일이 일어나는지 기다렸다. 그리고 정말로 그 여자가 변신족이라는 걸 느낄 수 있었다. 이건 그동안 알지 못했던 새로운 감각이었다. 이전까지는 느껴 보지 못했던 감각. 좋다거나 나쁘다거나 하는 느낌은 아니었고, 기쁨이나 두려움 같은 종류였다.

낯선 여자를 다시 보았을 때, 눈가가 갑자기 촉촉해졌다. 나는 혼자가 아니었다!

"제가 어떤 동물인지 아세요? 그것도 알 수 있나요?"

마음이 조금 진정되었을 때 물어보았다.

여자는 고개를 갸웃했다.

"글쎄, 너는 커다란 고양잇과 동물인 것 같구나. 네 움직임을 보면…… 힘이 세고, 무척 빨라 보여."

두 뺨이 달아오르기 시작했다.

"맞아요, 저는 퓨마예요. 당신은 어떤 동물인가요?"

"맞혀 보렴."

그다지 어렵진 않았다. 하얀 머리카락, 살짝 구부러진 코와 도도한 얼굴, 호리호리한 몸까지…….

"흰머리수리?"

"맞아."

여자가 고개를 끄덕였다.

"내 이름은 리사 클리어워터야."

"전 카락이에요."

그 말을 하면서 몸이 살짝 떨렸다. 2년 만에 처음으로 내 진짜 이름을 말했다.

리사 클리어워터는 미소를 지었지만, 내 손을 잡고 흔들어 대지는 않았다.

'좋네.'

인간들의 그 관습을 난 좋아하지 않았다.

"만나서 반가워."

리사 클리어워터가 말했다.

"너를 알아본 건, 일주일 전에 너희 학교에서 강연할 때였어. 당연히 독수리에 대한 강연이었고……. 아, 나는 독수리를 연구하는 생물학자야."

리사 클리어워터는 활짝 웃었다.

'독수리 변신족……. 그래서 그렇게 빠른 속도로 자전거를 타고 가던 나를 두 번이나 앞지를 수 있었구나. 그런데 드레스를 입은 채로 어떻게 그럴 수 있는 거지?'

"아직 내 질문에 대답 안 했어."

리사 클리어워터가 말했다.

"무슨 질문요?"

물론 무엇을 묻고 있는지 알고 있었다. 인간들과 함께 지내는 게 어떻느냐는 질문이었다.

"나쁘진 않아요."

나는 어깨를 으쓱하면서 말했다.

"슈퍼마켓으로 사냥하러 가는 건 꽤 실용적이니까요."

왜 진실을 말하지 않았는지 모르겠다. 지금의 일분일초가 너무너무 싫다고. 돌아갈 방법만 안다면, 어떻게든 다시 산으로 돌아가고 싶다고. 아마 우리가 서로 알게 된 지 5분밖에 되지 않아서 솔직히 말하지 못한 것 같다.

리사 클리어워터는 더 이상 캐묻지 않았다.

대신 다른 것을 제안했다.

"3년 전에 난 학교를 하나 설립했어. 너처럼 두 세계에서 살아가는 법을 배우고 싶어 하는 아이들을 위한 특수 학교야. 클리어워터 중고등학교는 기숙 학교고, 여기서 별로 멀지 않아. 내 생각엔 너도 우리와 함께하면 좋을 것 같아. 아직 퓨마는 없지만, 우리 학교에는 다른 변신족 학생들이 많이 있어."

"그러니까 더 많은 종류의 변신족이 있다는 말인가요? 게다가 거기는 기숙 학교고요?"

머리가 띵했다. 리사 클리어워터는 내가 혼란스러워하는 모습을 보며 미소를 지었다.

"변신족, 그러니까 우드워커들은 아주 드물어. 하지만 대답은 '그렇다'야. 여러 종류의 변신족이 있지. 그리고 학교는 하나가 아니라 두 곳이야. 내 아들 잭이 성인이 된 후로 플로리다에서 두 번째 학교를 운영하고 있는데, 물이 필요한 변신족들은 다 그곳으로 가. 돌고래라든지, 악어라든지, 상어 같은 변신족들 말이야."

"와우!"

그 말밖에 할 수 없었다.

'우드워커! 숲을 걷는 자들이라니!'

마음에 쏙 드는 이름이었다.

"이미 우리 쪽 사람 몇몇이 너와 접촉하려고 시도했었는데, 네가 반응을 보이지 않는다고 해서 내가 직접 만나러 오는 게 좋겠다고 생각했어."

리사 클리어워터는 말을 마치고 자리에서 일어났다.

"신입생은 언제든 환영이야. 너도 원한다면 바로 전학 올 수 있어. 우리 학교에서 배울 수 있는 것들은, 예를 들면 좀 더 쉽게 변신하는 방법 같은 거야. 또한 불쾌한 인간들을 어떻게 다뤄야 하는지 연습하기도 하고……."

최근에 학교에서 날 괴롭혔던 아이들에 대해 리사 클리어워터가 얼마나 알고 있는지 궁금했다.

"그리고 우리는 네가 인간으로서도, 그리고 퓨마로서도 더 잘 지낼 수 있도록 도와줄 거야. 그러니까 생각해 보고 알려 줘, 알았지? 우린 너와 함께하기를 원해. 그리고 어젯밤 캠핑장 사건 같은 건 다시는 일어나지 않도록 하고 싶어."

얼굴이 홍당무처럼 벌겋게 달아올랐다. 하지만 리사 클리어워터는 알아차리지 못했다. 변신하면서 드레스가 바닥으로 떨어져 내렸고, 내 앞에는 거대한 갈색 날개를 펼친 흰머리수리가 있었다. 노란 눈으로 주위를 살핀 흰머리수리는 땅 위에서 몇 걸음 폴짝폴짝 뛰어가더니, 드레스를 부리로 작게 개서 발톱으로 집어 들었다.

흰머리수리는 마지막으로 나를 한 번 쳐다보고는 하얀 깃털로 덮인 머리를 눈에 보이지도 않을 만큼 살짝 끄덕인 후에 날개를 퍼덕이며 하늘로 솟아올랐다.

"어떻게 연락하면 돼요?"

점점 멀어지는 흰머리수리의 꽁무니에 대고 소리쳤다.

'까마귀한테 말해.'

목소리가 갑자기 머릿속에 꽂혔다. 너무 갑작스러웠기 때문에 소스라치게 놀라며 이마를 감싸 쥐었다. 당연하게도 동물로 변신했을 때 마음과 마음으로 이야기할 줄 아는 것은 우리 퓨마 가족만이 아니었다.

흰머리수리, 아니 클리어워터 교장 선생님은 오래지 않아 시야에서 사라졌다. 나는 바위 뒤에 잠시 머물렀다. 머릿속이 복잡했다. 나는 혼자가 아니었다. 그리고 아직 어른이 되지 못한, 골칫거리에 시달리는 우드워커도 나 혼자가 아니었다. 이 사실은 정말 커다란 위안이 되었고, 외톨이 같던 기분이 벌써 나아지는 것 같았다. 하지만 아무리 머리를 굴려 봐도 그 학교가 어떤 곳인지 상상조차 할 수 없었다. 아마 잭슨홀 중학교와는 비슷한 점이 전혀 없을 테지만, 그곳이 내가 아는 유일한 학교였다.

더욱이 랄스턴 가족은 내가 한 번도 들어 본 적 없는, 아주 매우 대단히 이상한 학생들만 다니는 이상한 학교로 전학 가고 싶다고 말한다면, 나를 광견병에 걸린 사람 보듯 쳐다볼 게 뻔했다. 아마 내 진짜 부모님들도 마찬가지로 안 된다고 했을 거다.

'맞다, 학교!'

해가 걸린 위치로 보니, 역사 시험은 이미 놓쳐 버렸다.

상관없었다. 내 미래가 통째로 뒤바뀌게 생겼는데, 역사 시험 따위가 뭐가 중요할까?

'내 삶 전체가!'

5

또 다른 제안

그날 오후 늦게 랄스턴 가족의 집으로 돌아왔을 때, 아저씨와 아줌마가 화를 내며 질문을 수천 개씩 퍼부을 거라고 예상했다. 어쨌든 학교를 빼먹은 건 이번이 처음이니까. 하지만 웬걸, 온 가족이 어쩔 줄 몰라 하며 허둥대고 있었다. 얼핏 보기에 이렇게 허둥대는 이유가 나와는 관련이 없는 것 같았다. 왜냐하면 앞치마를 두른 안나 아줌마가 털이 몽땅 뽑힌 칠면조를 손에 움켜쥔 채로 내 앞을 휙 지나쳐 갔기 때문이다.

"안나 아줌마, 무슨 일이에요?"

정신이 쏙 빠져 있는 안나 아줌마는 이마의 땀을 쓱 훔쳤다.

"믿지 못하겠지만 말이야, 오늘 저녁 식사에 정말 상상도 못한 손님이 오기로 했단다."

"그래서요?"

그건 그다지 흥미로운 소식은 아니었다. 나는 안나 아줌마의 손에 들린 칠면조에 시선을 주었다. 털이 하나도 없어서 몹시 추워 보였다.

"앤드루 밀링이 온대! 그 사람이 너 때문에 온다는구나!"

'뭐라고?'

이건 정말 놀라운 소식이었다.

'앤드루 밀링? 포스터에서 봤던 그 유명인 말이야? 그 사람이 왜 날 보러 온다는 거지? 무슨 문제가 있는 건 아니겠지?'

"제이, 글짓기 대회에서 우승한 건 우리한테 말해 줬어야지."

안나 아줌마가 나를 향해 밝게 미소 지었다.

"네가 정말 자랑스럽구나! 게다가 항상 글짓기를 어려워하더니 말이야."

'갑자기 웬 글짓기 대회? 내가 우승했으면, 나도 알고 있어야 하는 거 아닌가?'

어안이 벙벙한 채로, 식당 천장에 아늑한 보금자리를 짓느라 바쁘게 거미줄을 뽑고 있는 거미 한 마리를 멍하니 쳐다보았다.

"제이, 앤드루 밀링은 미 서부 전역에서 가장 영향력 있는 사람 중 한 명이야."

도널드 아저씨가 분주하게 위스키 병들을 분류하고, 그중 한 병을 골라 코르크 마개를 열어 냄새를 맡으며 말했다.

"그 사람 소유의 석유 회사도 있고, 영화사도 있고, 실리콘 밸리에 회사도 몇 개 있어. 또 이곳 잭슨홀에도 스키 리조트를 하나 가지고 있지. 시에라 리조트 알지?"

'그런 걸 좋다고 생각해야 하는 건가?'

좀 혼란스러웠다. 어차피 나는 스키를 탈 줄도 모르고, 기름 같은 것도 쓸 데가 없었다.

배가 고파진 나는 칠면조가 어떻게 되어 가는지에 관심을 돌렸다. 220도로 맞춰진 오븐 속에 누워 있는 칠면조는 확실히 아까보다는 덜 추워 보였다. 나도 말론 형과 함께 식사 준비를 도와야 했기 때문에, 그 모습을 오랫동안 지켜보지는 못했다. 말론 형은 평소처럼 끊임없이 투덜대며 접시 더미를 들고 왔다. 내가 알록달록한 단풍잎을 몇 장 가져다가 장식했더니 말론 형은 오만상을 찌푸렸다.

"이건 무슨 쓰레기야?"

말론 형은 망설임 없이 단풍잎을 벽난로에 던져 넣으며 구시렁거렸다. 단풍잎은 금세 오그라들며 까맣게 타 버렸다.

"아, 진짜! 그냥 놔뒀으면 멋지게 보였을 텐데!"

난 씩씩거리며 말했다.

"어이쿠, 안타깝네."

말론 형이 씩 웃었다. 분명 기분 좋은 웃음은 아니었다. 구린내가 폴폴 풍기는 웃음이었다. 자기는 상을 받지 못했는데 나 때문에 대단한 사람이 방문한다니 배가 아픈 게 틀림없었다. 사실 나도 무슨 대회 같은 데서 상을 탄 적 없다고 말해 줘 봤자 말론 형은 절대 믿지 않았을 것이다.

"자, 얘들아! 뭘 기다리고 서 있는 거니? 이제 곧 초인종이 울릴 기야!"

안나 아줌마는 으깬 고구마가 가득 담긴 그릇을 식탁 위에 올려놓고 다시 주방으로 뛰어 들어갔다.

"멜로디, 옷은 다 갈아입었니?"

"당연하지!"

멜로디는 새 드레스를 입은 채 흥분한 다람쥐처럼 거실을 뛰어다니고 있었다. 소동의 한복판에서, 래브라도 빙고는 그 어느 때보다 평화롭게 마룻바닥에 누워 질겅질겅 뼈를 씹다가 가끔 나에게 의심의 눈초리를 보내곤 했다. 나는 빙고에게 혀를 쏙 내밀어 줬다.

7시가 되기 직전에 초인종이 울렸다. 문 앞에는 희끗희끗한 금발 머리의 잘생긴 남자가 서 있었다. 근육질 몸이 햇볕에 멋지게 그을린 남자는 청바지에 흰 셔츠를 입고 비싸 보이는 카우보이 부츠를 신은, 편하고 여유로워 보이는 차림새였다. 밀링 씨가 입을 크게 벌리고 웃자 하얗고 고른 치아가 드러났다. 밀링 씨에게서는 커다란 영역을 지켜야 하는 우두머리 수컷에게서 볼 수 있는 힘과 자신감이 뿜어져 나오고 있었다.

하지만 내가 놀란 건 그 때문이 아니었다. 그 사람이 나에게 손을 내밀었을 때, 오늘 아침 클리어워터 교장 선생님한테서 처음 느꼈던 바로 그 느낌을 받았던 것이다! 이건 같은 변신족에게서만 느껴지는, 말로 표현할 수 없는 감각이었다. 마치 따뜻한 바람이 살갗을 타고 흐르는 듯한 느낌이랄까.

나도 모르게 손을 맞잡았지만, 너무 당황한 나머지 말문이 막힌 채 그저 신발 끝만 내려다보았다.

'미 서부에서 가장 막강한 사람 중 하나가 우드워커라고?'

그런데 그게 다가 아니었다. 다시 고개를 들어 눈을 마주 보았을 때, 단번에 이 남자 역시 나와 같은 육식 동물이란 것을 알 수 있었다. 퓨마 변신족.

'그런데 왜 눈동자가 검은색이지?'

그건 뭔가 평범하지 않았다. 우리 눈은 금색 아니면 옅은 녹색이니까.

"만나서 정말 반가워요, 제이 군."

앤드루 밀링이 내 이름을 한 글자씩 또박또박 말했다.

"나는 앤드루예요."

내 인간 이름을 강조하는 것이 모든 걸 말해 주었다. 앤드루 밀링은 나에 대해 모든 걸 알고 있었다.

"안녕하세요, 앤드루."

나는 겨우겨우 대답했다.

"들어오시죠. 만나 뵙게 돼서 정말 기쁘네요."

도널드 아저씨가 들뜬 목소리로 환영했다. 지금 이 순간, 도널드 아저씨의 통통한 체형과 말총머리로 묶은 긴 회색 머리는 정말 작고 보잘것없어 보였다.

"이리 와서 앉으세요, 앤드루. 모시게 되어 영광입니다."

밀링 씨가 내 수양 가족을 마음대로 주무르는 데는 딱 5분 걸렸다. 밀링 씨는 도널드 아저씨의 위스키를 칭찬하고, 멜로디의 사랑스러운 새 드레스에 대해 아는 체하고, 벽난로 위에 걸려 있는 안나 아줌마와 대통령이 함께 찍은 사진에 감탄했다.

안나 아줌마는 가난한 사람들을 도운 일로 대통령 훈장을 받은 적이 있었다.

밀링 씨는 으깬 고구마를 사양했지만, 칠면조는 마다할 리가 없었다.

"환상적인 맛이네요."

밀링 씨는 정말 맛있게 먹으면서 말했고, 안나 아줌마의 뺨은 기쁨으로 발그레해졌다.

그러는 동안 나는 칠면조 고기 덩어리처럼 앉아서 말 한마디 하지 못했고, 도대체 이 낯선 변신족이 나한테서 뭘 원하는지만 줄곧 궁금해하고 있었다.

'여긴 자신의 영역이라고 경고하러 온 건가?'

"이제 네 이야기를 좀 할까, 제이?"

결국 밀링 씨가 말을 꺼냈다.

"네가 대회에서 보여 준 재능은 정말로 훌륭했어. 아주 인상

깊었단다. 모든 걸 완벽히 해냈더구나."

밀링 씨에게 그게 무슨 종류의 대회였는지 묻지 않았다. 나한테만 따로 알려 줄 수 있다면, 그게 더 좋을 것 같았다.

'모든 걸 완벽히 해냈다는 말은 정확히 무슨 뜻일까?'

차가운 물을 뒤집어쓴 것과 사냥하러 나갔다가 망친 것 말고도 요즘 뭐 하나 제대로 한 게 없었다.

'설마 그걸 말하는 건 아니겠지?'

"고맙습니다."

공손하게 대답했다.

"그게 바로 내가 앞날이 창창한 자네 같은 젊은이에게 관심을 가지게 된 이유였어."

밀링 씨의 말이 이어졌다. 나는 입술을 비틀어 미소를 지으려고 애썼다. 밀링 씨의 칭찬 세례는 나에게는 그저 스마트폰을 앞에 둔 코요테의 심정과 다를 바 없었다. 어쨌든 간에 나는 그런 칭찬을 받을 자격이 없었다.

"그래서 너한테 직접 상을 주고 싶었단다."

밀링 씨는 셔츠 가슴에 달린 주머니에서 두 가지 물건을 꺼냈다. 하나는 윤기가 좌르르 흐르는 나무 손잡이가 달린 주머니칼이었다. 그건 정말 비싸 보였다. 두 번째 물건은 황금빛 글자가 반짝거리는 밀링 씨의 명함이었다. 밀링 씨는 두 가지 물건을 모두 나에게 건넸다.

"계속 연락하고 지내면서 널 후원하고 싶다는 뜻이야, 제이. 명함에 내 휴대폰 번호가 적혀 있단다."

정말로 뭐라고 해야 할지 알 수 없어서 그저 고개만 끄덕였다. 그리고 주머니칼과 명함을 받아 주머니에 넣었다.

"이럴 때는 뭐라고 해야 하는지 알지?"

도널드 아저씨가 난처한 얼굴로 속삭였다.

"어…… 음…… 고맙습니다."

난 밀링 씨에게 말했다.

"잠시 둘이서만 얘기해도 괜찮을까요?"

밀링 씨가 양해를 구했다. 물론 내 수양 부모님은 괜찮다고 했고, 우리는 따로 시간을 갖게 됐다.

미 서부에서 가장 막강한 남자와 나는 나무 들보로 만들어진 넓은 테라스로 나가, 우리를 둘러싼 산맥을 바라보았다. 결국 내가 먼저 침묵을 깼다.

"원래 눈 색깔이 아니죠?"

밀링 씨는 부드럽게 웃었다.

"그래, 컬러 렌즈를 꼈어. 노란 눈은 사업 파트너들을 만날 때 방해만 될 뿐이라서."

"그렇군요."

대답하고 나서 숨을 깊이 들이마셨다. 내가 낯선 퓨마 변신족과 대화하고 있다니! 이건 정말 믿을 수 없을 정도로 굉장한 일이었다. 마침내 그동안 속으로만 쌓아 두었던 질문들을 꺼낼 수 있게 된 걸까? 리사 클리어워터를 만났을 땐 내 속마음을 털어 놓기에는 너무 충격을 받은 상태였다. 하지만 밀링 씨와 함께 있는 지금은 달랐다. 밀링 씨는 나와 같은 퓨마였고, 나를 적대시할 이유도 없었다. 밀링 씨는 나보다 훨씬 강했고, 만약 우리가 영역 싸움을 했다면 나를 죽일 수도 있었다. 무엇보다 밀링 씨는 나를 후원하고 싶어 했다!

나는 다음 질문을 던졌다.

"인간으로 사는 게 어렵진 않나요?"

"익숙해졌지."

밀링 씨는 어깨를 으쓱하며 나를 곁눈질했다.

"너도 제 앞가림은 할 수 있다는 듯이 나를 쳐다보는구나. 정말 그러니? 아니야, 네가 요즘 힘든 시간을 보내고 있다는 게 느껴지는걸."

나도 모르게 밀링 씨에게 모든 걸 다 말해 버렸다. 아직 친구를 한 명도 사귀지 못했고, 말론 형과 멜로디, 도널드 아저씨와 사이가 좋지 않고, 진짜 부모님이 어디에 있는지 모른다는 것까지 다. 말을 마쳤을 때, 기분이 날아갈 것처럼 가벼워졌다. 전에는 나한테 묶여 있는 바윗덩이들을 끌고 다니는 기분이었다면, 지금은 그 바윗덩이들이 싹 사라진 것 같았다.

"안됐구나."

밀링 씨는 난간에 기대어 팔짱을 낀 채로 나를 보고 있었다. 아니, 나를 뚫어져라 보고 있었다. 반쯤 어두워진 테라스 위에서 밀링 씨가 미소 짓고 있는 것을 볼 수 있었다. 하지만 그건 진짜 미소가 아니었다. 그저 입꼬리를 비틀고 있을 뿐이었다. 갑자기 불편한 느낌이 들었다.

'이 남자는 나를 후원하고 싶어 해……. 하지만 뭐 하러? 그리고 뭘 얻으려고?'

갑자기 이 남자가 어서 떠났으면 하는 마음이 들었다.

하지만 밀링 씨는 작별 인사를 할 생각은 전혀 없어 보였다.

"클리어워터 중고등학교라고 들어 봤니?"

밀링 씨가 주머니에서 막대 초콜릿 하나를 꺼내며 질문했다. 밀링 씨는 그걸 게 눈 감추듯 먹어 치웠다.

나는 어색하게 웃었는데, 누가 들어도 가짜 웃음인 게 티가 날 정도였다.

"네, 어…… 사실은 오늘 그 학교로 오라는 초청을 받았어요, 앤드루."

이름으로 부르는 건 실례인 것 같았지만, 그 남자가 자신을 이름으로 소개했기 때문에 나도 그렇게 불러야만 할 것 같았다.

"좋아, 그렇다면 그 학교로 가렴."

그 말은 마치 명령처럼 들렸다. 만약 내가 퓨마의 모습이었다면, 당장 귀를 뒤로 젖히고 이빨을 드러냈을 것이다.

"네, 저도 그러려고 했어요."

재빨리 대답한 다음 반항적으로 덧붙였다.

"어쩌면 아닐 수도 있고요."

밀링 씨가 코웃음을 쳤다.

"바보처럼 굴지 마라. 너는 멍청한 산토끼가 아니라, 머릿속에 생각이란 걸 할 수 있는 뇌를 가진 포식자야. 만약 이 기회를 잡지 않는다면, 넌 내가 생각했던 것만큼 똑똑하지 않은 거겠지."

밀링 씨는 난간에서 몸을 떼더니, 나에게 실내로 따라오라는 손짓을 했다.

동시에 빙고가 테라스로 나와 손님의 냄새를 맡더니 으르렁거리기 시작했다. 아마도 빙고는 왜 갑자기 이 집 안에 불쾌한 고양잇과 동물이 두 마리나 어슬렁거리는지 이해할 수 없는 것 같았다.

밀링 씨는 빙고를 경멸의 눈초리로 내려다보더니, 뾰족한 카우보이 부츠 끝으로 냅다 걷어차 버렸다. 래브라도는 충격과 공포에 휩싸여 구슬프게 울부짖으며 재빨리 달아나 버렸다. 내가 빙고를 특별히 좋아하는 건 아니지만, 이 순간만큼은 불쌍하다는 마음이 들었다. 이번엔 확실히 빙고가 상대를 잘못 고른 것 같았다.

밀링 씨는 안나 아줌마와 도널드 아저씨에게는 매력 발산을 제대로 했다. 대략 수천 번쯤 사탕발림을 늘어놓은 뒤에야 밀링 씨는 작별 인사를 했다. 랄스턴 가족은 그제야 긴장을 풀 수 있었다.

"말론이랑 제이가 설거지를 하도록 해."

안나 아줌마가 일거리를 나눠 주었다.

"멜로디는 당장 자러 가고. 내일 아침에 학교에 가야 하니까."

우리는 모두 더러운 접시를 주방으로 옮겼다. 그러고 나서 안나 아줌마가 멜로디를 2층 침실로 데려다주는 동안 도널드 아저씨는 위스키를 다시 진열장에 넣고 잠갔다. 아마 말론 형이 손대지 못하게 하려는 것 같았다. 말론 형은 개수대에 뜨거운 물을 채우다가 나를 돌아봤다.

"그거 내놔."

말론 형이 요구했다.

"그거라니?"

말론 형이 뭘 달라고 하는지 알 수 없었다.

"주머니칼 말이야, 이 멍청한 놈아. 주머니칼 내놓으라고."

'아, 그거.'

나는 주머니 깊숙이 손을 찔러 넣고, 작지만 묵직한 주머니칼을 손가락으로 말아 쥐었다. 잘 다듬어진 손잡이가 마치 조약돌처럼 매끈했다.

"왜?"

말론 형이 피식거렸다.

"내놓지 않으면, 네가 그걸 나한테 휘둘렀다고 할 거니까."

'냄새나는 스컹크 같은 자식!'

만약 내가 퓨마의 모습이었다면, 허벅지나 아니면 다른 토실토실한 부위에다가 기쁘게 송곳니를 박아 주었을 것이다. 하지만 아쉽게도 그럴 수는 없었다. 이 녀석은 안나 아줌마의 아들이고, 안나 아줌마가 슬퍼하는 건 보고 싶지 않으니까. 게다가 안나 아줌마는 이 녀석이 말도 안 되는 소리를 늘어놓더라도 아마 자기 아들을 믿을 것이다. 안나 아줌마가 나를 나쁘게 생각하는 건 원치 않았다.

"가져갈 수 있으면 가져가 보든지."

화가 나서 말하자, 말론 형이 공격해 왔다. 말론 형이 나를 때리려고 할 때, 본능적으로 반격하면서 콧잔등에 주먹을 날렸다. 말론 형은 비명을 질렀고, 잠시 후 우리는 서로를 붙잡은 채로 온 주방을 헤집어 놓으며 몸싸움을 벌이고 있었다. 물에 젖은 접시 두세 개가 바닥에 떨어져 와장창 깨졌다.

"이게 뭐 하는 짓이야?"

도널드 아저씨가 우리를 떼어 놓으려다가 비눗물이 칠해진 바닥에서 미끄러지는 바람에, 셋이서 함께 타일 위를 뒹굴었다.

"세상에! 이게 다 뭐야?"

안나 아줌마가 놀란 얼굴로 주방 입구에 서서 소리쳤다.

"지금 대체 뭣들 하는 거야?"

우리 세 명이 몸을 일으켰을 때, 안나 아줌마가 말론 형과 나에게 소리쳤다.

"얼른 가서 씻어. 그런 다음 무슨 일이 있었는지, 누구 때문에 이 말도 안 되는 일이 벌어졌는지 이야기하자."

말론 형은 코피를 줄줄 흘리면서도 나를 보며 씩 웃었다. 나는 그 웃음이 무슨 뜻인지 정확히 알고 있었다. 욕실에 단둘이 남게 되었을 때, 나는 아무 말도 하지 않고 말론 형에게 내 '우승 상품'을 주었다. 그걸 줘 버리는 게 특별히 슬프거나 하지는 않았다. 인간의 모습인 나는 칼이 필요 없었고, 퓨마라면 더더욱 칼이 필요하지 않았다.

게다가 나는 밀링 씨의 명함이 훨씬 더 가치 있다고 생각했다.

6

송곳니가 뾰족

그날 밤, 잠이 오지 않아 오랫동안 뒤척였다. 리사 클리어워터와 학교, 앤드루 밀링과 내 수양 가족, 그리고 이 마을에서의 내 삶에 대해 생각해 보았다. 멀리 지평선 끝에서 해가 떠오를 무렵 마침내 결정을 내릴 수 있었다. 물론 나름 의심도 했고, 그곳으로 가라던 밀링 씨의 강요는 화가 날 정도로 싫었다. 하지만 그 학교는 나에게 커다란 기회였고, 어떻게 해서든 그곳에 가야만 했다.

'아저씨와 아줌마는 어떻게 설득하지? 클리어워터 중고등학교 홈페이지라도 있을까?'

신문을 가지러 나갔을 때, 현관 앞 계단에 까마귀 한 마리가 앉아 있었다. 아마 얼마 전 학교에서 돌아오는 길에 나를 짜증 나게 했던 바로 그 까마귀일 것이다. 내가 윙크했더니, 까마귀도 나를 보고 윙크를 했다. 그러더니 부리로 신문 위에 놓인 무언가를 가리켰다. 그것을 집어 든 나는 피식 웃을 수밖에 없었다. 햇빛을 받아 표지가 반짝거리는 클리어워터 중고등학교 소개 책자였다.

"고마워, 큰 도움이 될 것 같아."

호기심에 얼른 소개 책자를 훑어보았다. 커다란 정문 사진과 적은 인원의 학급, 아늑해 보이는 교실, 학생들과 토론하는 친절해 보이는 선생님들, 학생 식당에서 접시 가득 음식을 쌓아 놓고 즐거워하는 학생들, 침대가 두 개씩 놓인 커다란 기숙사 방. 그리고 학교에서 가르치는 과목의 목록과 교장 선생님의 환영사, 학교로 오는 길 약도까지……. 기운 빠질 정도로 모든 게 다 평범해 보였다.

'이건 눈에 보이는 그대로를 믿는 순진한 사람들을 위한 눈속임일 거야, 안 그래?'

그렇게 생각하며 내 자신을 안심시켰다.

아침 식탁으로 돌아가 앉은 나는 심호흡을 한 번 하고 나서 접시를 한쪽으로 밀어 놓았다.

"며칠 전에 누가 학교에 와서 가까운 사립 기숙 학교 이야기를 했는데요…… 그러니까…… 정말로 좋아 보였어요."

난 더듬더듬 말했다.

"그리고 그 학교에서 저를 받아 주겠다고 했어요."

깜짝 놀란 네 쌍의 눈이 동시에 나를 바라보았다.

"왜 갑자기 그런 생각을 하게 된 거니? 너는 일반 학교에도 잘 적응하고 있잖아."

딸기잼을 바른 안나 아줌마의 토스트가 접시와 입술 사이에 딱 멈춰 버렸다.

"기숙 학교라고? 글쎄, 어떨지 모르겠는……."

"그 학교 이름이 뭐지?"

얼굴을 잔뜩 찌푸린 도널드 아저씨가 입술에 묻은 메이플 시럽을 냅킨으로 닦으며 물었다.

"클리어워터 중고등학교요."

재빨리 대답하며, 도널드 아저씨에게 소개 책자를 내밀었다. 도널드 아저씨는 마치 내가 죽은 주머니쥐를 건넨 것처럼 그 책자를 집어 들었다.

"클리어워터 중고등학교? 들어 본 적 없는데."

도널드 아저씨가 중얼거리며 페이지를 휙휙 넘겼다. 하지만 멜로디가 "와, 나도 볼래!"라고 소리치며 잡아채는 바람에 제대로 보지 못했다. 곧바로 말론 형이 멜로디가 가지고 있던 책자를 난폭하게 잡아챘고, 종이가 북 찢어지는 소리를 들을 수 있었다.

'아, 안 돼!'

재빨리 책자를 구출하려 했지만, 메이플 시럽을 잔뜩 머금은 팬케이크 위로 떨어져 버렸다.

'끝내주네! 이젠 찢어진 데다가 끈적끈적하기까지!'

"그만, 그만, 그만!"

안나 아줌마가 소리치면서 직접 책자를 구해 냈다. 이제 한 장씩 넘기는 것도 쉬운 일이 아니었다.

"음, 학교는 괜찮아 보이는데. 당신 생각은 어때?"

두 사람은 뭔가 의미심장한 눈빛을 주고받았다. 그 둘이 무슨 생각을 하고 있는지 상상해 볼 수 있었다. 말론 형과 내 사이가 좋지 않다는 것은 비밀이 아니었다. 어제의 싸움 이후로, 어쩌면 우리 둘을 한동안 떼어 놓는 편이 나을 거라는 생각을 둘 다 하고 있는지도 몰랐다. 하지만 도널드 아저씨는 아직 망설이는 눈치였다.

"이 장난질에 돈이 얼마나 들어가는데?"

도널드 아저씨가 네 개째 팬케이크를 조각내며 질문했다.

"잘 모르겠어요."

바지 주머니를 더듬어 명함을 찾다가 조심스럽게 말했다.

"하지만 앤드루 밀링은 제가 그 학교에 가는 게 좋을 거라고 했어요."

토론이 이토록 빨리 끝날 수도 있다는 사실을 그제야 알게 되었다.

도널드 아저씨는 즉시 클리어워터 중고등학교로 전화를 걸었고, 내가 오는 건 언제든 환영이란 말과 함께 장학금도 받을 수 있다는 소식을 듣게 되었다. 내가 새 학교로 가게 되면, 랄스턴 가족은 내 교육비를 감당하지 않아도 된다는 소리였다.

그 후로는 모든 일이 날개 돋친 듯이 진행되었다. 바로 다음 날 오후에 나는 다음 사실들을 알게 되었다. 첫째, 내가 기숙 학교에 가는 것은 아무런 문제가 없다. 둘째, 다음 주부터 클리어워터 중고등학교에 다닐 수 있다. 셋째, 안나 아줌마와 도널드 아저씨가 나를 그곳에 데려다줄 것이다.

하지만 알고 보니 그럴 필요가 없었다. 안나 아줌마가 리사 클리어워터에게 다시 전화를 걸었을 때, 내 새로운 교장 선생님은 월요일 아침에 학교 차량이 나를 데리러 올 거라고 알려 주었다.

나는 지금 다니는 학교에서 친절히 대해 주었던 몇몇 사람들에게 작별 인사를 했다. 그리고 일요일 오후 내내 두근거리는 마음으로 여행 가방과 배낭에 짐을 챙겼다. 엄마가 준 뿔로 조각한 목걸이도 조심스레 배낭 안에 넣었다. 인간들을 두려워하는 것과는 별개로, 엄마는 이런 것들을 만들어 1년에 두 번 잭슨홀 시장에 내다 팔았고, 그걸로 우리의 은신처에 넣어 둘 돈을 벌 수 있었다.

'부모님과 미아 누나를 다시 만날 수 있을까?'

정확히 276달러가 들어 있는 지갑을 꺼내 챙기다가, 난 작게 욕실을 내뱉었다.

'이런, 올빼미 똥!'

지갑 안에는 276달러가 아닌 230달러만 들어 있었고, 말론 형의 냄새를 맡을 수 있었다.

'이런 썩을 쥐새끼 같으니! 내가 방학 동안 기념품 가게에서 온종일 땀 흘려 가며 한 푼 두 푼 모은 돈이란 말이야!'

지금 당장 말론 형의 방으로 달려가, 형이 애지중지 수집하는 광물과 화석을 창밖으로 던져 버리고 싶었다. 그럼 하루 종일 찾으러 다니겠지? 너무 화가 나서 송곳니가 아랫입술을 찌를 정도로 자라나기 시작했다. 바로 그때, 안나 아줌마가 내 방문을 두드렸다.

"잠깐만 기다……."

당황해서 소리치는 사이 안나 아줌마는 이미 방 안으로 들어왔다. 나는 얼른 고개를 돌려 티셔츠 몇 장을 여행 가방에 쑤셔 넣었다.

"제이, 짐은 다 싼 거니?"

안나 아줌마가 물었다.

"거의 다요!"

"그래, 알았다. 네가 많이 보고 싶을 거야. 그런데 그거 아니? 2주에 한 번씩은 주말에 집에 올 수 있대. 그렇게라도 널 볼 수 있으니 참 다행이지 뭐니."

"네."

웅얼거리며 몸을 더 숙여서 가방 안을 뒤적거렸다.

'아니, 이 올빼미 똥 같은 송곳니는 왜 줄어들지 않는 거야?'

지금 같은 비상시를 대비해서 침대맡에 놓아두었던 사진을 집어 들었다. 사진에는 운동복 바지와 티셔츠 차림으로 농구를 하고 있는 완벽하게 평범한 소년 제이가 있었다.

'완전 평범하다, 완전 평범하다, 나는…… 완전 평범하다…….'

감사하게도 송곳니가 다시 줄어들기 시작했다.

"벌써 향수병에 걸린 거니?"

안나 아줌마가 내 어깨에 손을 올리며 물었다.

'향수병이라고? 진심?'

2주에 한 번 주말마다 집에 와야 한다고 주장한 사람은 내가 아니라, 바로 안나 아줌마와 도널드 아저씨다! 그 이틀 동안 아마도 난 밀렵꾼의 덫에 걸린 짐승처럼 아주아주 즐거운 시간을 보내겠지.

"제이, 괜찮니? 말론이 너에게 별로 친절하게 대하지 않은 거 알아. 말론이 네 소개 책자를 망친 것도 미안해. 너도 알겠지만, 말론은 학교 성적이 좋지 못해. 그래서 도널드 아저씨가 성적에 대한 부담을 꽤 많이 주고 있어."

"소개 책자는 괜찮아요."

난 중얼거렸다. 그나저나 도대체 말론 형의 학교 성적이 바닥인 게 나랑 무슨 상관이 있는 걸까?

'올빼미 똥! 그 자식 생각 따윈 하지 말았어야 하는 건데!'

송곳니가 또 길어지고 있었다! 혹시라도 안나 아줌마가 이걸 보게 된다면, 그 자리에서 심장 마비로 픽 쓰러져 버릴 것이다!

"자, 여기 세면도구 가방."

안나 아줌마가 내 여행 가방 위에 작은 파우치를 올려놓으며 말했다. 치약이 파우치 밖으로 뾰족하게 튀어나와 있었다.

'내 송곳니에 딱 어울리는 치약이네.'

손으로 입을 가리고 애써 괴로운 기억을 떠올렸다.

마침내 안나 아줌마가 방에서 나가자 긴장이 풀려서 주저앉을 뻔했지만, 가까스로 방문으로 뛰어갔다. 열쇠가 없어서 문을 잠글 수는 없었지만, 서랍장을 그 앞으로 밀어 놓으려 했다. 그런데 바로 그때, 안나 아줌마가 다시 돌아왔다. 문 끄트머리가 서랍장에 덜커덩 부딪혔다.

"맞다, 그나저나 제이, 방에 환기 좀 시킬래?"

안나 아줌마가 문틈으로 소리쳤다.

"이상한 냄새가 나는 것 같아. 무슨 냄새인지 정확히 모르겠지만…… 고양이 냄새인가?"

다음 날 아침, 나는 출발 준비를 모두 마친 채로 기다렸다. 클리어워터 중고등학교 로고가 새겨진 찌그러진 파란색 소형 트럭이 집 앞에 멈춰 섰다. 낡은 트럭 양옆에는 길게 긁힌 자국들이 있었다.

'저 자국들은 대체 뭐지?'

잠시 들여다보던 나는 퍼뜩 깨달았다.

'이건 어디 긁힌 게 아니라 거대한 발톱 자국이잖아!'

여행 가방을 꼭 끌어안은 채, 덥수룩한 갈색 머리에 팔뚝에는 문신이 가득한 근육질의 중년 사내가 운전석에서 내리는 것을 지켜보았다. 검은 가죽 바지를 입고 청재킷을 맨살에 걸친 그 남자는 얼마 전 TV에서 보았던 〈지옥의 천사들〉에 나오는 폭주족처럼 보였다.

남자는 간단히 악수하며 자신을 랄스턴 가족에게 소개했다.

"존더버그, 클리어워터 학교 관리인입니다. 아드님을 데리러 왔습니다."

남자는 나를 위아래로 쓱 훑어보더니, 볕에 까맣게 탄 얼굴을 일그러뜨리며 미소를 지었다.

"좋아, 가자."

랄스턴 부부는 좀 당황한 것처럼 보였다. 아마도 엘리트 사립학교를 대표해서 온 사람은 좀 다르게 보일지도 모른다고 생각했던 것 같다.

도널드 아저씨가 입을 열었다.

"어쩌면 우리 애가……."

얼굴을 찌푸리고, 팔짱을 끼고 다리를 벌리고 선 채로 존더버

그 씨는 랄스턴 가족 앞에서 몸에 잔뜩 힘을 주었다.

"에…… 그러니까 제 말은…… 기숙 학교로 가기엔 조금 이른 건 아닌지……."

도널드 아저씨가 흐지부지 말을 마쳤다. 운전사는 한마디 말도 없이 도널드 아저씨를 향해 무시무시한 눈빛을 보낸 뒤, 나를 보고 위협하듯 고함을 쳤다.

"안 탈 거냐?"

얼떨떨한 얼굴을 한 안나 아줌마와 도널드 아저씨, 심지어 멜로디까지 나에게 작별의 포옹을 해 주었다. 말론 형은 내 어깨뼈를 부러뜨리고 싶은 것처럼 있는 힘껏 내 등을 두들겼다. 문신을 한 운전사는 단번에 그걸 알아차리고 말론 형에게 다가가 악수를 청했다. 말론 형이 손을 맞잡았다. 그건 큰 실수였다! 운전사가 손아귀에 힘을 주자, 말론 형의 얼굴이 딸기처럼 빨개졌다. 나는 말론 형의 얼굴이 또 다른 색으로 변할지 손에 땀을 쥐고 지켜봤다.

'그럼 그렇지!'

잠시 후에 말론 형의 얼굴은 우윳빛처럼 창백해졌다. 그것도 상한 우유 색깔이었다!

"좋아, 가자."

운전사가 내 쪽으로 몸을 돌리며 말했다.

세게 잡혔던 손을 부여잡은 채로 아파서 얼굴을 구기고 있는 말론 형을 마지막으로 한 번 쳐다보고 나서, 운전석 옆에 짐을 내려놓고 소형 트럭에 올라탔다. 기사가 가속 페달을 꾹 밟자, 트럭은 잭슨홀을 빠져나가는 고속도로를 향해 질주하기 시작했다.

"고마워요."

내가 말했다.

"고맙긴."

운전사가 대답했다.

"그리고 내 이름은 테오다."

눈동자만 살짝 굴려서 테오 씨를 쳐다보며, 변신족인지 아닌지 가늠해 보았다. 이번에는 느낌이 잘 오지 않았다.

'그런데 우드워커도 문신을 하는 게 가능한 걸까? 동물의 모습으로 변신하면 다 사라져 버리는 거 아닌가?'

"학교까지는 얼마나 걸려요?"

조심스레 질문했다.

"딱 20분."

테오 씨가 대답했다.

"하지만 동물 보호소에 먼저 들러야 해."

"동물 보호소요?"

아마도 난 굉장히 혼란스러운 표정을 짓고 있었을 거다.

"그래, 주말 동안에 사고 친 여학생을 데리러 가야 해."

테오 씨가 씨익 웃었다.

"그 녀석이 어디 있는지 찾아내느라 시간이 좀 걸렸지."

"아!"

도대체 어떤 종류의 변신족이 무슨 사고를 쳤길래 동물 보호소로 보내졌는지 상상해 봤다. 당연히 곧 알게 되겠지만 말이다.

7

클리어워터 중고등학교

보호소에 도착하니, 수많은 개가 짖어 대고 울부짖으며 우리를 반겨 주었다. 그 즉시 심장이 두근거리기 시작했다. 예전에 한 번 아빠가 한 무리의 개들에게 쫓겨 달아난 적이 있었는데, 나무 위로 피할 수 있어서 간신히 목숨을 건졌다.

테오 씨가 내 반응을 알아차리고 물었다.

"네 친구가 있는 건 아니지?"

나는 말없이 고개를 저었다.

초인종을 누르자 분홍색 운동복을 입은 여자가 문을 열었다. 그 여자는 기대에 찬 눈으로 우리를 바라보았다.

"어느 쪽? 고양이? 개? 아니면 토끼?"

"다람쥐."

테오 씨가 대답했다.

"아, 그 징글징글한 녀석."

여자는 회색 곱슬머리가 휘날릴 정도로 머리를 세차게 흔들며 웃음을 터뜨렸다.

"소풍 나온 사람들 물건을 슬쩍했어요. 야생 동물이 아니란 건 금방 알아보겠더라고요."

여자의 표정이 갑자기 심각해졌다.

"설마 가르친 건 아니겠죠? 그러니까…… 도둑질 말이에요."

"버릇을 고치려는 중이오."

테오 씨가 말했다.

"그렇군요. 행운을 빌어요. 솔직히 그 녀석을 데려간다니 다행이에요. 밤새도록 시끄럽게 우리를 흔들고, 볼트까지 풀려고 했다니까요."

"그것참 미안한걸."

테오 씨는 미안한 모습을 보이려 애썼는데, 그 모습이 병든 코끼리처럼 보였다. 난 테오 씨가 코끼리는 아니기를 바랐다.

보호소 직원은 테오 씨와 나를 우리로 안내했다. 우리 안에는 부드러운 갈색 물질로 덮인 나무가 한 그루 있었는데, 여러 동물들이 오르내리느라 매끈하게 닳아 있었다. 나무 중간쯤에는 사료용 곡물과 물이 가득 담긴 조그만 접시가 있었다. 다시 보니 꼭대기에 시무룩한 표정을 짓고 있는 다람쥐 한 마리가 앉아서 두 앞발로 열심히 나무를 감싼 무언가를 뜯어 내고 있었다. 그러니까, 이 다람쥐는 나와 같은 학교 학생이었다.

"그만 좀 해, 이 성가신 녀석아!"

보호소 직원이 소리쳤다.

다람쥐는 '그래서 어쩔 건데?'라고 묻는 듯한 눈빛으로 보호소 직원을 노려본 뒤 하던 일을 계속했다.

"거기까지!"

테오 씨가 엄한 목소리로 말하며 가지고 온 작은 바구니를 열었다.

"어서 들어와. 우린 이제 갈 거야."

다람쥐는 펄쩍 뛰어올라 놀라운 속도와 민첩성을 선보이며 잽싸게 나무를 내려와 곧장 바구니 속으로 뛰어들었다.

"와우!"

보호소 직원이 감탄했다.

"훈련이 잘되어 있네요. 이름이 뭐예요?"

"홀리."

테오 씨가 바구니 뚜껑을 닫으며 말했다. 그러고 나서 직원을 향해 친근하게 고개를 끄덕였다.

"고맙소. 다시는 이런 일이 생기지 않도록 하겠소."

테오 씨는 바구니를 트럭에 싣고 다시 출발했다. 하지만 우리는 멀리 가진 않았다. 다음 길모퉁이 근처에서 차를 길가에 세운 테오 씨는 바구니를 열었다. 그리고 절대 자기 것으로 보이지 않는 짤랑거리는 장식이 달린 배낭에서 여자애들이 입는 형광 녹색 티셔츠와 반바지를 꺼냈다.

"잠깐 내려라."

테오 씨가 나에게 손짓했다. 우리 둘은 트럭 옆쪽에 기대어 섰다. 트럭 안에서 할퀴고 긁히는 소리가 잔뜩 난 뒤에 여자애의 목소리가 들렸다.

"어우, 거기는 정말 견딜 수가 없었어요! 왜 좀 더 일찍 데리러 오지 않은 거예요? 음식이라고는 전부 썩은 맛이 나고……. 그런 건 그 멍청한 여자 입속에다 쑤셔 넣었어야 했는데!"

트럭 안을 살짝 들여다보았다. 이제 그곳에는 검고 빛나는 눈동자에 적갈색 머리카락이 어깨 근처에서 찰랑거리는 여자애가 앉아 있었다. 나와 비슷한 나이 같았다.

"뭘 봐?"

다시 차에 오르는데, 여자애가 도발적인 눈빛으로 물었다.

"그냥 보는 건데?"

냉정함을 유지하려고 애쓰며 대답했다. 하지만 결국 호기심을 이기지 못하고 질문을 했다.

"자주 잡히는 거야?"

"아냐, 내가 멍청한 짓을 했어. 그리고 그 관광객이 하필 고기잡이 그물을 들고 있었다고! 그런 걸 들고 다닐 줄 알았겠어?"

홀리는 눈알을 이리저리 굴리다가, 작고 섬세한 손으로 앞 좌석 팔걸이를 긁기 시작했다. 그러다가 나를 곁눈질했다.

"넌 뭐야? 너도 우리 중 하나지?"

"맞아."

대답을 하면서 갑자기 내가 그냥 인간이 아니라 우드워커라는 게 자랑스러워졌다. 그건 썩 괜찮은 기분이었다.

"나는 퓨마야."

"퓨마? 우웩! 나를 콩알만큼이라도 갉아 먹으려고 하면, 네 그 더러운 수염을 하나씩 뽑아 버릴 거야. 알아들었어?"

"확실히 알아들었어."

대답하면서도 웃음을 참을 수가 없었다. 만약 홀리가 다람쥐인 줄 몰랐다면, 분명 시궁쥐라고 생각했을 거다.

"걱정 마, 지금은 배가 안 고프니까. 그나저나 훔친 물건들은 어떻게 했어? 전부 다 놔두고 온 거야?"

"훔쳤다고? 누가 그런 짓을 해? 도둑질은 금지야."

홀리가 순진한 척 표정을 꾸미려던 시도는 얼마나 말썽꾸러기인지를 알려 주는 눈빛 때문에 허무하게 실패해 버렸다. 나는 슬쩍 떠보듯 물었다.

"이 학교는 얼마나 오래 다닌 거야? 거기는 어떤 것 같아?"

"야생적이고, 또 다양하지."

홀리가 대답했다.

그 대화를 끝으로 학교에 도착할 때까지 몇 분 동안 우리는 아무 말도 없었다. 테오 씨는 학교 입구의 잔디 주차장에 소형 트럭을 세웠다. 소개 책자에서 이미 본 곳이었다. 현대적이고 창문이 많고 벽돌이 드러나 있는 벽과, 반짝이는 금속으로 조각된 '클리어워터 중고등학교'라는 이름까지.

"정확히 뭐가 야생적이라는 거야?"

조금 실망한 표정으로 물었지만, 홀리는 그저 웃으며 건물을 빙 둘러 조금 뛰어갔다. 나는 배낭을 집어 들고 홀리를 따라가다가, 곧 입구는 방문객에게 보이기 위한 곳이고 학교의 나머지 부분은 꽤 달라 보인다는 것을 깨달았다. 건물 뒤쪽으로 돌아가자 보통의 평범한 건물처럼 보이지 않고, 점점 더 자연의 일부처럼 보이기 시작했다. 홀리는 누군가가 마구잡이로 쌓아 놓은 것처럼 보이는 화강암 덩어리로 이루어진 언덕을 달려 올라갔다. 그 위로는 풀과 묘목이 자라고 있었다.

"여긴 기숙사가 있는 서쪽 날개야. 어때, 나쁘지 않지?"

홀리는 화강암 덩어리 중 하나의 가운데에 있는 동그란 유리창을 톡톡 두드렸다.

"내 방 창문이야!"

"우아!"

달리 할 말이 생각나지 않았다.

좀 더 자세히 들여다보니 더 많은 창문이 있었는데, 저마다 다른 모양이었다. 둥근 것, 네모난 것, 큰 것, 작은 것, 심지어 둥근 돔 모양으로 생긴 것도 있었는데, 그게 특히 마음에 들었다.

'밤이면 머리 위로 별이 쏟아지는 하늘이 펼쳐지겠지.'

홀리가 놀라운 속도로 언덕을 달려 내려왔고, 나는 홀리를 따라 다시 트럭으로 돌아갔다.

'자, 이제 네 방을 보여 줄게.'

머릿속에서 목소리가 울렸다. 무심코 뒤를 돌아보았다가 펄쩍 뛰어오를 만큼 놀랐다. 내 뒤에는 무게가 0.5톤은 나갈 것 같은 근육과 강철처럼 단단한 발굽을 가진 거대한 수컷 말코손바닥사슴이 서 있었다. 우리 부모님이었어도 감히 공격할 엄두도 못 냈을 것 같은 짐승이었다. 뿔 한쪽에는 홀리의 알록달록한 배낭과 내 재킷이, 다른 쪽 뿔에는 내 여행 가방이 걸려 있었다.

"그러죠."

간신히 충격에서 벗어나 대답한 뒤, 테오 씨를 따라 출입구를 지나 새로 다닐 학교로 들어갔다. 홀리는 화강암 덩어리 위에서 재빨리 물구나무를 섰다가 벌떡 일어나 우리를 쫓아왔다.

넓고 천장이 높은 복도를 걸어가면서 주위를 둘러보았다. 벽에는 정말 끔찍한 유화 몇 점이 걸려 있었다. 우리는 석양을 바라보는 늑대의 실루엣과, 산을 배경으로 울부짖는 수사슴, 그리고 사료가 수북이 담긴 개밥그릇 앞에서 영화배우처럼 자세를 취하고 있는 퍼그 그림을 지나쳤다.

홀리를 빼면 아직 다른 학생은 한 명도 보지 못했다. 물론 오늘은 월요일 아침이므로 학생들은 교실에 앉아서 수업을 듣고 있을 것이다. 어쩌면 아닐 수도 있고. 바로 그때 여학생 둘과 남학생 하나가 입구 쪽에서 나타나 서둘러 우리를 지나쳐 갔다.

"휴, 아슬아슬했어!"

남학생이 숨을 헐떡였다.

"그 남자가 우리를 봤을까?"

"절대."

남학생과 마찬가지로 머리가 검고 긴 여학생이 말했다.

"적어도 B학점은 받을 수 있을 거야."

또 다른 여학생이 쾌활하게 말했다.

그 셋이 우리를 지나쳐 갈 때, 검은 머리 여학생이 나를 보며 미소 지었고, 난 그 여학생이 소개 책자를 가져다준 까마귀라는 것을 알 수 있었다. 그래서 나도 마주 보고 미소를 지어 주었다.

"저 애들은 이제 막 학습 탐험에서 돌아온 거야."

테오 씨가 말했다.

"뭘 했다고요?"

"몰라도 돼."

홀리가 얼굴을 찌푸리며 말했다.

"우린 아직 저런 일 못 해. 중간고사를 통과하기 전까진 말이야. 저 까마귀들은 지난번에 거의 모든 시험을 통과했어. '인간 연구' 과목만 통과하지 못했지."

"그렇군."

나는 홀리가 무슨 말을 하는지 알아들은 것처럼 대답했다.

다른 두 무리의 아이들이 더 지나쳐 간 뒤에야 우리는 방향을 틀어 2층 계단을 올라갔다. 그곳에 보통 크기의 문보다 두 배는 큰 문들이 나란히 있는 걸 볼 수 있었다. 문마다 두 개의 이름이 적혀 있었다.

"나중에 보자."

홀리가 말했다. 그리고 테오 씨의 뿔에서 배낭을 휙 낚아채더니 다른 구역으로 가 버렸다. 아마도 그쪽에 여학생 기숙사가 있는 것 같았다.

말코손바닥사슴이 나를 다른 쪽 복도로 데려갔다. 그곳에는 클리어워터 교장 선생님이 줄무늬 스웨터를 입고 옆으로 가르마를 탄 깔끔하고 단정해 보이는 소년과 함께 기다리고 있었다. 가까이 다가가자 그들이 아직 이름이 적히지 않은 문 앞에 서 있는 게 보였다.

'여기가 내 방인가?'

클리어워터 교장 선생님은 나를 보고 다정하게 고개를 끄덕이고는 아마도 내 룸메이트가 될 소년을 향해 돌아섰다. 기대에 차서 그 아이를 보았지만, 그 아이는 나를 힐끗 쳐다볼 뿐이었다. 그 아이는 한쪽 눈꺼풀을 파르르 떨면서 클리어워터 교장 선생님에게 말했다.

"실수가 있는 것 같은데요. 왜 저 같은 토끼가 퓨마와 함께 방을 써야 하는 거죠? 제발요, 다른 빈방이 있을 거예요!"

좋았던 기분은 박살이 났다. 그 소년은 나와 함께 방을 쓰고 싶어 하지 않았다. 그 녀석한테서 정말로 먹음직스러운 냄새가 난다는 걸 인정할 수밖에 없었지만, 당연히 나는 그 녀석에게 아무 짓도 하지 않았을 거다. 학교 친구를 잡아먹는 건 금지 사항일 테니까.

클리어워터 교장 선생님은 한숨을 쉬었다.

"그래, 알았다, 님블. 밤마다 악몽을 꾸면 안 되겠지. 22B 일인실을 쓰렴."

"아, 고맙습니다. 정말 고맙습니다!"

토끼 님블은 엄청나게 감격한 듯 말하고는 옷 가방을 질질 끌면서 멀어져 갔다. 님블은 허둥지둥 자리를 뜨느라 나한테는 작별 인사를 하는 것도 잊어버렸다. 테오 씨가 내 여행 가방을 바닥에 내려놓고 발굽으로 툭 차서 문 쪽으로 밀었다.

"고맙습니다. 학교까지 태워다 주신 것과 다른 것도 전부요."

"카락은 브랜든과 한방을 써야 할 거예요."

교장 선생님이 나를 곁눈질하며, 테오 씨에게 말했다.

"내가 가서 말해 두죠."

"브랜든이랑요?"

갑자기 어딘가에서 나타난 홀리가 우리 사이로 머리를 들이밀고, 자기가 들은 게 맞는지 확인했다.

"하지만……."

"이 둘은 아주 잘 지낼 거야."

교장 선생님이 말하며, 황갈색의 날카로운 독수리 눈으로 홀리를 쳐다보았다.

"홀리, 넌 지금 당장 교실로 가렴. 이미 수업을 많이 놓쳤구나. 수업을 마치면 오늘 오후에 내 방에서 얘기 좀 하자."

홀리는 나를 흘끗 쳐다보더니, 무슨 뜻인지 모를 몸짓을 하고는 허둥지둥 달려갔다.

그제야 클리어워터 교장 선생님은 나에게 돌아섰다.

"좋아, 처음부터 다시 하자. 환영한다, 카락! 네가 우리 학교에 와 줘서 정말 기쁘구나. 님블과 기숙사 방에 관한 일은 정말 미안하게 되었어."

"괜찮아요."

그렇게 대답했지만 마음은 무거웠다.

교장 선생님은 안심하라는 듯 미소를 짓더니, 종이 몇 장과 함께 책이 가득 든 천 가방 하나를 나에게 주었다.

"우선 짐을 풀고, 좀 쉬면서 교칙을 읽어 보는 게 좋겠다. 이건 네 교과서야. 점심시간이 거의 다 됐으니 브랜든을 불러서 너와 함께 점심을 먹고 학교 구경을 시켜 주라고 할게. 하지만 먼저 네 영역에 표시를 해야겠지?"

교장 선생님은 나한테서 다시 천 가방을 받아 들더니, 노란

페인트 한 통과 붓을 엄숙하게 건네주었다.

자꾸만 실실 웃음이 났다. 잠시 후, 내 방문 위에는 햇빛처럼 밝은 노란색 대문자로 적힌 'CARAG'이라는 이름이 빛나고 있었다.

'위대한 퓨마, 카락 님이 이곳에 왔다!'

짐을 푸는 것은 나무줄기에 발톱 자국을 새기는 것만큼이나 순식간에 할 수 있었다. 난 정말 가진 게 별로 없었으니까.

짐을 풀고 나서 침대에 걸터앉아 새 교과서를 훑어보았다. 《초보자를 위한 변신》, 《변신족 문화사》, 《우드워커의 삶》을 비롯해서 두꺼운 책 몇 권이 있었다. 나는 누군지 모를 내 룸메이트를 기다렸다.

8

야생적이고도 다양한

기다리는 동안에 방을 꼼꼼히 살펴보았다. 꽤 큰 방이었지만 다 살펴보는 데는 그다지 오래 걸리지 않았다. 랄스턴 가족의 거실과 비슷한 크기의 방이었고, 가구가 조금 있었다. 두 개의 침대, 두 개의 옷장, 두 개의 책상과 걸상. 모든 게 밝은색 나무로 만들어져 있었다.

바닥에는 알록달록한 색깔의 낡은 러그가 깔려 있어서 방 분위기를 좀 더 아늑하게 만들어 주었다. 가장 맘에 든 건 사시나무와 버드나무 사이로 반짝이는 강을 볼 수 있는 커다랗고 둥근 창문이었다.

창문은 창틀에 앉아서 밖을 내다볼 수 있는 구조로 되어 있었다. 더욱 좋았던 건 창문이 활짝 열린다는 점이었다. 물론, 즉시 바깥쪽의 화강암 덩어리 위로 올라갈 수 있는지 시험해 보았고, 어지럽지만 않으면 아무 문제 없을 것 같았다. 그리고 퓨마가 고소 공포증이 있다는 소리는 한 번도 못 들어 봤다!

밖에서 한창 균형 잡기 놀이에 열중하고 있는데 방문이 열리는 소리가 들렸다.

'아, 드디어 내 새로운 룸메이트가 왔구나!'

단숨에 방으로 뛰어 들어갔다. 배낭을 메고 여행 가방을 든 어깨가 넓은 소년이 막 방으로 들어오고 있었다. 점심 도시락으로 사슴 두세 마리를 통째로 챙겨 온 듯 여행 가방은 터지기 직전이었다. 의심할 여지 없이 켜켜이 쌓인 옷 더미일 것이다.

"안녕? 너 퓨마 소년 맞지? 나는 브랜든이야. 으…… 젠장!"

브랜든의 여행 가방에 달린 끈이 문손잡이에 걸려 버렸다. 당황해서 여행 가방을 잡아당기자 끈이 끊어져 버렸다. 쿵! 브랜든은 중심을 잃고 바닥에 엉덩방아를 찧었다.

"미안, 난…… 그러니까……."

브랜든은 더듬거리며 몸을 일으켰다. 바로 그때 여행 가방이 쓰러지면서 지퍼가 열렸고, 그 안에서 노란색의 무언가가 바닥을 모두 덮을 기세로 쏟아져 나왔다.

'이게 뭐지? 10년 치 레몬 맛 풍선껌인가?'

"잠깐만, 내가 다 치울게!"

브랜든은 두 손으로 그것을 가득 퍼서 다시 가방에 담으려 했다. 나는 웃음을 터뜨렸다. 도저히 참을 수가 없었다. 그 노란색의 무언가는 바로 옥수수 알갱이였다. 브랜든의 가방 안을 들여다보고 난 놀랄 수밖에 없었다. 그 안에 쌓여 있는 건 옷이 아니었다. 몽땅 다 옥수수로 채워져 있었다.

우리는 옥수수 알갱이를 손으로 모았다. 침대 밑에서 쓸어 내고, 러그에서 털어 냈다.

"가방에 다시 다 담을 수는 없을 거야."

브랜든이 헐떡이며 말했다.

"베갯잇을 써 보자."

난 말하자마자 행동에 옮겼다.

"옷은 하나도 없어?"

한참이 지난 후 마침내 방 안이 다시 사람 사는 곳처럼 보이자, 룸메이트에게 물었다.

"그게 무슨 말이야? 당연히 옷도 있지."

브랜든이 작은 배낭을 열어 지금 입고 있는 것과 똑같은 티셔츠 세 벌과 카키색 바지 두 벌, 그리고 속옷 몇 장을 꺼냈다. 그것들을 한데 뭉쳐서 옷장에 집어넣고 자기 침대에 앉아 이마에 맺힌 땀을 닦으며 나를 향해 수줍은 미소를 지어 보였다.

"나와 함께 방을 쓰고 싶어 하다니, 너 정말 멋진 녀석이구나."

브랜든이 옥수수 알갱이 몇 개를 입안에 던져 넣고, 세상에 다시없을 행복한 표정을 지으며 와드득와드득 씹어 먹었다.

물론 아무도 이 녀석과 함께 방을 쓰고 싶은지 물어본 적 없었다. 하지만 내가 그 말을 했다면 브랜든은 분명 상처받았을 것이다. 특히 지금처럼 내가 이미 이 애를 비웃은 뒤라면 더더욱.

"어, 그렇지. 그러니까……."

내가 어떤 상황에 처해 있는지 최대한 빨리 알아내야 했다.

"넌 정확히 무슨 동물이야?"

브랜든이 수줍게 시선을 내리까는 모습에 난 기겁했다.

"들소."

브랜든이 대답했다.

"그게 내 잘못은 아니야."

브랜든의 말을 듣고 나서야 내 눈에도 보이기 시작했다. 브랜든은 탄탄하고 힘이 아주 세 보였는데, 그게 첫 번째 단서였다. 그리고 물소 털처럼 곱슬곱슬한 짧은 갈색 머리카락도.

"당연히 네 잘못이 아니지."

재빨리 맞장구쳤다.

"우리는 그냥 이렇게 태어난 거야, 안 그래? 누구도 나에게 어떤 동물로 태어나고 싶은지 물어보지 않았어."

"그래, 그렇지."

브랜든이 한숨을 쉬었다.

"어쨌든, 이제 나가 보는 게 좋을 것 같아. 교장 선생님이 너한테 학교 구경을 시켜 주라고 했거든. 나도 여기 온 지 3주밖에 안 됐지만, 어디에 뭐가 있는지는 다 아니까. 그럼 갈까?"

'들소와 한방을 쓰는 건 위험한 일일까?'

문득 궁금해졌다. 브랜든이 화나면 뿔로 옷장을 들이받아 버릴지도 모른다.

"우리 학교는 안쪽이 뚫려 있는 네모난 건물과, 건물 가운데에 있는 안마당으로 이루어져 있어."

브랜든이 설명했다.

학생들의 방과 선생님들의 개인 숙소는 모두 2층에 있었고, 교실과 강당과 교무실은 1층에 있었다. 지하에는 여러 가지 창고와 작업실이 있었는데, 학생들은 선생님의 허락을 받아야만 들어갈 수 있었다.

"자, 이제 이 학교에서 가장 멋진 곳을 소개할게."

브랜든이 자랑스레 말했다.

"학생 식당과 휴게실이지. 보면 깜짝 놀랄 거야!"

나는 정말로 놀랐다. 학생 식당은 밖에서 볼 때 이미 감탄했던 유리 돔 바로 아래에 자리 잡고 있었다. 날씨가 화창해서 돔은 마치 입을 벌린 조개껍데기처럼 활짝 열려 있었다. 식당 한쪽에는 서른 명 남짓한 아이들이 모두 인간의 모습으로 점심을 먹고 있었다. 그게 규칙인 것 같았다. 다른 한쪽은 조그만 탁자 주변에 소파와 쿠션이 달린 안락의자, 폭신한 빈 백 의자가 놓여 있는 휴게실이었다. 그곳에는 열린 노트북 몇 대와 테이블 축구 게임기와 여러 다른 게임이 놓여 있는 선반이 있었다.

이때다 싶어 슬쩍 연습해 봤더니, 주위에 우드워커가 많다는 것을 강하게 느낄 수 있었다. 거기다 각양각색의 냄새까지! 나처럼 후각이 아주 예민한 사람이라면, 비록 눈에 보이는 동물은 없더라도 마치 동물원처럼 느껴졌을 것이다. 머리가 어질어질할 정도라 각각의 냄새를 구별해 낼 수는 없었다. 브랜든이 날 보며 낄낄거렸다.

"괜찮아? 너 꼭 헤드라이트 불빛에 비친 사슴 같아."

'이거 기분 나빠 해야 하는 거야, 말아야 하는 거야?'

고민하고 있는데 브랜든이 계속 말을 이었다.

"일단 점심부터 먹자. 배고프다."

브랜든은 또 입안에 옥수수 알갱이를 던져 넣었고, 내 예민한 귀에는 마치 바위를 씹는 것 같은 소리가 났다.

배식구 한편에는 채식주의자들을 위한 음식이 있었다.

'당근 오븐 구이? 우웩!'

육식주의자들을 위해 준비된 음식은 치즈 버거였다.

'앗싸!'

브랜든이 접시를 들고 한 무리의 학생들 쪽으로 향했다. 그중에는 내가 아는 다람쥐 변신족 홀리도 있었다. 홀리가 나를 향해 반갑게 손을 흔들었다. 그 옆에는 갈색 머리에 녹색 눈을 가진 키가 크고 호리호리한 남학생이 살짝 게을러 보이는 우아한 모습으로 팔다리를 쭉 뻗은 채 의자 위에 늘어져 있었다.

"안녕, 난 도리안이야."

남학생이 말했다. 나도 내 소개를 했다. 홀리의 맞은편에는 머리카락 전체를 여러 갈래로 땋은 검은 피부의 여학생이 앉아 있었다. 브랜든과 내가 자리에 앉자, 그 여학생은 약간 공격적인 눈빛으로 자신만만하게 나를 쳐다보았다.

“그래, 네가 신입생이구나!”

그 여학생이 뉴욕 억양으로 말했다.

“버거 맛있게 먹어, 퓨마 소년.”

“응, 고마워.”

난 대답했다. 비록 거의 남아 있진 않았지만 그 여학생의 접시에도 버거가 있었다.

“너도 육식 동물 맞지?”

다른 아이들이 낄낄거리기 시작했고, 홀리는 너무 웃어서 입 안에 있던 당근이 튀어나왔다. 브랜든은 발을 구르며 킥킥거렸고, 도리안은 웃다가 흘린 눈물을 닦아 냈다. 검은 피부의 여학생이 활짝 웃었다.

“꼭 그렇지는 않아. 나는 생쥐야.”

“생쥐라고?”

깜짝 놀라 숨을 헉 들이마셨다.

“속지 마.”

도리안이 말했다.

“넬은 우리 회색곰 소녀 버사보다도 강하니까. 넬은 열다섯 번쯤 죽었다 살아나서 결국 정상의 자리를 차지했어."

"우아!"

감탄이 절로 나왔다.

독수리부터 족제비에 이르기까지, 생으로 먹든 아니면 구워 먹든, 절여 먹든 간에 '쥐'를 가장 즐겨 먹는 메뉴로 꼽는 동물들이 한 트럭은 있을 것이다. 물론 대부분 날고기로 먹겠지만.

"친절하고 자세한 설명 고맙다."

넬이 도리안을 집게손가락으로 가리키며 말했다. 그리고 나를 돌아보았다.

"도리안은 고양이야!"

도리안은 매력적인 웃음을 지어 보인 뒤, 앞머리를 살짝 쓸어 넘기고 나서 나이프와 포크로 햄버거를 한 조각 잘라 냈다.

"고양이? 그거참 끔찍할 정도로 평범하게 들리네. 나는 아주 고귀한 품종인 러시안 블루야. 혹시 알고 있어?"

"사실 잘 몰라."

나는 솔직히 말했다. 이때까지 나는 여러 다양한 종류의 고양이가 있다는 사실조차 모르고 있었다.

"저 녀석은 인간들이랑 살던 엄청나게 게으른 녀석이야. 애완 고양이였단 말이지!"

홀리가 소리쳤다.

"잘난 척하지 마! 그럴 기회만 있었으면 너도 똑같았을걸?"

도리안이 기분 상한 듯 말했다.

"한마디로 천국이었어. 아주아주 부드러운 천을 댄 폭신한 바구니에서 날마다 늦잠을 자고, 정원에서 가볍게 산책도 하고, 최고급 식사에, 언제나 셀 수 없이 쓰다듬어 주고……. 내 주인들은 나를 정말로 사랑해 줬어. 전에 있던 보호소에 비하면 백 배 천배는 더 좋았어."

"근데 고양이 사료 맛은 괜찮아?"

난 미심쩍은 말투로 물어보았다. 랄스턴 가족이 멍청한 빙고에게 줬던 깡통 사료에서는 코를 찌르는 악취가 풍겼었다.

도리안은 한숨을 푹 내쉬었다.

"사실, 전혀 안 괜찮아. 그래서 밤중이나 식구들이 집을 비울 때면 지하에 있는 식품 저장고에서 입맛에 맞는 걸 한두 입 정도 먹어 줬지."

"그러다가 잡힌 거고."

넬이 씩 웃으며 말했다.

"저 녀석이 까 먹은 건 고양이 사료가 아니라 죄다 푸아그라 아니면 철갑상어 알 통조림이었어!"

"뭐, 맛은 기가 막혔어."

도리안은 좋았던 기억을 떠올리며 한숨을 쉬었다.

"그 집안 사람들은 정말 돈이 썩어났거든."

"솔직히 말하면, 나는 시시한 애완동물로 사느니 차라리 총에 맞아 죽는 게 나을 것 같아."

홀리가 커다란 당근 덩어리를 입에 쑤셔 넣고 볼이 빵빵하도록 신나게 씹으며 말했다.

"너희 모두 변신하는 걸 통제할 수 있어?"

내가 물었다.

"식은 죽 먹기지."

도리안이 접시 위에 포크와 나이프를 가지런히 내려놓으며 말했다.

"당연하지."

홀리는 그런 걸 왜 묻는지 이해가 안 된다는 듯 어깨를 으쓱했다.

"그럭저럭."

브랜든은 얼굴을 찡그리며 대답했다.

"난 잘 안 돼."

넬이 인정했다.

그 말을 듣자 마음이 놓였다. 그러지 말아야 할 때 변신하거나, 또는 필요할 때 변신하지 못해서 애를 먹는 게 나 혼자만은 아니었다.

"우리의 회색곰 버사야말로 가장 심각하지."

넬이 말했다.

"정확히 뭐 때문인지는 기억 안 나는데, 얼마 전에 버사가 옷장에 숨은 적이 있었어. 문제는, 들어갈 때는 사람의 모습으로 들어갔는데, 실수로 그 안에서 변신해 버린 거야. 결국 옷장이 펑 터져 버렸지!"

"며칠이 지난 뒤에도 계속 파편이 나오더라니까."

브랜든이 말했다.

홀리는 열심히 고개를 끄덕였다.

"완전 대박이었지. 아마 그 소리를 전교생이 다 들었을 거야."

"저 앞에 있는 게 버사야."

브랜든이 다른 탁자에 앉아 있는 여학생을 가리켰다. 겉으로 보기엔 완벽하게 평범하고 착해 보였고, 브랜든처럼 체격이 컸다. 그 여학생이 회색곰이라고는 꿈에도 생각 못 했다.

이리저리 주위를 둘러보다가, 검은 머리의 날씬한 여학생이 낙서나 격언, 오늘의 한마디 같은 걸 자유롭게 적도록 놔둔 화이트보드에 글을 쓰고 있는 것을 발견했다. 이 여학생은 대충 낙서하는 게 아니라 공들여서 멋지게 한 글자씩 적어 내려가고 있었다. 아무도 그 애를 쳐다보지 않았다. 심지어 그 여학생이 친구들이 있는 탁자로 돌아가서 앉았을 때도, 그 애한테서 외로움을 느낄 수 있었다. 그건 적어도 내가 느끼는 것만큼이나 깊은 외로움이었다.

그 애가 뭐라고 적어 놓았는지 읽어 보았다.

꿈을 꾸는 한,
우린 살아 있다

"저기 저 애는 누구야?"

심장이 이상하게 두근거렸지만, 최대한 무심한 척 물어보았다.

"쟤는 루야."

홀리가 별 관심 없다는 듯 대답했다. 그러고 나서 식사를 마치고 자리에서 일어났다.

"너무 가까이하지 마. 쟤는 선생님 딸이야."

"아!"

나는 계속해서 그 여학생을 시야 한구석에 잡아 두었다. 이제 그 아이는 친구들과 이야기하며 웃고 있었다. 따뜻하고 활기차 보였다. 그 미소를 보자 안나 아줌마의 미소가 떠올랐다.

'루.'

머릿속에서 그 이름이 계속 되풀이되었다. 아마 바보처럼 멍하니 그 여학생을 계속 바라보고 있었을 거다. 왜냐하면 갑자기 우리의 눈이 마주쳤기 때문이다. 하지만 나를 제대로 보기도 전에, 그 아이의 눈에서 온기가 싹 빠져나가더니 갑자기 무언가를 조심스레 경계하는 것처럼 보였다.

'내가 무슨 짓을 한 거지?'

깜짝 놀라 시선을 홱 돌렸다.

두 개의 탁자 너머에 선생님 몇 명이 앉아 있었다. 조금 멍해진 나는 누가 루의 아빠일까 궁금해하며 선생님들을 살펴보았다. 겉으로 보이는 것만으로는 전혀 우드워커처럼 보이지 않았다. 선생님들은 우리보다 먼저 식사를 마쳤고, 곧바로 자리를 떠났다. 아마 다음 수업 준비 때문에 교실로 가는 것 같았다.

넬과 브랜든과 도리안이 우리 탁자를 치우기 시작했고, 나도 돕기 위해 서둘렀다. 우리는 접시를 반납했다. 아니, 적어도 반납하려고 노력은 했다. 하지만 안타깝게도 남학생 세 명과 여학생 한 명이 퇴식구로 가는 길을 막고 있었다. 그 애들은 왁자지껄하게 떠들며 서로를 놀리고 있었는데, 대여섯 명의 아이들이 접시를 반납하려고 초조하게 기다리고 있는데도 길을 비켜 주지 않았다.

"야, 제프! 좀 비켜 줄래?"

넬이 남학생들 중 한 명에게 말했다. 다른 둘보다 키는 조금 작지만 우두머리처럼 보이는 소년이었다. 제프는 아주 힙한 래퍼처럼 차려입고, '내가 이 구역의 대장'이라고 말하는 듯한 표정을 짓고 있었다. 의심할 여지 없이, 자신의 각진 턱과 젤을 발라 넘긴 갈색 곱슬머리를 자랑스러워하고 있었다. 제프는 기분 나쁜 웃음을 지으며 친구들을 돌아보았다.

"애들아, 방금 쥐가 찍찍대는 소리를 들은 것 같은데."

넬은 눈을 부라리며 팔짱을 꼈다.

"내가 너무 무리한 요구를 하는 게 아니라면, 멋져 보이려고 애쓰지 말고 좀 비켜 주지? 너랑 네 친구들 말이야!"

그때 줄 뒤쪽에 서 있던 누군가가 불평했다.

"이거 지금 반납하지 못하면 수업에 늦는다고!"

난 그게 토끼 변신족 님블이라는 것을 알아차렸다.

"닥쳐, 이 먹잇감아."

제프가 비웃었다.

"그거 교칙 위반이야."

님블이 항의했다.

"교칙 제3조. '육식 동물은 먹잇감이 되는 동물을 얕잡아 보거나 해쳐서는 안 된다.' 몰라?"

제프가 님블 쪽으로 돌아서서 입을 크게 벌리고 웃었고, 님블은 제프의 이빨을 볼 수 있었다. 제프가 일부러 부분 변신을 한 터라, 그 이빨들은 웃음에 전혀 어울리지 않았다.

님블은 자기 접시를 옆에 있는 탁자에 내려놓고 얼른 자리를 피했다. 그제야 나는 제프와 그 친구들이 어떤 동물인지 확실히 알게 되었다.

'늑대들!'

우리 가족이 잡은 사냥감을 늑대 무리가 빼앗아 갈 때마다, 몇 번이나 그 이빨을 가까이에서 본 적이 있었다. 굶주린 늑대들에게는 우리한테서 먹잇감을 빼앗는 게 세상에서 가장 쉬운 방법이었을 것이다. 말론 형이 나를 계속 괴롭혔을 때와 같은 분노가 내 안에서 솟아올라 나를 집어삼켜 버렸다.

"이제 그만 좀 하지."

난 목소리를 깔고 말했다.

무리의 우두머리인 제프는 이미 나를 봤고 또 내 말을 들었을 테지만, 나를 없는 사람 취급했다. 아니면 공기나 관상용 화분 정도로 생각했을지도 모른다.

"지나갈게."

최대한 자신감 있게 말하려고 노력했다. 이 늑대 무리는 전혀 신경 쓰지 않는 것처럼. 어쨌든 나는 먹잇감이 아니었다.

제프가 아주아주 천천히 나를 향해 고개를 돌렸다.

9

그랜드 캐니언에서 있었던 일

나는 제프와 그 무리를 똑바로 바라보았다. 눈매가 가늘고 눈동자가 검은, 아메리카 원주민처럼 보이는 여자애가 마치 경호원이라도 되는 것처럼 제프 옆에 딱 붙어 서 있었다. 우두머리 알파 늑대를 보조하는 베타 늑대가 틀림없었다. 반대편에 서 있는 키 큰 금발 머리 남자애 역시 베타 늑대 같았다. 불도저 같은 체격이라 약간 느리긴 하겠지만, 아마도 황소처럼 힘이 셀 것이다. 세 번째 녀석은 보나 마나 오메가 늑대였다. 음식을 가장 나중에 먹는 서열 꼴찌. 아주 가냘픈 체구에, 갈색 머리는 마치 술 취한 이발사가 자른 것 같았다. 두 눈은 불쾌할 정도로 교활하게 반짝였다.

"오호라, 웬 새끼 고양이 한 마리가 바들바들 떨고 있잖아!"

제프가 비웃었다.

나는 본능적으로 쉭쉭거리는 소리를 내며 제프를 위협했다.

'아차!'

물론 일부러 그런 건 아니었다. 나는 침착하게 모든 상황을 통제하고 있는 것처럼 보이고 싶었다.

제프가 웃음을 터뜨렸다.

"오오, 우리 꼬맹이가 화가 났네? 귀여워라."

누군가가 내 소매를 잡아당겼다. 내 새 친구 홀리였다.

"싸움에 휘말리지 않는 게 최선이야, 카락."

홀리가 걱정스레 속삭였다.

"그렇지 않으면 짜증 나는 징계를 받게 될 거고, 그게 바로 쟤들이 노리는 거야."

늑대들은 더욱 왁자지껄하게 웃었다.

"야, 이것 좀 봐! 이 녀석은 다람쥐의 조언을 듣고 있어!"

제프가 소리쳤다.

"너도 봤지? 완전 웃기지 않냐?"

화가 머리끝까지 나서, 퓨마로 변신해 제프에게 덤벼들려고 온몸을 긴장시켰다.

'퓨마의 공격이 얼마나 무서운지 이제 곧 알게 해 주마!'

그때 갑자기 누군가의 강철 같은 손이 내 어깨를 잡아 눌렀다.

"당장 멈춰, 이제 그만!"

귀청이 터질 것 같은 쩌렁쩌렁한 목소리였다.

"모두 교실로 돌아가, 지금 당장!"

나는 몸을 반쯤 돌리고, 선생님인 게 분명한 어른을 올려다보았다. 지적인 눈매와 비버 털 색깔 콧수염, 그리고 짧은 수염이 듬성듬성 남은 대충 면도한 뺨이 보였다. 셔츠와 카우보이 부츠가 앤드루 밀링을 떠올리게 했지만, 그 사람은 흰색 셔츠를 입었고, 선생님은 빨간색과 흰색과 갈색이 섞인 체크무늬 셔츠를 입고 있었다.

"제프, 티카니, 클리프, 보, 너희도 마찬가지야."

선생님이 날카롭게 말했지만, 내 적수들은 여전히 히죽거리며 서 있었다.

"그러죠, 브리저 선생님."

제프가 어떻게든 무례하게 들리도록 대답하고 나서 배낭을 들고 자리를 벗어났다. 다른 아이들도 허둥지둥 흩어졌다. 그곳에는 결국 나 혼자만 남게 되었다. 뭐, 어깨가 그렇게 꽉 잡혀 있었으니, 선택의 여지가 없었다.

"변신하려던 건 아니겠지?"

다른 아이들이 모두 사라지자, 브리저 선생님이 엄격한 목소리로 물었다.

"학교 안에서 학생들은 교사의 허락이 있어야만 변신할 수 있어. 교칙에 적혀 있는데, 안 읽어 봤니?"

'아차!'

아마도 교칙은 교장 선생님이 준 서류 더미 속에 파묻혀 있을 것이다.

"어…… 네, 아직 못 읽었어요."

나는 고분고분 대답했다.

"제가 오늘 여기 처음 와서……."

"그리고 내 생각에, 너는 방금 교칙 제5조를 어기려고 했어."

브리저 선생님이 말을 끊었다.

"학생들 사이의 싸움은 전투 수업 시간에만 허용된다."

"아!"

달리 무슨 말을 할 수 있었을까.

물론, 늑대들도 이런저런 규칙을 어겼다고 고자질할 수도 있었지만, 왠지 그렇게 하면 내가 좀 형편없어 보일 것 같았다. 그건 야생에서도 마찬가지다. 누군가에게 부당한 취급을 받았을지라도 하소연할 수 있는 대상은 없었다. 안나 아줌마가 나에게 가끔 이야기하던 하나님을 제외한다면 말이다. 하지만 내가 제대로 이해하고 있는 거라면, 내가 잡아먹힌 다음에야 하나님을 만나서 하소연할 수 있었고, 그건 너무 늦은 감이 있었다.

"오늘 꼭 교칙을 읽어 보렴."

브리저 선생님의 표정은 내가 처음으로 마을에 다녀와서 인간들에게 관심을 보였을 때 아빠가 지었던 표정과 똑같았다.

"알겠습니다, 선생님."

그렇게 대답하고 나서야 다시 자유의 몸이 될 수 있었다.

'선생님은 무슨 동물일까? 분명 아주 강한 동물일 거야!'

"카락, 이제 교실로 가렴. '특수 상황에서의 행동 요령' 수업이고, 물리, 화학, 수학과 함께 내 담당이다."

"네, 알겠습니다."

좀 더 확실히 해 두는 편이 나을 것 같아서 한 번 더 대답했다.

우린 같은 방향으로 가야 했기 때문에 거의 나란히 걸어갔다.

"그 애들이 한꺼번에 공격했다면, 넌 어떻게 하려고 했지?"

브리저 선생님이 갑자기 질문했다.

"4 대 1, 넌 아마 이기지 못했을 거야."

선생님이 옳았다. 아마 못 볼 꼴을 보이고 말았겠지. 선생님이 딱 그 순간에 우연히 나타난 것은 나에게 행운이었다.

"먼저 알파 늑대를 상대했겠죠. 그 녀석이 무리를 이끄는 우두머리잖아요. 알파가 쓰러지면 다른 늑대들은 당황할 수밖에 없어요."

선생님은 동의한다는 듯 고개를 끄덕였다.

"좋은 계획이야. 잘 기억해 두면 언젠가 써먹을 일이 있을지도 모르겠구나. 제프는 교활하고 영리한 애야. 한 번도 싸움 현장에서 잡힌 적이 없어. 그 대신 항상 베타를 남겨서 책임지게 하거든. 티카니 말이야. 당연히 티카니 자신이 알아서 처신해야 하겠지만 말이야. 참고로, 티카니는 이누이트족이 우리 쪽으로 보낸 아이다."

나는 놀라움과 고마움이 뒤섞인 눈빛으로 선생님을 바라보았다. 선생님은 내가 그 싸움을 시작한 게 아니라는 것을 알고 있었다. 따뜻한 햇볕이 온몸을 비추는 느낌이 들었다.

"좋아, 이제 자리를 찾아 앉으렴."

브리저 선생님이 편안하게 꾸며진 교실로 나를 밀어 넣으며 지시했다. 커다란 창문을 통해서 나무와 풀로 가득 찬 그늘진 안마당을 내다볼 수 있었고, 밖으로 통하는 문도 있었다.

교실에는 이미 남녀 합해서 스무 명 정도 되는 학생들이 앉아 있었다. 홀리와 브랜든이 걱정스러운 표정으로 바라보길래 안심하라는 뜻으로 미소를 지어 주었다.

루도 있었다. 길고 검은 머리를 늘어뜨리고 화이트보드에 글귀를 적었던 그 여학생. 내 심장은 전기 충격을 받은 것 같았다.

비어 있는 의자는 딸랑 두 개밖에 없었다. 물론 둘 다 루의 옆자리는 아니었다. 하나는 밝은색 여름 원피스를 입은 여학생 옆이었다. 나는 여자애들과 문제없이 잘 지내는 편이었다. 이름이 멜로디라거나, 나를 광견병 걸린 햄스터 취급을 하지만 않는다면. 그 여학생은 나에게 미소를 지었고, 나는 그쪽으로 걸어갔다. 적어도 그 여학생의 냄새를 맡기 전까지는 그랬다.

'염소다!'

염소 냄새가 가득했다! 그리고 냄새를 덮으려고 도움이 전혀 안 되는 탈취제와 향수를 세 양동이쯤 퍼부어서, 짙은 단내를 풍기는 안개구름이 그 여학생 주위를 둥둥 떠다니고 있었다.

숨을 깊이 들이쉰 뒤 그대로 돌아서서 또 다른 빈 의자로 비틀비틀 걸어갔다. 그리고 친절해 보이는 검은색 더벅머리 남학생 옆에 앉으며 마음을 놓았다. 그런데…… 홀리와 브랜든이 왜 저렇게 놀란 표정으로 나에게 미친 듯이 신호를 보내는 걸까?

"넌 무슨 동물이야?"

남학생에게 속삭여 물었다.

남학생은 한숨을 내쉬더니, 종이에 무언가를 휘갈겨 내 쪽으로 밀어 주었다.

'스컹크. 이름은 리로이.'

'맙소사, 스컹크라니!'

만약 이 애가 긴장하거나 흥분하면 무슨 일이 벌어지는 걸까? 이제 나는 벌떡 일어나 염소 옆으로 돌아가야 하는 걸까? 아니, 그럴 수는 없었다. 어떤 경우에라도 이쪽저쪽 계속 옮겨 다니는 건 너무나도 창피한 짓이었다!

브리저 선생님은 이미 못마땅한 표정을 짓고 있었다.

"비올라."

선생님이 염소 소녀에게 말했다.

"교칙 제1조를 말해 줄 수 있겠니?"

"'모든 이들은 다른 이의 특별함을 존중해야 한다.'입니다."

비올라가 실망한 목소리로 말했다. 비올라의 냄새를 맡고 몸을 돌렸던 일이 떠올라 갑자기 미안해졌다. 하지만 한편으로는 수업 시간 내내 코에 빨래집게를 하고 있어야 한다는 생각에 견딜 수가 없었다.

다행히 선생님은 이 문제를 더는 문제 삼지 않았고, 곧 수업이 시작되려는 것 같았다. 모두가 매우 집중하고 있는 것처럼 보였는데, 이건 좋은 징조였다. 예전 학교에서는 딱 이맘때쯤이면 학생 대부분이 잠을 자거나 연습장에 만화나 열심히 끄적거리곤 했다.

브리저 선생님은 책상 앞에 편안히 앉아, 두 손을 머리 뒤로 깍지 끼고 다리를 들어 올려 우리가 선생님의 닳아 빠진 구두 밑창을 감상할 수 있는 기회를 주었다.

"너희 중에 그랜드 캐니언에 가 본 사람?"

선생님이 물었다. 몇몇이 손을 들었다.

"나는 20대 중반쯤에 그곳을 보러 갔었다."

선생님이 말했다.

"하지만 낮에는 너무 혼잡했어. 어디에나 관광객들이 우글거렸거든. 그리고 너무 더워서 도로 위의 아스팔트가 녹을 정도였지. 그래서 밤중에 코요테의 모습으로 갔단다. 국립 공원 입장료 30달러를 내지 않아도 된다는 것도 아주 멋진 점이었지. 그 당시 나는 학생이라서, 로데오에서 번 돈 조금밖에 없었거든."

난 어리둥절한 얼굴로 다른 학생들을 둘러보았다. 선생님은 자신의 젊은 시절 이야기만 계속 늘어놓고 있는데, 아무도 그걸 이상하다고 생각하지 않는 것 같았다.

"계곡의 경치는 정말 멋졌단다. 그 풍경 전체를 아래쪽에서도 감상해 보고 싶다는 생각이 들어서, 거대한 협곡의 바닥으로 내려가 보기로 결심했지. 하지만 절반쯤 내려갔을 때, 내가 모르는 다른 코요테들이 울부짖는 소리가 들려왔어. 꽤 많은 수가 있는 것 같았고, 한창 사냥 중인 것 같았어."

이 대목에 이르자 나도 다른 학생들처럼 열심히 귀를 기울이고 있었다.

"코요테들은 점점 더 가까이 다가왔어. 난 그들이 우드워커가 아니라는 걸 확신했지. 그렇게 우르르 몰려다니는 것만 봐도 알 수 있었단다. 코요테들이 날 발견하는 건 시간문제였지."

긴장한 채로 선생님이 말을 계속 이어 가길 기다렸지만, 선생님은 그렇게 하지 않았다. 그 대신에 학생들을 둘러보았다.

"자, 너희가 나와 같은 상황이라면 어떻게 했을 것 같니?"

루가 손을 들었다.

"코요테가 지나가는 길에서 몸을 피했을 거예요."

루가 말했다. 그때 처음으로 루의 목소리를 듣게 되었고, 내 심장은 점점 더 빠르게 뛰기 시작했다.

"자신과 같은 종족 동물과 마주치면 위험할 수 있으니까요. 아닌가요? 물론 제 경우엔 그렇지 않지만 여기 있는 많은 애들이 그렇겠죠."

루에 대해 더 많이 알고 싶었다.

'아까는 왜 그렇게 외로워 보였을까? 혹시 선생님의 딸이라서 이 학교에 다니는 게 힘든 걸까?'

하지만 다른 애들이 루를 피하는 것처럼 보이진 않았다.

고양이 소년 도리안이 손을 들었다.

"다른 코요테들은 선생님이 변신족이라는 사실을 모르잖아요. 그럼 냄새나 좀 맡고 나서 갈 길을 가지 않았을까요?"

"위태위태하겠지만, 가능성은 있지."

브리저 선생님이 다시 한 번 학생들을 돌아보며 물었다.

"다른 사람들은 어떻게 생각하니?"

"저라면 인간으로 변신했을 거예요. 그랬다면 코요테들이 깜짝 놀라서 달아나 버렸겠죠."

베타 늑대 티카니가 말했다. 교실 안에 있는 티카니는 아까처럼 불량해 보이지 않았다.

"우리 부족 사람들이 종종 써먹는 방법이에요."

"그때의 나는 되도록 그렇게 하고 싶지 않았어."

브리저 선생님이 대답했다.

"아까도 말했듯이 코요테의 수가 굉장히 많았거든. 코요테 한 마리는 인간에게 위협적이지 않지만, 떼로 몰려다닐 때는 전혀 다른 문제야. 게다가 그 코요테들은 사냥 중에 내는 소리를 내고 있었어. 그래서 나는 그 코요테들을 피해서 다른 길로 가려고 했단다. 하지만 불행히도 내 결정은 너무 늦었고, 어느새 코요테 무리를 마주치고 말았지."

나는 몸서리를 쳤고, 옆에 앉은 리로이는 점점 더 커지는 긴장감에 훌쩍이고 있었다. 브리저 선생님은 싱긋 웃으며 이야기를 계속했다.

"팽팽한 긴장감이 흘렀지만 나는 친근하게 보이려고 애썼고, 다행스럽게도 그 무리는 사슴을 쫓던 중이라서 나를 공격하려고 하지는 않았어. 운이 좋았지. 적어도 난 그렇게 생각했어. 하지만 바로 그때, 인간을 보았단다."

교실은 나뭇잎 떨어지는 소리까지 들릴 정도로 고요해졌다.

"그 인간은 어둠 속에서 꼼짝 않고 웅크리고 있었어. 그림자 속의 그림자였지. 하지만 난 당연히 그 인간의 냄새를 맡았고, 거기서 뭘 하고 있는지 궁금했지. 너희는 어떻게 생각하니?"

"혹시 그 인간이 총을 가졌는지 아닌지가 보였나요?"

토끼 소년 님블이 신경질적으로 코를 찡그리며 질문했다.

"안타깝게도, 그건 알 수 없었어."

브리저 선생님이 학생들을 둘러보며 대답했다.

"깜깜한 밤중에 누군가가 무장했는지 어떻게 알 수 있겠니?"

"총에서는 기름 냄새가 나잖아요."

티카니가 말했다.

"그 인간이 선생님을 쏘고 싶었다면 진작 쐈을걸요."

아직 이름을 알지 못하는 까마귀 소녀가 말했다.

"그 인간은 분명 관광객이었을 거예요."

수줍어 보이는 여학생이 말했다.

"트루디, 넌 얼간이야, 아니면 정신 나간 박쥐야? 관광객들은 밤중에 숲을 돌아다니지 않는다는 거 몰라?"

꾀죄죄한 오메가 늑대 보가 얼굴을 찌푸리며 쏘아붙였다.

"난 박쥐가 아니라 새야."

트루디가 항의했다.

브리저 선생님이 위협적으로 얼굴을 찌푸렸다.

"트루디한테 사과해라, 보. 지금 당장."

늑대 소년은 눈알을 굴렸다.

"네, 알겠어요. 정말 미안해, 트루디."

제프가 이제 이 사건에 관심을 보였다.

"그 인간이 죽었거나, 아니면 상처를 입었나요? 다친 인간이라면 죽일 수도 있었을 텐데요."

브리저 선생님은 눈썹을 치켜세웠다.

"대체 왜 내가 그 인간을 죽여야 하지? 그리고 만약 그 인간이 죽었다면, 나는 다음 날 설명해야 할 게 산더미였을 거야. 다행히 그 인간은 살아 있었고, 다친 것도 아니었다. 알고 보니 무기도 없었어. 그저 야간 투시경만 가지고 있었지."

"정말 시시하네요!"

제프가 주머니에서 거울을 꺼내 구불거리는 갈색 머리가 아직도 멋지게 세워져 있는지 확인하며 말했다.

"그렇다면, 그 인간은 혹시 괴짜 연구원이었나요?"

홀리가 추측했고, 브리저 선생님은 미소를 지으며 고개를 끄덕였다.

"정확해. 그 인간은 나와 마주쳤던 코요테 무리를 연구하고 있었어. 하지만 내가 보기엔 사냥 중인 코요테 무리에 너무 가까이 접근하는 것 같았어. 그래서 혹시 무슨 일이 생기면 보호해 주려고 그 인간과 가까운 곳에 머물렀지. 이건 멍청한 짓일까, 아니면 현명한 행동일까? 다들 어떻게 생각하니?"

그 뒤로도 수업은 계속되었다. 우리는 그런 연구원들에 대해서, 그리고 만약 우리가 관찰 대상이 되었을 때 어떻게 행동해야 하는지에 대해서 좀 더 이야기를 나눴다. 결론은 혼신의 힘을 다해 연기를 해서 그 인간들이 우리가 평범한 동물이라고 생각하게 만들어야 한다는 거였다.

수업은 순식간에 끝났고, 공교롭게도 그 수업은 내가 적응 기간이라고 생각했던 그날의 마지막 수업이었다. 나머지 대여섯 개의 교칙을 위반하기 전에 먼저 교칙을 살펴봐야 했다.

예를 들어, 교칙 제2조는 매우 중요했다. '모든 학교 구성원은 외부인이 우드워커에 대해 알게 하면 안 된다. 변신을 촬영

하는 것은 금지한다.'

그리고 제4조도 인상 깊었다. '누구든 먹잇감을 잡으려거든 우선 변신족이 아닌지를 확인해야만 한다.'

제7조를 읽었을 때는 피식 웃음이 나왔다. '학교는 모두의 영역이다. 학교 건물 내부와 외벽 모두를 포함하여, 자신의 방문을 제외한 모든 곳에서 어떤 동물이든 자신의 영역을 표시하는 것을 금지한다.'

나 역시 다른 학생들이 온갖 구석진 곳마다 자기 냄새를 남겨 놓는 건 반대였다. 또는, 인간들의 표현에 따르면 그곳에서 큰일 또는 작은 일을 보는 것을 반대한다!

잠시 후 나는 밖에서 볼일을 보러 다니며, 퓨마의 모습으로 주변을 살펴보았다. 강과 한가운데 섬이 있는 호수, 송진 냄새가 가득한 솔숲. 그곳에는 나무 위의 집도 있었다. 그리고 어디서도 인간은 보이지 않았다. 계속해서 경계하고 있을 필요가 없었고, 그건 정말 짜릿한 기분이었다. 나는 여전히 인간의 팬이었지만, 아무리 열성팬일지라도 가끔은 휴식이 필요한 법이다.

달맞이꽃과 아네모네가 드문드문 피어 있는 학교 경계선 주변의 공터에서, 나는 햇볕을 받으며 누워 새 학교에 입학한 것을 자축했다. 다른 선생님들이 브리저 선생님의 반만큼이라도 친절하다면, 비록 늑대들이 있더라도 클리어워터 중고등학교에서의 생활은 재미있을 것 같았다. 그리고 그 늑대들이 내 학교

생활을 망치게 놔둘 생각은 없었다.

그날 밤 양치를 한 나는 기진맥진해서 낯선 침대 위에 쓰러졌다. 브랜든은 침대보를 거의 코까지 끌어당기고 누워 있어서, 파란색과 흰색 줄무늬 잠옷이 전혀 보이지 않았다. 브랜든은《해리 포터》라는 제목의 책을 읽고 있었는데, 앞표지에 그려진 올빼미 그림으로 봐서는 올빼미와 관련된 이야기 같았다.

"잘 자."

브랜든이 독서등 스위치를 내리기 전에 다정하게 인사했고, 나도 대답했다.

"그래, 잘 자."

브랜든과 함께 방을 쓰는 것이 왜 그렇게 안 좋은 일인지 홀리에게 물어볼 시간이 없었다.

그리고 한밤중이 되었을 때, 그 이유를 알게 되었다.

10

한밤중의 들소 소동

그날 밤, 무시무시한 소리에 잠에서 깼다. 깨지고 부서지는 소리와 거칠게 콧김을 내뿜는 소리에 귀가 찢어질 것 같았다.

'살려 줘!'

번개처럼 이불을 박차고 일어나 침대 밑으로 숨어들었다. 바로 옆에 뿔이 달린 거대한 검은 형체가 우뚝 서 있었다. 깨지고 부서지는 소리와 발굽으로 바닥을 내리치는 소리, 콧김을 씩씩 내뿜는 소리가 더 커졌다! 후끈하고 끈적끈적한 냄새가 방 안을 채우고 있었다. 들소 냄새였다!

"브랜든?"

조심스레 묻자 거대한 동물이 날 보며 눈을 깜빡였다.

'으응?'

대답이 머릿속을 뚫고 들어왔다. 잠에 취한 목소리였다.

'무슨 일이야?'

수컷 들소 한 마리가 한때 자신의 침대였지만 이제는 부서진 판자 더미가 되어 버린 것 위에 서 있었다. 파란색과 흰색이 섞인 잠옷 바지가 오른쪽 뿔에 걸려 있었고, 파리 한 마리가 코 주위에서 왱왱거리며 날아다니고 있었다. 들소가 부끄러워하는 표정으로 나를 쳐다보았다.

'이런, 또 이러면 안 되는데! 넓은 초원을 질주하는 꿈을 꾸다가…… 갑자기 변신해 버렸어!'

"신경 쓰지 마."

나는 좀 부끄러워하며 침대 밑에서 기어 나왔다.

"이런 일이 자주 있어?"

'일주일에 한두 번뿐이야, 정말이야.'

대답을 하자마자 브랜든이 엄청난 방귀를 뀌었다.

'으악, 정말 미안해!'

내 룸메이트가 끙끙대며 사과하는 동안 난 서둘러 창문을 열기 위해 달려갔다. 벌써부터 산소 부족으로 기절해 버릴 것만 같았다.

'너무 늦었잖아!'

"괜찮아."

나는 창문 밖으로 몸을 반쯤 내밀고 힘없이 중얼거렸다.

"멋진 꿈을 꿨나 보네."

'어우, 그럼! 엄청났지!'

브랜든이 털북숭이 머리를 숙여 침대 잔해의 냄새를 맡았다. 침대보가 왼쪽 앞발굽에 감겨 발을 단단히 붙들고 있었다. 브랜든은 그걸 잡아당기기 시작했고, 그 결과 앞발이 침대보를 더 꽉 붙잡아 버렸다. 브랜든은 발을 빼내기 위해 콧김을 씩씩 내뿜으면서 빙글빙글 돌았다. 들소로 변신한 내 룸메이트의 몸무게가 적어도 0.5톤은 되었기 때문에, 재빨리 구석으로 몸을 피했다.

혹시라도 저만한 덩치의 누군가에게 밟힌다면, 아주 납작해져서 몇 조각쯤 잃어버린 낡은 직소 퍼즐 신세가 되고 말 것이다.

"브랜든, 바람 좀 쐬지 않을래? 진정하는 데 도움이 될 거야."

난 헐떡이며 소리쳤다.

발굽 하나가 내 바로 옆 바닥에 쿵 소리를 내며 내리꽂히더니, 꽤 깊은 자국을 남겼다.

"신선한 공기는 만병통치약이야."

어쩌면 다시 침대 밑으로 피하는 게 더 나았을지도 모른다.

'그래, 한번 해 볼게.'

브랜든이 고분고분 대답하더니, 잔해를 짓밟으며 창가로 걸어와 촉촉한 갈색 코를 창밖으로 내밀었다.

큰 실수였다! 왜냐하면 바로 그 순간 창문 밖 바위 사이에서 무언가가 움직였기 때문이다. 무언가…… 아니면 누군가가!

브랜든은 깜짝 놀라서 뒤로 펄쩍 뛰다가 뒷다리가 내 책상 의자에 걸려 넘어져 버렸다.

와장창창! 짜증이 난 거대한 들소는 빙글빙글 돌면서 옷장 하나를 뿔로 박살 내려 하고 있었다.

잠시 후 난 멍하니 중얼거렸다.

"관리인을 불러오는 게 좋을 것 같아."

'그래, 그게 낫겠다.'

난처해진 들소가 말했다. 뿔이 옷장에 단단히 박혀 있었기 때문에 목소리가 먹먹하게 들렸다.

서둘러 테오 씨를 데리러 갔다. 이렇게 큰 소동이 일어났는데 단 한 명도 내다보는 학생이 없어서 조금 놀랐다. 아마도 이전에 이미 여러 번 겪어 본 일이라서 그런 것 같았다.

'나도 다른 방으로 옮길 기회가 있을까?'

곤히 잠든 테오 씨를 깨우자, 내가 알아듣지 못할 말을 내뱉으며 화를 내더니 자신의 작업장으로 데려가 질문을 했다.

"정확히 지금 필요한 게 뭐지?"

나는 새로 만든 침대를 가리켰다.

테오 씨는 그걸 등에 가뿐히 짊어졌다.

"다른 건?"

이번엔 의자와 옷장을 가리켰다.

"그리고 혹시 실톱 같은 것도 있을까요?"

새벽 세 시쯤 테오 씨가 실톱으로 브랜든을 풀어 줬고, 새벽 네 시쯤 되자 방이 다시 사람 살 만한 곳으로 보였다. 다행히 브랜든도 인간의 모습으로 돌아와 새 침대에 누울 수 있었다.

다시 잠들기까지는 꽤 오랜 시간이 걸렸다.

'맞다, 우리 창문 밖에 있었던 게 뭐지?'

바위 뒤에 반쯤 숨어 있었기 때문에 그게 정확히 뭐였는지 알아낼 수 없었고, 냄새도 맡지 못했다.

잠시 후에 나는 학생 식당에 앉아 아침 식사로 나온 베이컨을 피곤에 찌든 눈빛으로 멍하니 바라보고 있었다. 브랜든은 눈 밑으로 길게 다크서클을 매달고 시금치 오믈렛을 내려다보았다.

"오늘 엘우드 선생님의 변신 수업이 있어."

브랜든이 바지 주머니에서 옥수수 알갱이를 꺼내 입에 던져 넣으며 말했다.

"수업을 들으면 조금이라도 나아지지 않을까?"

"분명히 나아질 거야하아암!"

연달아 터져 나오는 하품을 도저히 참을 수 없었다.

파리 한 마리가 우리 주위를 왱왱거리며 날아다녔고, 나는 그게 입에 들어올까 봐 재빨리 입을 다물었다.

조금 떨어진 탁자에 평소처럼 모여 있는 늑대들을 힐끗 곁눈질했다. 제프가 불쾌한 표정을 지었지만, 난 아랑곳하지 않았다.

"어렸을 적에 자주 변신하지 않았지?"

브랜든에게 묻자 들소 소년이 고개를 끄덕였다.

"우리 부모님은 우드워커라는 사실을 엄청나게 부끄러워했어. 숨기고 살아야 하는 가족의 어두운 비밀이었지. 나는 부모님이 변신하는 것을 한 번도 본 적이 없어. 이게 말이 돼?"

불쌍한 브랜든! 브랜든은 내 어린 시절과는 정반대의 삶을 살았다.

"부모님과 사이가 별로 좋지 않았겠네, 안 그래?"

브랜든은 고개를 끄덕였다.

"항상 문제가 끊이지 않았지. 난 들소로 변신해서 잔디밭에서 뛰어다니고, 이웃집 꽃을 먹어 치웠거든. 부모님한텐 아주 골칫덩어리였지."

홀리가 접시를 들고 와서 우리 옆자리에 앉았다. 어젯밤에 꿀잠을 잔 듯 생기발랄해 보였다.

"솔직히 말하면 꽃은 정말 맛있어."

홀리가 말하자 브랜든이 씩 웃었다.

"당연하지! 내가 괜히 꽃을 즐겨 먹었겠어? 데이지가 제일 맛있어."

브랜든이 힘을 낼 수 있게 홀리가 기운을 북돋아 준 것까지는 좋았지만, 얼마 지나지 않아 브랜든은 다시 침울해졌다.

"난 차라리 아무런 해도 끼치지 않는 작은 동물이 되고 싶어."

브랜든이 말했다.

"예를 들면?"

홀리가 땅콩버터 샌드위치를 조금씩 갉아 먹으며 물었다.

"어, 그러니까…… 예를 들면 다람쥐?"

브랜든이 간절히 바라는 표정으로 말했다.

"다람쥐는 재빠르고, 나무도 잘 타고, 거추장스럽기만 한 커다란 몸을 끌고 다닐 필요도 없으니까."

홀리와 나는 서로를 바라보았다. 이건 좋지 않았다. 우리 우드워커들은 자신의 두 가지 모습을 있는 그대로 받아들여야 한다. 그렇지 않으면, 우리의 삶은 더욱 힘들어질 뿐이다.

"네가 나처럼 다람쥐가 되고 싶다니, 정말 멋진 생각이야."

홀리가 천진난만한 표정으로 말했다.

"겨울이 다가오면 솔방울을 모으느라 단 한순간도 쉴 틈이 없겠지만, 뭐, 너는 금방 익숙해질 거라고 믿어."

"그래, 좋은 생각이야."

나도 맞장구쳤다.

"포식자들의 요깃거리가 되는 작은 동물이 되는 것도 나쁘지 않지. 넌 우드워커라 인간만큼 오래 살 수 있을 텐데도 말이야. 길고 지루하게 사느니 짧더라도 즐겁게 사는 게 낫잖아!"

"그리고 혹시 누군가에게 잡히면…… 그럼 좀 어때? 애완동물이 되는 것도 꽤 재미있을 거야."

홀리가 쾌활하게 덧붙였다.

"다람쥐는 애완동물 가게에서 최소 5달러는 쥐야 할 거야. 그리고 더 중요한 건 말이야, 아주 끝내주는 모피 코트로 변신할 수도 있다는 거야!"

우리의 들소 친구는 얼굴색이 변한 채 말을 하지 못했다.

"으흠……."

벨이 울려서 우리는 재빨리 접시를 정리했다. 이제 변신 수업을 들으러 갈 시간이었다.

11

와피티사슴의 심술

변신 수업은 교실이 아닌 학교 안마당에서 이루어졌다. 난 커다란 원을 그리며 바닥에 앉아 있는 학생들에게 다가갔다. 안마당 한쪽 구석에는 커튼이 걸려 있었는데, 아마도 다시 인간의 형태로 변신할 때 필요한 공간 같았다. 일반 학교의 탈의실이라고나 할까.

변신 수업을 담당하는 이시도어 엘우드 선생님은 잘 다려진 갈색 양복을 입고 있었다. 매우 멋져 보였지만, 브리저 선생님처럼 친절해 보이지는 않았다. 좀 더 정확히 말하면, 새로 전학 온 어린 퓨마를 아침 식사로 해치울 것처럼 보였다.

수사슴 머리가 새겨진 선생님의 반지를 보고, 그 이유를 깨달았다. 선생님은 와피티사슴이었다!

'나쁘지 않은걸!'

"그래, 네가 새로 온 학생이구나."

선생님에게 내 소개를 하자, 엘우드 선생님은 차가운 목소리로 대답했다.

"뒤처진 진도를 따라오려면 배워야 할 게 많을 거다. 자리에 가서 앉아라."

속이 꽉 막힌 듯한 불편한 기분을 느끼며, 누렇게 마른 풀 위에 앉았다. 땅바닥은 햇볕에 데워져 따뜻했고, 송진과 잘 마른 흙냄새가 났다.

학생들은 두런두런 이야기를 나누었다. 그때 누군가가 웃음소리를 냈다.

"조용!"

엘우드 선생님이 날카로운 목소리로 고함을 쳤다.

이제 주위는 아주 고요해졌다. 그리고 그 고요 속에서, 브랜든이 옥수수 알갱이를 씹는 소리가 우리 모두의 귀에 아주 또렷하게 들렸다.

엘우드 선생님이 고개를 돌려 브랜든을 날카롭게 노려보자, 그 소리마저 갑자기 멈춰 버렸다. 이제 나뭇잎을 흔드는 바람소리만 들릴 뿐이었다.

"열아홉 명의 학생."

엘우드 선생님이 긴 코를 긁으며 조금 누그러진 목소리로 말했다. 나는 어리둥절한 눈으로 주위를 둘러보았다. 왜냐하면 나를 포함해서 1학년 학생은 열여덟 명밖에 없었기 때문이다.

'선생님이 수를 잘못 센 걸까? 아니면 내가 놓친 게 있나?'

엘우드 선생님은 교실로 통하는 열린 문 쪽을 바라보았다.

"후아니타, 내 생각엔 이제 용기를 낼 때가 된 것 같구나."

선생님의 말투는 놀라울 정도로 상냥했다.

"아주 잠깐이면 돼, 어서."

'하지만 변신하고 싶지 않아요.'

수줍어하는 여학생의 목소리가 머릿속을 파고들었고, 나는 놀라서 주위를 다시 살펴보았다. 그러다 문 근처 구석에 거미줄을 쳐 놓은 작고 검은 거미를 발견했다.

"우리는 널 쳐다보지도 않을 거야."

엘우드 선생님이 그 여학생을 안심시켰다.

"그리고 내가 널 위해서 아주 예쁜 원피스를 준비했단다."

'무슨 색인데요?'

"노란색."

엘우드 선생님이 대답했다.

'알겠어요, 그럼.'

"자, 모두 눈을 감으렴."

선생님이 명령했다. 몇 분 정도 바스락거리는 소리가 난 뒤 우리는 다시 눈을 뜰 수 있게 되었다. 내 맞은편 학생들 가운데 처음 보는 여학생이 한 명 앉아 있었다. 그 애가 왜 인간의 모습으로 살고 싶어 하지 않는지 이해할 수 있었다. 노란 원피스를 입은 그 여학생은 몸통이 엄청나게 크고 무거운 것에 비해, 팔다리는 너무도 가늘었다. 그 여학생은 두 손으로 얼굴을 가린 채 손가락 사이로 수줍게 내다보고 있었다.

"훌륭하구나, 후아니타!"

엘우드 선생님이 말했다.

"A학점이야. 정말 잘했어. 원한다면 다시 원래대로 변신해도 좋아. 우리는 지금처럼 매일 조금씩 더 길게 변신해 볼 거야, 알겠지?"

후아니타는 고개를 끄덕였다. 눈 깜짝할 사이에 텅 빈 노란 원피스가 땅에 풀썩 떨어졌고, 거미 한 마리가 황급히 거미줄로 올라가 버렸다.

"이제 다른 신입생들은 어떻게 하는지 볼까?"

엘우드 선생님이 말했다. 그리고 이번에는 선생님의 엄격한 시선이 나에게 꽂혔다.

"카락, 앞으로 나와 볼래?"

'오, 안 돼!'

후들거리는 다리로 일어서서 몇 걸음 앞으로 나갔다. 끔찍할 정도로 많은 눈이 나를 지켜보고 있었다. 누군가는 호기심에(나를 아직 모르는 모든 변신족 학생들), 누군가는 동정심에(홀리, 브랜든, 도리안, 넬), 누군가는 악의에 차서(늑대 녀석들), 그리고 누군가는 의심스럽게(루) 나를 보고 있었다. 염소 변신족인 비올라만 유일하게 나를 쳐다보지 않았다. 왜냐하면 선생님 몰래 풀줄기 몇 가닥을 우적우적 씹고 있었기 때문이다.

"자, 이제 네 두 번째 모습을 보여 주렴."

'좋아, 전혀 문제없어.'

나는 스스로를 안심시켰다.

'너는 변신할 수 있어. 벌써 수없이 많이 했던 거잖아. 넌 오랫동안 인간이 아닌 퓨마의 모습으로 살아왔어. 이건 식은 죽 먹기야. 갓 태어난 고양이도 문제없이 할 수 있는 거야…….'

하지만 갓 태어난 고양이는 완고한 표정을 짓고 있는 선생님이 코앞에 버티고 서서 얼굴을 들여다보며 변신해 보라고 강요하진 않는다.

갑자기 땀이 삐질삐질 솟기 시작했다. 평생 땀을 흘려 보지 않았던 입장에서는 그다지 좋은 기분은 아니었다.

'선생님은 일부러 이러는 거야.'

씁쓸한 생각이 들었다. 스트레스를 받으면 변신이 얼마나 힘든지 선생님은 잘 알고 있는 게 분명했다.

별수 없이 눈을 감고 아빠와 엄마 그리고 미아 누나와 함께 숲을 거니는 모습을 상상했다. 모래색 털 아래에서 물결치듯 움직이는 어깨의 부드럽고 우아한 움직임을 마음의 눈으로 보려고 노력했다. 보드라운 발바닥으로 땅을 딛는 느낌을 느껴 보려고 애썼다.

'그래, 거의 다 됐어. 찌릿찌릿한 느낌이 들어…….'

작고 단단한 뭔가가 등을 탁 때리자 나는 화들짝 놀랐다. 그 충격으로 집중력이 완전히 흐트러져 버렸다. 찌릿찌릿한 변신의 느낌은 완전히 사라지고, 나는 다시 나로 돌아와 버렸다. 평범한 금발 머리 소년으로.

"카락? 기다리고 있단다."

엘우드 선생님이 말했다.

"그게…… 잘 안 되네요."

침울한 목소리로 대답하고서 다시 자리에 앉았다. 제프와 그 무리가 턱이 빠질 듯이 크게 웃고 있었다. 금발의 베타 늑대 클리프는 손안에 돌멩이 몇 개를 가지고 재주를 부리며 승리의 미소를 짓고 있었다.

'아하, 나한테 던진 게 저거구나. 엘우드 선생님이 보지 못할 정도로 교묘하게 말이지.'

수업이 계속되면서 두 명의 학생이 서로에게 압박을 가하면서 계속 변신하는 연습이 이어졌다. 여전히 문제가 있는 몇몇 학생들은 엘우드 선생님이 개별적으로 연습시켰다. 회색곰 버사조차 얼마 전에야 겨우 알게 된 자신의 동물 형태로 변신하는 데 성공했다.

'와우, 이것 좀 봐!'

버사가 손가락만큼 긴 자기 발톱에 감탄했다.

'여기에 매니큐어를 바르면 더 멋지지 않을까?'

하고많은 상대 중에서 나는 하필이면 고약한 미소와 날카로운 혀를 가진 오메가 늑대 보와 짝이 되었다. 나는 그럭저럭 퓨마의 모습으로 변신했지만, 다시 변신할 수 없었기 때문에 그 모습으로 수학 수업에 들어가야만 했다.

"엘우드 선생님이 심술을 부린 거야."

홀리가 쉬는 시간에 짜증을 내며 말했다.

"와피티사슴이 포식자인 네 기를 꺾어 놓으려고 그런 거야. 뻔하지 뭐. 그리고 돌멩이를 던진 건 늑대들의 정말 더러운 수작이었어. 어떻게든 우리가 복수해 줄게!"

"아, 그렇게 나쁘진 않았어. 그리고 난 내일 전투 수업을 기대하고 있어."

조금 마음을 놓으며 대답했다. 어쨌든 홀리가 그렇게 말해 준 건 참 고마웠다.

"내가 운동을 좀 하거든."

이번에는 홀리와 브랜든이 서로 시선을 교환했다.

"이걸 어떻게 말해야 할지 모르겠지만……."

브랜든이 입을 열었다.

"우리 전투 수업 담당인 브라이트아이 선생님은 말이지……."

홀리가 말을 받았다.

"늑대야."

브랜든이 말을 마치고 한숨을 내쉬었다.

하지만 최악의 소식은 그게 아니었다. 더 나쁜 소식은, 그날 저녁 랄스턴 가족이 나에게 전화를 걸어 알려 주었다.

"네, 네, 잘 지내고 있어요. 그리고 이번 주말에 보러 갈 수 있을 것 같아요."

나는 최대한 그럴듯하게 거짓말을 했다.

"오, 아니야! 이번엔 안 와도 돼."

안나 아줌마가 웃음을 터뜨렸다.

"우리가 너를 보러 갈게! 온 가족이 함께 말이야. 네 새 학교도 둘러보고, 네가 잘 지내는지 확인하고 싶거든. 도널드 아저씨는 자기가 먼저 가 보지도 않고 너를 무작정 기숙 학교에 보냈다고 괴로워하는 중이야."

"그, 그렇지만……."

나는 말을 더듬었다. 아니, 이건 괜찮지 않았다, 절대로! 이건 너무나도 위험했다! 이곳에 있는 우드워커들이 모두가 스스로를 완벽하게 통제하는 것도 아니었다. 혹시 랄스턴 가족이 뭔가를 의심하게 되면 어떤 일이 벌어질까?

"곧 만나자."

안나 아줌마는 기분 좋게 말하고는 전화를 끊었다.

나는 낮게 신음을 흘리며 휴대폰을 구석으로 던져 놓고, 이 모든 고민에서 잠시라도 벗어나려고 휴게실로 갔다. 그곳에서 학교 공용 노트북으로 이메일을 확인할 수 있었다.

메일은 두 개 와 있었다. 하나는 전에 다니던 중학교에서 알고 지내던 애가 보낸 거였고, 다른 하나는…… 앤드루 밀링이 보낸 메일이었다!

입이 바싹 마른 채로 메일을 열었다.

안녕, 카락!

새 학교에서의 생활은 어때? 학업도 좋은 성과를 내고,

세상에서 네가 맡게 될 중요한 역할을 위해 잘 준비하길 바란다.

네가 어떻게 지내고 있는지 계속 알려 주면 좋겠구나.

그리고 필요 이상의 초식 동물과 친구가 되지 않도록 조심하렴.

특히 작은 먹잇감들과 우정을 나누는 건 좋은 생각이 아니란다.

그건 네 품위를 떨어뜨리는 짓이야.

잠을 충분히 잘 수 있기를 바란다!

너의 친구이자 후원자,

앤드루

이메일을 읽는 동안, 내 인간 형태의 목덜미에서 머리털 몇 가닥이 쭈뼛 서는 느낌이 들었다. 정말이지 이 남자와는 어떤

식으로도 엮이고 싶지 않았다. 그건 앤드루 밀링이 마치 늑대처럼 다른 사람을 깔보았기 때문만이 아니라, 처음 만났을 때 풍기던 위험한 냄새 때문이었다.

나는 아주 짧은 답장을 써서 보냈고, 밀링 씨가 다시는 연락하지 않기를 바랐다.

12

결투 신청

랄스턴 가족에게 최대한 말을 아끼면서 클리어워터 중고등학교를 소개하려면 무슨 말을 해야 할까? 우리 학교에는 영어, 수학, 사회 같은 과목 말고도 '인간 연구'라든지 '독립적인 동물 되기' 같은 과목이 있다는 사실? 그건 확실히 아니다.

마을에서 두 해를 보낸 덕분에 인간 연구 수업은 그리 어렵지 않았다. 그리고 그 과목을 담당하는 선생님도 꽤 마음에 들었다. 사라 캘러웨이 선생님은 정말 멋진 방울뱀 변신족이었는데, TV에 나오는 사람처럼 미모가 뛰어났다. 선생님은 잭슨홀 시내에 자신만의 의상실을 가지고 있었고, 방울뱀이 허물을 벗을 때면 그곳에서 우아한 옷들을 정기적으로 가져오곤 했다. 선생님이 부분 변신해서 끝이 갈라진 뱀의 혓바닥을 사용할 때면 두 가지 언어를 동시에 말할 수 있다고 했다. 하지만 이건 홀리가 해 준 말이라 별로 믿음이 가지 않았다. 그냥 싱거운 농담일 가능성이 컸다. 캘러웨이 선생님은 절대로 수업 시간에 그런 장난을 치지 않았고, 다행스럽게도 누군가를 물거나 하지도 않았다. 방울뱀의 송곳니는 독성이 꽤 강하니까.

"인간의 기분이 좋지 않다는 것을 알려 주는 징후는 어떤 것들이 있을까?"

수업을 시작하면서 캘러웨이 선생님이 질문을 던졌다.

"귀를 뒤로 젖히나요?"

쿠키가 물었다. 쿠키가 태어난 늪지에는 형제자매가 아주 많았는데, 그들은 모두 주머니쥐로 살기로 선택했다고 한다.

"그건 정답이 아니야."

캘러웨이 선생님이 대답했다.

"또 말해 볼 사람?"

트루디가 손을 들었다.

"물건을 던지나요?"

"가끔은. 하지만 어른이 되면 화가 엄청 났거나, 아니면 배우자를 겨냥했을 때만 그렇게 해. 아니면 둘 다이거나."

나는 손을 번쩍 들었다.

"음, 기분이 안 좋을 때 남자들은 쇼핑하러 가고, 여자들은 술을 아주 많이 마셔요."

"보통은 그 반대지."

캘러웨이 선생님이 나를 향해 미소를 지으며 대답했다.

"인간들이 나쁜 행동을 할 때는, 절대로 그들이 하는 일을 방해해서는 안 돼."

"그러면 위험한가요?"

주머니쥐 소녀 쿠키가 겁에 질려 눈을 동그랗게 뜨고 물었다.

"병을 손에 든 인간들은 확실히 위험하지."

캘러웨이 선생님은 대답하고 나서 잠시 생각에 잠겼다.

"하지만 다른 인간들도 마찬가지야. 왜냐하면 그들 중 몇몇은 실컷 쇼핑을 하고 나서 옷장 문이 닫히지 않는다고 기분이 더 안 좋아지기도 하거든."

선생님은 베타 늑대 클리프에게 화가 난 얼굴을 칠판에 그려 보라고 했고, 클리프는 아주 즐겁게 그 일을 해냈다. 까마귀 소녀 새도는 그 그림에 '화났을 때의 이마 주름', '치켜뜬 눈', '달아오른 뺨' 같은 라벨을 붙였다. 둘 다 열심히 했다는 칭찬을 받았고, 매우 만족스러워 보였다. 우리는 그걸 '친절한 얼굴'과 함께 연습장에 베껴 그렸다.

수업이 끝날 무렵 캘러웨이 선생님은 오늘 오후에 인간들, 다시 말해 내 수양 가족들이 학교에 방문한다는 소식을 전했다.

"그러니 모두 반드시 인간의 모습으로 있어야 해."

선생님이 주의를 주었다. 나는 모든 게 무사히 지나가기만을 바랐다.

'독립적인 동물 되기' 수업을 담당하는 파커 선생님과는 분

제가 좀 있었다. 첫 수업에서 파커 선생님은 교실로 미끄러지듯 우아하게 들어와 안경 너머로 우리를 바라보며 나에게 말했다.

"아, 네가 전학생이구나. 오소리 매티, 맞지?"

"아뇨, 저는 카락인데요, 퓨마예요."

나는 당황한 목소리로 대답했다.

하지만 수업을 시작한 지 30분이 지났는데도 파커 선생님은 계속 나를 매티라고 부르면서 내 털을 어떻게 관리해야 하는지에 대해 강의했다. 정말이지 어이 상실이었다. 파커 선생님이 퓨마의 털에 대해 이러쿵저러쿵할 게 도대체 뭐가 있다고! 파커 선생님이 나를 오소리라고 여긴다고 해서, 내 털에 줄무늬를 그릴 수는 없는 노릇이었다.

"퍼그들은 가끔 정신이 오락가락하거든."

홀리가 나를 위로하려 애쓰며 말했다.

"그건 그렇고, 미술도 파커 선생님 담당이야. 복도에 걸려 있는 그 끔찍한 그림들을 죄다 파커 선생님이 그렸지. 지난달에는 도예 수업을 했는데, 개 물그릇을 정말 수도 없이 만들어야 했어. 우리는 모두 다 화가 머리끝까지 났지. 아니 대체 우리를 뭘로 보는 거야? 다음엔 우리한테 개밥그릇을 만들라고 시킬지도 몰라!"

"나는 개밥그릇 같은 건 절대 만들지 않을 거야. 나는 야생 퓨마라고!"

내가 흥분하자 홀리가 어깨를 토닥여 주었다.

"그래, 그게 정상이야."

야생 퓨마든 아니든 간에, 우리는 수학이라든지 물리, 역사, 영어 같은 평범한 과목도 들어야만 했다. 영어를 가르치는 사라 캘러웨이 선생님은 '나는 어떻게 성장했을까'라는 제목을 주며, 우리에게 짧은 글을 쓰게 했다. 전에 안나 아줌마와 비슷한 연습을 했기 때문에, 글짓기는 꽤 할 만했다. 하지만 홀리는 이마에 땀방울이 송송 맺히도록 힘들어했다.

"이것 좀 봐 줘. 이대로 제출해도 될까?"

홀리가 나에게 종이 한 장을 내밀며 물었다. 나는 글의 앞부분을 조금 읽어 보았다.

> 고아원는 정마로 바보 가튼 고시어따. 나는 자주 도망쳐따.
> 모두가 나한테 모떼개 구러따. 내가 방에 솔방우를
> 가져가지도 모타게 해따.

난 머리카락이 다 쭈뼛거렸다.

"그래, 재미있네……. 근데 틀린 곳이 몇 군데 있어."

애석하게도 그것들을 고칠 시간은 없었다. 벌써 캘러웨이 선생님이 학생들의 글을 걷어 가고 있었으니까. 하지만 홀리가 쓴 글의 내용이 계속 머릿속에서 떠나질 않았다.

'홀리가 어린 시절을 고아원에서 보냈다고?'

"부모님은 돌아가신 거야? 아니면 그냥 너를 고아원으로 보낸 거야?"

나는 속삭여 물었다.

"돌아가셨어. 엄마는 스라소니한테 잡아먹혔고, 아빠는 올빼미가 채 갔어."

홀리도 속삭여 대답했다.

"아, 정말 끔찍하다."

불쌍한 홀리. 학교 성적이 안 좋은 데는 다 이유가 있었다. 고아원에서는 홀리가 무언가를 배우든 말든, 아무도 신경 쓰지 않았을 것이다.

점심시간이 끝나고, 마침내 '전투와 생존' 수업 시간이 되었다. 머리를 빡빡 깎은 근육질의 젊은 빌 브라이트아이 선생님은 날 못마땅한 눈빛으로 바라보았다. 몸이 저절로 긴장하는 게 느껴졌다. 또 다른 늑대였다. 내 바람과는 다르게 이 학교에는 늑대가 너무 많았다. 하지만 아직까지 브라이트아이 선생님은 나에게 불쾌한 말을 하거나 하지는 않았다.

브라이트아이 선생님은 수업을 시작하면서 인간의 모습으로 숲을 전력 질주하는 것으로 준비 운동을 대신했다. 이 문제에 대처하는 우리의 모습에는 큰 차이가 있었다. 인간 소녀로 변신한 주머니쥐 쿠키는 연약해 보였지만, 실제로는 예상했던 것보다 훨씬 더 강인했다. 반면에 스컹크 소년 리로이는 얼마 뛰지도 못하고 금방이라도 폐가 터질 것처럼 숨을 몰아쉬며 헐떡거렸다. 아마 도리안에게도 같은 문제가 발생했을 테지만, 그걸 피하려고 시간 맞춰 아프다는 핑계를 댄 게 분명했다.

하지만 나 역시 고작 1.5킬로미터를 달리고 나자 속도를 늦출 수밖에 없었다. 정말이지 얼굴을 들 수 없을 정도로 부끄러운 일이었다. 퓨마는 단거리 선수이지, 장거리 기록은 그다지 좋은 편이 아니다. 루는 인간의 긴 다리로 놀라울 정도로 가볍게 성큼성큼 나를 앞질렀고, 단 한 번도 돌아보지 않았다.

내 옆에서 헉헉대고 있던 브랜든이 날 위로해 주려고 애썼다.

"걱정하지 마, 루는 와피티사슴이야. 원래 달리기를 잘해."

"루가 와피티사슴이라고?"

나는 그 자리에 멈춰 섰고, 쌍둥이 까마귀인 섀도와 윙에게 부딪혀서 넘어질 뻔했다.

브랜든이 친절하게도 내 옆에 멈춰 섰다.

"맞아, 근데 왜?"

"그러면 루가 혹시……."

끔찍한 생각 하나가 머릿속을 스쳤다.

"엘우드 선생님 딸이야?"

"물론이지."

브랜든의 대답을 듣고 나는 신음을 흘렸다. 루의 아빠가 하필이면 변신 과목을 담당하고 있는 기분 나쁜 엘우드 선생님이라니. 아이고, 내 팔자야!

"그리고 참고로 말하자면, 루의 엄마는 예전에 퓨마에게 공격받은 적이 있는데, 아직도 그때 입은 부상 때문에 다리를 절뚝거린대."

브랜든이 덧붙여 말했다.

나는 더 크게 신음했고, 그때 브라이트아이 선생님이 우리에게 소리를 질렀다.

"뒤처지지 마! 포식자들은 무리를 쫓아가지 못하는 녀석들을 잡아먹으니까."

선생님에게 나도 포식자라고 말하고 싶었지만, 폐 안에 남은 공기가 충분하지 않았다. 루는 엘우드 선생님의 딸이었다. 그럼 언젠가 루와 다정하게 이야기할 수 있으리라는 희망조차 포기해야 하는 걸까? 어쩌면 가끔씩 루가 무엇 때문에 그토록 슬퍼 보이는지에 대해 먼저 알아봐야 할 것 같았다.

루는 조금도 지쳐 보이지 않았고 좀 더 빠르게 뛸 수도 있을 것 같았지만, 친구인 비올라와 함께 속도를 맞춰 달리고 있었다.

"자, 힘내! 할 수 있어!"

루는 헐떡거리며 힘겹게 버티고 있는 비올라를 계속 격려했다. 내 심장이 또다시 격렬하게 춤을 추기 시작했다. 루는 예쁠 뿐 아니라 마음씨도 착했다. 그게 훨씬 중요했다.

우리가 달리기를 마쳤을 때, 제프와 늑대 패거리는 이미 한참 전에 달리기를 마치고 빈둥거리며 서로를 밀쳐 대고 있었다. 그 네 명은 얼굴이 빨개져서 완전히 녹초가 된 홀리와는 정반대로 아주 손쉽게 마라톤을 마쳤다.

"넌 그냥 먹잇감도 아니고, 한심할 정도로 약해 빠진 먹잇감이야."

선생님이 멀어진 틈을 타서 제프가 비웃었다.

홀리는 제프와 얼굴을 맞대고 받아쳤다.

"하하! 동네에서 제일 재수 없는 똥개가 뭐라고 짖어 대는 거지? 너는 그 잘난 근육 말고 또 뭐가 있는데?"

다행히 제프의 얼굴이 분노로 뒤틀리는 것을 본 내가 홀리 앞으로 번개처럼 달려들어, 홀리를 공격하려는 제프를 제때 막을 수 있었다.

"너 미쳤어?"

제프를 한쪽으로 확 잡아당기며 말했다.

"홀리를 그냥 놔둬!"

제프가 이글거리는 눈으로 나를 노려보았다. 다른 늑대들도 우리 주위로 원을 그리고 서서 나를 노려보았다. 클리프의 어깨는 엄청나게 넓었고, 티카니 역시 무척 세 보였다. 하지만 난 신경 쓰지 않았다. 전에는 친구가 한 명도 없었지만, 만약 브랜든이나 홀리가 나를 필요로 한다면, 나는 최선을 다해 그 애들을 보호할 것이다!

너무 화가 나서 팔에서 털이 자라나고 손끝이 휘어지며 발톱으로 변하는 찌릿찌릿한 감각을 생생히 느낄 수 있었다.

"아하, 여기 문제아 납셨네. 교칙 제5조!"

오메가 늑대 보가 실실거렸다. 바로 그때, 브라이트아이 선생님이 가까이 다가왔다.

"좋아, 이제 변신해라. 그리고 대충 덩치가 맞는 상대를 찾아서 둘씩 짝을 지어라."

이번에 웃을 사람은 바로 나였다. 나는 누구보다 먼저 동물의 모습으로 숲바닥에 털썩 앉았다. 그리고 발로 옷을 한쪽으로 밀어 놓았다. 브라이트아이 선생님이 생각에 잠긴 얼굴로 나를 바라보았다.

"퓨마라……. 흠, 오늘 너는 버사를 상대해라. 버사가 너보다 강하겠지만, 할 수 있는 모든 걸 해 봐."

이건 숨이 턱 막힐 정도로 불공평했다.

'나더러 회색곰과 싸우라고?'

아마도 브라이트아이 선생님은 내 적이고, 그래서 내가 죽기를 바라는 것 같았다.

'제가 저 녀석이랑 싸우고 싶은데요.'

이제 막 자신의 다른 모습인 짙은 회색의 힘센 늑대로 변신한 제프가 불평했다.

"누구랑?"

브라이트아이 선생님이 곧바로 되물었고, 제프는 나를 코로 가리켰다.

"너는 클리프랑 해."

브라이트아이 선생님이 명령하자 제프는 이빨을 드러내며 으르렁거렸다.

잠시 후 제프는 바닥에 납작하게 드러누워 낑낑거리고 있었다. 브라이트아이 선생님은 전혀 힘들이지 않고 단숨에 제프를 제압했다.

"누가 이 학교의 알파 늑대지?"

'선생님입니다!'

제프가 악을 쓰듯 외쳤다.

"그래, 그건 정해져 있는 거다."

브라이트아이 선생님은 일어나서 손을 바지에 문질러 닦더니, 늑대들에게는 눈길 한번 주지 않고 자리를 떠났다.

'휘유!'

난 속으로 휘파람을 불었다. 브라이트아이 선생님이 자신의 동족들에게 호의를 베풀 수는 있겠지만, 녀석들의 헛소리를 참아 줄 생각은 없어 보였다. 버사는 약간의 어려움을 겪은 끝에 금빛이 도는 갈색 털을 가진 강력한 곰의 모습으로 변신했고, 우리는 서로를 향해 다가갔다.

'이것 좀 봐! 정말 멋지지 않아?'

버사가 입을 벌려 손가락 길이의 송곳니를 자랑스레 보여 주었다.

'그래, 그래, 나도 다 안다고.'

사실 버사는 착한 소녀처럼 보였다. 내가 회색곰을 좋아하지 않는 건 버사의 잘못이 아니었다. 미아 누나랑 내가 아주 어렸을 때, 우리가 태어나서 처음 몇 달을 보냈던 굴을 회색곰 한 마리가 찾아냈고, 우리를 죽이려고 했다. 포식자는 경쟁자가 적을수록 좋은 법이니까. 그리고 당연히 그 회색곰은 누나와 나의 어설픈 위협에 눈 하나 깜짝하지 않았다. 때마침 부모님이 돌아오지 않았다면, 우리는 지금 이 세상에 없을 것이다.

'좋아, 어디 한번 싸워 보자!'

버사 주위를 빙글빙글 돌다가 앞발을 휘둘렀다. 버사의 두꺼운 털을 뚫고 상처를 입힐 수 있을지는 모르겠지만, 당연히 발톱은 숨기고 있었다.

버사는 뒷다리로 일어서서 포효하며 앞발을 공중에 흔들어 댔다. 아무래도 버사는 내가 자신의 거대한 몸집으로 위협할 수 있는 인간이 아니라는 사실을 반쯤 잊은 것 같았다.

퓨마인 내 입장에서 보면, 버사의 배가 무방비 상태에 놓여 있을 뿐이었다. 나는 온 힘을 다해 전속력으로 몸을 내던졌다.

'뭐 하는 짓이야?'

버사가 울부짖으며 다시 몸을 낮춰 네발로 땅을 디뎠다. 나는 버사의 코에 주먹을 날렸다. 만약 이게 진짜 싸움이었다면, 버사는 가지런한 네 개의 발톱 자국을 자랑스레 뽐낼 수 있었을 거다.

'자, 나랑 싸우자고!'

대답을 하면서 내가 즐기고 있다는 것을 깨달았다. 버사는 화가 나서 앞발을 휘둘렀지만 나는 질풍처럼 뛰어서 피했고, 버사는 결국 나를 한 대도 때리지 못했다. 대신에 나는 연속으로 빠르게 앞발을 뻗어 버사를 내가 원하는 곳까지 물러나게 했다. 둥글고 털이 복슬복슬한 엉덩이가 나무에 막히면서 버사는 함정에 빠졌다.

나는 버사의 머리 위로 뻗어 있는 나뭇가지 위로 단숨에 뛰어올랐다. 아홉 살 때부터 제자리높이뛰기를 5미터 정도는 거뜬히 했다. 무슨 일이 일어나고 있는지 버사가 미처 알아차리기도 전에 등으로 펄쩍 뛰어내려 뒷목에 이빨을 들이밀었다.

'첫판은 내가 이긴 것 같은데.'

'넌 정말 위험한 녀석이었구나.'

버사가 불평했고, 뭐라고 대꾸할 말이 떠오르지 않았다.

'잘했다.'

브라이트아이 선생님이 어느새 커다란 검은 늑대의 모습으로 우리 곁에 서서 노란 눈으로 나를 바라보고 있었다.

'카락, 넌 타고났구나!'

만약 내가 소년의 모습이었다면, 볼이 빨개졌을 것이다.

'고맙습니다, 선생님.'

행복한 기분은 정확히 수업이 끝날 때까지 계속되었다. 하지만 다시 인간의 모습으로 변신하려고 하는 바로 그때, 그림자 하나가 내 옆으로 미끄러지듯 다가왔다. 제프였다!

'그렇게 쉽게 벗어날 수 있을 것 같냐, 이 고양이 자식아?'

제프의 악의에 찬 목소리가 내 머릿속에 울렸다.

'그건 큰 착각이야.'

나는 쉭쉭거리며 위협했다.

'나랑 내 친구들한테서 떨어져, 알겠어?'

'자정에 보자.'

제프가 차갑게 속삭였다.

'너는 우리 중 둘을 상대해야 해. 만약 네가 이기면 다시는 안 건드리지. 하지만 우리가 이기면 고생 좀 할 거다, 이 자식아!'

결투라니, 어이가 없었다.

'그깟 걸 내가 왜 해야 되는데?'

싸움에 말려들었다가는 내가 알고 있는 교칙을 죄다 어기게 될 게 뻔했다. 그리고 한 가지 분명한 것은, 이 싸움에선 발톱을 숨기는 일 따위는 없을 거라는 사실이다.

'피가 흐르겠지. 내 피도, 저 녀석들의 피도.'

하지만 만약 내가 이 싸움에서 이긴다면, 앞으로 학교생활이 정말로 즐거워질 것이다.

'받아들이겠어.'

나는 무거운 목소리로 대답했다. 그리고 우리는 브라이트아이 선생님의 주의를 끌기 전에 서둘러 각자 다른 방향으로 흩어졌다.

13

인간 경보

나는 학교 정문에서 초조하게 기다리면서 아무 생각 없이 솔방울 몇 개를 밟아서 부스러뜨리고 있었다. 25분 뒤면 랄스턴 가족이 도착할 예정이었다. 이런 것을 알기 위해 손목에 멍청한 장치를 차고 다닐 필요는 없었다. 난 타고난 시간 감각이 있었기 때문이다. 클리어워터 중고등학교에서 시계를 차고 다니는 사람은 도리안과 엘우드 선생님밖에 없었다. 엘우드 선생님은 아마 뽐내려는 용도인 것 같았고, 도리안은 그게 더 멀끔해 보인다고 생각해서였지만 사실 그 시계는 고장 나 있었다.

'그들이 오는 것 같아!'

섀도와 윙이 나에게 신호를 보냈다. 쌍둥이들은 높은 곳에서 까마귀의 모습으로 지켜보고 있었다.

'혹시 그 인간 손님들이 모는 자동차가 똥파리색이야?'

'맞아, 그 색깔이 멋져 보인다나 뭐라나. 이름이 무슨 메탈릭

어쩌고저쩌고라던데…….'

머릿속으로 대답을 하면서, 입술을 움직여 반가운 미소를 짓는 연습을 했다. 그때 학교 안에 있는 모두에게 경고하기 위한 '인간 경보'가 울려 퍼졌다. 인간들은 들을 수 없는 높고 날카로운 소리였지만, 당연히 우리는 들을 수 있었다.

차가 정문 앞에 멈추고, 다리가 두 개 달린 그들이 내렸다. 잠깐이었지만 내 눈에는 그들이 낯선 사람들처럼 보였다.

"제이, 널 보니까 너무 좋다! 건강해 보이는구나!"

안나 아줌마가 팔을 들어 나를 폭 감싸 안았고, 나는 잠깐이나마 긴장을 풀었다.

하지만 그 편안함은 오래가지 않았다. 말론 형이 심술궂게 덤불 속으로 돌멩이를 걷어차고, 도널드 아저씨는 얼굴을 찌푸린 채 여기저기 둘러보는 모습이 눈에 들어왔기 때문이다.

"엄마아아아악! 나 지금 뭘 밟았어! 이게 뭐야?"

멜로디가 정나미 뚝 떨어지는 비명을 질렀다.

그건 주머니쥐가 근처에 화장실이 없을 때 한 덩이씩 떨구고 다니는 것이었다.

'정말 고맙다, 쿠키!'

안나 아줌마가 멜로디의 신발을 손수건으로 닦아 주고 나서, 난 네 사람을 학교 안으로 안내했다. 그때 말론 형이 물었다.

"여기 축구장도 있어?"

네 사람은 건물 바깥쪽을 따라 걷기 시작했다. 불행히도 그건 그들이 언덕 형태로 되어 있는 학교의 뒤편을 보게 된다는 뜻이었다.

말론 형이 귀에서 이어폰을 빼냈다.

"여긴 그냥 쓸모없는 바위 더미뿐이잖아. 아빠, 여긴 운동장 같은 것도 없어요. 달랑 농구대 두 개뿐이잖아요."

"분명히 더 많은 게 있을 거야."

안나 아줌마가 대답하며 마치 어딘가에 운동장이 숨겨져 있는 것처럼 주위를 휘휘 둘러보았다.

그러는 동안에 도널드 아저씨는 화강암 덩어리들을 미심쩍은 눈초리로 보고 있었다.

"학교 건물이 좀 특이하구나."

"태생학적인 거예요."

도널드 아저씨를 안심시키기 위해 재빨리 말했다.

"생태학이겠지."

도널드 아저씨가 말했다.

"따라 해 봐라, 생태학……."

난 그 말을 듣지 못한 것처럼 행동했다. 멜로디가 내 반대쪽 귀에 대고 소리를 꽥꽥 지르고 있었기 때문에 그리 어려운 일은 아니었다.

"여기에 오빠 방도 있어?"

사실 교장 선생님은 손님을 먼저 교장실로 데리고 오라고 했지만, 이 넷이 혼을 쏙 빼 놨기 때문에 난 그저 끌려다닐 수밖에 없었다.

"당연히 내 방이…… 그러니까, 절반쯤 있어."

어느새 나는 랄스턴 가족을 기숙사 동으로 데려가고 있었다. 커다란 둥근 창문과 화려한 러그가 있는 내 방을 보면 랄스턴 가족도 아무 말 못 할 것이다. 어쩌면 멜로디와 말론 형이 조금쯤은 부러워할지도 모른다. 그저 눈곱만큼이라도 좋았다.

내 방으로 가는 길에 우리는 몇몇 학생을 지나쳤다. 수줍음 많은 가면올빼미 트루디와 생쥐 변신족 넬, 그리고 버사. 긴장되어 손에 땀이 났다.

'혹시 지금 여기서 버사가 회색곰으로 변해 버리면 어쩌지?'

그럼 모든 게 끝장이었다. 그런 일이 벌어진다면 랄스턴 가족은 이 학교를 위험한 곳으로 여길 테고, 나는 당장 짐가방을 싸야 했다. 하지만 내 학교 친구들은 지극히 평범한 사람처럼 보이려고 온갖 노력을 다했다.

"안녕하세요, 랄스턴 씨, 랄스턴 부인."

심지어 넬은 땋아 내린 머리카락을 만지작거리면서 미소를 짓고, 인사까지 했다.

"어머, 정말 친절한 아이구나."

안니 아줌마가 감동한 듯 말했다.

"넬은 뉴욕에서 왔어요."

내가 넬의 출신을 기억해 내고 말하자, 도널드 아저씨와 안나 아줌마는 깊은 인상을 받은 것 같았다.

"학생들이 전국 각지에서 오는 거니?"

도널드 아저씨가 물었고, 나는 안도의 한숨을 내쉬며 고개를 끄덕였다.

"맞아요, 예를 들면 버사네 가족은 알래스카에 살아요. 아버지가 거기서 사냥용품점을 운영하신대요."

다행스럽게도 버사는 무사히 지나갔다. 버사가 불안해서 덜덜 떨고 있었는데도, 귀에 털 한 가닥 나지 않았다. 버사가 전에 들려준 말에 따르면, 버사의 아빠는 자기가 회색곰 변신족인지 전혀 몰랐다고 한다. 그러다가 어느 날 우연히 회색곰으로 변해서 아내가 심장 마비를 일으킬 뻔했다. 버사의 아빠는 자기가 어떻게 변신했는지도 몰랐기 때문에, 버사에게 변신하는 방법을 알려 줄 수도 없었다.

브랜든과 함께 쓰고 있는 방에 거의 도착했을 때, 갑자기 문에 적어 놓은 이름이 생각났다. 당연히 그 이름은 '제이'가 아니었다. 재빨리 몸을 돌려 랄스턴 가족을 다른 방향으로 보내려고 했다.

"어, 제 생각엔…… 먼저 저쪽으로……."

하지만 말론 형은 이미 나를 앞질러 걸어가고 있었다.

"그래서, 네 방은 어디야?"

나는 포기했다.

"저기 저 방."

초록색 글씨로 '브랜든'이라고 적힌 옆에 노란색 글씨로 '카락'이라고 커다랗게 적힌 문을 가리켰다.

"불쌍해라, 문에 아직 네 이름도 없네."

안나 아줌마가 말했다.

"카락은 누구니?"

'저예요!'라는 말이 목구멍을 얼마나 꽉 막을 수 있는지…… 정말 놀라울 따름이었다.

"아마 전에 이 방에서 지내던 학생이겠지, 안 그러냐?"

도널드 아저씨가 말했다. 천만다행이었다!

"아, 맞아요. 그럴 거예요."

난 재빨리 대답했다.

랄스턴 가족은 내 방을 맘에 들어 했다. 멜로디가 특히 좋아해서, 창밖으로 기어 나가려는 것을 안나 아줌마가 뒤로 잡아당겨 겨우겨우 말렸을 정도였다. 어쩌면 멜로디의 조상 중에는 다람쥐가 있었을지도 모른다.

"여기 좋네, 정말 좋아."

도널드 아저씨가 모든 걸 받아들인 듯 이야기했다.

다행히 도널드 아저씨가 발견하기 직전에 바닥에 있는 발굽

자국을 먼저 확인할 수 있었다. 나는 재빨리 발을 뻗어 그 위에 서서 흠집을 가렸다. 이제 랄스턴 가족이 이 방을 나갈 때까지 바위처럼 군건히 이 자리를 지켜야 했다. 그 정도야 문제없었다. 그런데…….

“제이, 좀 도와줄래? 이게 안 닫히네.”

안나 아줌마가 창문을 닫으려고 손잡이를 붙잡고 낑낑거리며 말했다.

나는 선 자리에서 꼼짝도 하지 않았다.

“아, 하실 수 있어요.”

나는 삐뚜름한 미소를 지은 채 대답했고, 안나 아줌마는 놀란 눈으로 나를 바라보았다.

말론 형은 옷장을 열고 안을 들여다보려 하고 있었다. 나는 소리 없는 공포에 덜덜 떨며 그 모습을 지켜보았다. 말론 형이 옥수수 알갱이로 가득 찬 여행 가방을 발견하기 0.002에서 0.003초 전이었다.

‘대체 이걸 어떻게 설명하지? 그걸 심지 않으면 우린 굶어 죽는다고 해야 하나?’

“제이!”

안나 아줌마가 목소리를 높였다.

“이리 와서 창문부터 닫자, 어서!”

나는 어쩔 수 없이 명령에 따라야만 했다.

'내가 창문 쪽으로 가면 랄스턴 가족은 발굽 자국을 발견할 거고, 그렇게 되면…….'

"아, 여기 계셨군요! 손님들을 먼저 내 방으로 모시고 오기로 하지 않았니?"

교장 선생님이 반쯤은 다정하고 반쯤은 나무라는 듯한 표정으로 문 앞에 서 있었다.

"맞다, 그랬죠. 죄송해요, 교장 선생님."

대답을 하면서, 내 수양 가족을 될 수 있는 한 빨리 이 방에서 내보내 달라는 간절한 눈빛을 교장 선생님에게 쏘아 보냈다.

교장 선생님은 바로 알아차렸다. 랄스턴 가족과 악수하며 몇 마디 정중하게 환영 인사를 한 뒤에 곧바로 이야기를 꺼냈다.

"그러면 이제 학생 식당을 보여 드리면서 아이스크림을 대접하고 싶은데 괜찮으신지요?"

"와, 신난다!"

멜로디가 소리치고는 열심히 방에서 뛰쳐나갔다. 불행히도 멜로디는 잘못된 방향, 그러니까 교실 쪽으로 뛰어갔고, 잠시 후 혼이 쏙 빠질 정도로 무시무시한 비명이 울려 퍼졌다.

"엄마아아아아악!"

"멜로디, 무슨 일이니?"

안나 아줌마가 서둘러 방에서 나갔다.

"복도에 들소가 있어!"

멜로디가 소리를 질렀다.

"말도 안 돼!"

"들소잖아!"

나는 속으로 신음했다. 걱정했던 것보다 상황이 훨씬 더 안 좋은 방향으로 흘러가고 있었다.

랄스턴 가족은 복도 한가운데서 얼뜬 표정으로 서 있는 브랜든에게서 겨우 몇 발짝 떨어진 곳에 서 있었다. 언제나 그렇듯 브랜든의 머리 주위로 파리 한두 마리가 왱왱거리고 있었다. 파리들은 학생 식당의 뷔페보다도 초식 동물을 더 좋아했다.

"물러서! 들소는 성미가 급한 동물이야!"

도널드 아저씨가 소리쳤다. 안나 아줌마가 재빨리 멜로디를 몸으로 감쌌다. 랄스턴 가족은 한 걸음씩 주춤주춤 뒤로 물러났다.

우리 중 하나가 동물의 모습일 경우에도 우리는 텔레파시를 써서 은밀하게 대화할 수 있었는데, 그게 이럴 때는 정말 유용했다.

'브랜든, 여기서 뭐 하는 거야?'

나는 조용히 성질을 부렸다.

'미안, 난 그저 일대일 변신 수업을 받으러 가는 중이었어.'

쩔쩔매는 대답이 돌아왔다.

나는 체념하며 눈을 굴렸다.

'그래, 넌 보충 수업이 좀 필요해!'

"괜찮습니다. 길들인 들소예요."

교장 선생님이 브랜든을 죽일 듯이 노려보며 말했다.

아무도 교장 선생님의 말에 귀를 기울이지 않았다.

말론 형은 자신의 숨겨져 있던 보호 본능을 발견하는 과정을 겪고 있었다.

"어서요, 모두 이쪽으로!"

말론 형이 교실 문을 열며 소리쳤다.

"여긴 안전할 거예요!"

꼭 그렇지도 않았다. 스컹크 소년 리로이가 혼자 조용한 분위기 속에서 숙제를 하려고 거기 숨어 있는 것을 보자 땀이 삐질 났다. 인간들을 발견한 리로이는 겁에 질려 고개를 들었다.

"너무 흥분하지 마세요, 별문제 없어요. 다 괜찮아요!"

나는 소리치며 교장 선생님의 도움을 받아 랄스턴 가족을 다시 복도로 내보냈다. 그러는 동안 고맙게도 브랜든은 이미 도망쳤다.

"이 학교 안에서 발굽 달린 동물이 뭘 하고 있는지 설명해 주시겠습니까?"

도널드 아저씨가 화난 얼굴로 교장 선생님을 돌아보며 질문을 던졌다.

"만약 이런 일이 자주 발생한다면, 제이가 이곳에서 좋은 교육을 받을 수 있을 거라고는 생각할 수 없군요."

"아니, 아니에요. 당연히 이런 일은 자주 일어나지 않아요."

나는 절망적으로 소리쳤다. 하지만 클리어워터 교장 선생님은 침착함을 잃지 않았다.

"보시다시피, 이 학교에서는 아주 생생한 생물 수업을 진행합니다. 수업 과정에서 종종 살아 있는 동물들을 데려오기도 하죠. 요즘 아이들이 자연을 직접 체험할 수 있다는 건 정말 멋진 일 아닌가요?"

도널드 아저씨는 뭔가 하고 싶은 말이 있는 것처럼 보였지만, 다행스럽게도 말문이 막힌 듯했다.

어쨌든 교장 선생님은 혼란스러워하는 손님들을 학생 식당으로 안내했다. 저녁 햇살이 유리 돔 너머로 들어와 모든 걸 금빛으로 물들이는 그곳은 정말 아늑해 보였다. 그리고 학교 친구들은 모두 흠잡을 데 없는 인간으로 행동하고 있었다.

도리안은 소파에 널브러져 고양이가 나오는 괴기 소설을 읽고 있었고, 쿠키는 이메일을 확인했다. 루는 농담과 작은 그림들로 반쯤 채워진 화이트보드 위에 또다시 무언가를 적고 있었다.

궁금해하지 않는다면
경이로운 것도 없다

늑대들은 카드놀이를 하면서 낄낄거리고 있었고, 2학년과 3학년 학생 몇 명은 탁구를 치고 있었다. 이 모든 게 놀랍도록 평범해 보였다.

우리는 아이스크림을 먹으며 서서히 긴장을 풀었다.

"제이, 이곳이 마음에 드니?"

안나 아줌마가 걱정스러운 눈으로 날 바라보며 물었다. 아마 안나 아줌마도 이 학교가 조금 이상하다는 생각을 하고 있었을 것이다.

"완전 맘에 들어요."

나는 즉시 대답했다.

이곳으로 온 지 며칠밖에 되지 않았지만, 벌써 클리어워터 중고등학교를 떠난다는 상상조차 할 수 없었다. 우드워커로서 알아야 하는 것들을 배울 수 있는 곳은 오직 이곳밖에 없었다. 랄스턴 가족이 어서 빨리 들소에 대한 기억을 지우고, 나를 데려가 예전 학교에 도로 집어넣을 생각조차 하지 않기를 바랐다.

'더 이상 돌발 상황이 벌어지면 안 돼!'

"지금까지 판단하기에, 제이는 이곳에서 정말 잘 지내고 있어요."

교장 선생님이 창백한 흰색 머리카락을 손가락으로 쓸어 넘기며 나에게 웃어 주었다.

나도 고마운 마음을 담아 마주 보며 웃었다.

모든 게 너무나도 순조로워 보였다. 안나 아줌마가 아이스크림값을 치르겠다고 고집을 부리며 가방을 뒤적거리기 전까지는. 이윽고 안나 아줌마의 눈이 놀라서 휘둥그레졌다.

"어? 지갑을 차에 두고 왔나 봐요. 이상하네……."

'오, 제발…….'

이게 어떻게 된 일인지 알 것 같았다. 홀리가 보이는지 재빨리 곁눈질로 살펴보았지만, 인간의 모습을 한 홀리는 흔적조차 없었다. 그렇지만 다람쥐 냄새를 맡을 수 있었다.

'설마 그럴 리 없겠지……?'

'홀리! 당장 돌려줘!'

나는 소리 없이 울부짖었다.

'너 지금 어디야?'

녹색 식물 뒤에서 무언가가 빠르게 움직이는 모습이 눈에 잡혔다.

'여기야!'

홀리의 쾌활한 목소리가 머릿속을 맴돌았다.

'걱정 마, 내가 할 수 있나 시험해 본 것뿐이야. 이 시시한 물건은 금방 다시 돌려줄 거야.'

나는 속으로 끙끙 앓았다. 이미 홀리 같은 친구가 있는데, 무슨 적이 더 필요할까?

물론 클리어워터 교장 선생님도 홀리를 발견했다. 독수리의 눈을 피할 수 있는 것은 아무것도 없었다. 교장 선생님이 날카로운 목소리로 명령했다.

'홀리, 넌 당연히 그걸 돌려줘야 하겠지만, 지금 모습으로는 안 돼. 우선 화장실에 가서 변신하렴. 그리고 돌아와서 복도에 떨어진 지갑을 주웠다고 말해. 알겠니?'

좋은 계획이었다. 그리고 분명히 통할 것 같았다. 하지만 불행히도 조금 늦었다. 홀리는 이미 도리안이 앉은 소파 위로 뛰어올랐고, 그 모습을 본 멜로디가 소리쳤다.

"엄마, 저것 좀 봐. 다람쥐야!"

멜로디는 이번엔 비명을 지르지 않았다.

"아, 열려 있는 창문으로 들어왔나 봐요."

난 재빨리 말했다. 하지만 그 말이 다람쥐가 왜 지갑을 앞발로 잡고 있는지를 설명해 주지는 못했다.

"저 동물이 당신 지갑을 훔친 것 같은데."

도널드 아저씨가 믿을 수 없다는 듯 고개를 저으며 말했다. 나는 머리에 뒤집어쓸 담요가 없나 주위를 살폈다. 그래야 더 이상 이 꼴을 보지도, 듣지도 않을 테니까.

"아냐, 아냐, 아빠! 다람쥐가 지갑을 돌려주려는 거야!"

멜로디가 흥분한 목소리로 외쳤다.

"끝내준다! 다람쥐를 훈련시킨 거야?"

나는 이 문제를 도리안에게 넘겨야만 했고, 도리안은 곧바로 반응했다.

“응, 내가 훈련시켰지.”

도리안이 책을 한쪽으로 치우면서 대답했다.

“이 다람쥐는 내 반려동물이야. 이리 와, 홀리. 착하지, 우리 귀염둥이……. 자, 뭘 찾아냈는지 보여 줄래?”

홀리는 화가 나서 소파 팔걸이 위에서 펄쩍펄쩍 뛰었다.

‘뭐? 귀염둥이? 이 멍청한 벼룩 택시야! 다른 표현은 없었냐?’

도리안은 그저 씩 웃기만 했고, 교장 선생님이 명령했다.

‘도리안이 말한 대로 해, 지금 당장!’

홀리는 도리안에게 지갑을 주고, 머리 위로 올라가서 머리카락을 잡아당겼다. 그건 큰 실수였다! 잠시 후 홀리는 도리안의 손에 잡혀 미친 듯이 꿈틀거리며 알아듣지 못할 말을 횡설수설하고 있었다. 도리안은 아주, 매우, 엄청나게 좋은 반사 신경을 가지고 있었다.

도리안이 고개를 숙이며 반대편 손으로 안나 아줌마에게 지갑을 돌려주었다.

“여기 있습니다.”

“고마워요.”

안나 아줌마가 말했다. 지갑을 받은 안나 아줌마는 손을 휘둘러 코 주위에서 왱왱거리는 파리 한 마리를 쫓아냈다.

“이젠 갈 시간이 된 것 같네, 그렇지?”

안나 아줌마가 다른 가족들을 돌아보았다.

"엄마! 우리 좀 더 있으면 안 돼?"

멜로디가 애원했다. 멜로디가 조금은 좋게 보이기 시작했다. 하지만 이미 안나 아줌마의 말에 말론 형과 도널드 아저씨가 안심하며 고개를 끄덕거리고 있었기 때문에, 멜로디의 바람은 이루어지지 않았다.

마침내 랄스턴 가족이 떠나자 나는 현관 벽에 기대어 깊은 한숨을 내쉬었다.

'우리가 해냈어!'

그런데 왜 슬픈 마음이 드는 걸까? 내 마음속 깊은 곳에 귀를 기울이자, 그곳에서 내 친부모님과 미아 누나에 대한 어둡고 끈질긴 속삭임을 들을 수 있었다.

'내 진짜 가족들과 함께 학교를 거닐어 볼 수 있었다면 얼마나 좋았을까.'

엄마를 찾으러 온 산을 뒤지다가, 마침내 찾아내는 상상을 했다. 그런 다음 내가 클리어워터 중고등학교에 다니게 되었고, 모든 게 잘될 거라고 엄마와 아빠와 누나에게 말하는 모습을 상상했다. 왜냐하면 이곳에서 나는 두 세계 모두에서 살아가는 방법을 배울 수 있었으니까.

희망에 찬 생각을 더 이어 가기도 전에 누군가가 어깨를 찰싹 때렸다. 브랜든이었다. 그리고 다른 누군가가 옆구리를 찔렀다.

홀리였다. 둘 다 정오의 햇살처럼 쾌활했다.

"친구! 썩 훌륭한 만남은 아니었어! 하지만 학교에 남아 있을 수 있는 거지? 그렇지?"

"응, 그럴 것 같아."

대답하는 순간, 나도 왠지 기분이 유쾌해졌다.

하지만 바로 그때, 오늘 해결해야 할 일이 아직 남아 있다는 게 기억났다. 늑대들이 자정이 되면 나와 결투를 벌이려고 벼르고 있었다.

14

한밤의 결투

저녁 식사 시간에 다른 친구들이 내가 너무 조용하다는 걸 알아차렸다.

"무슨 일 있어?"

홀리가 나를 쿡 찌르며 물었다.

나는 홀리에게 신경질을 부렸다.

"하지 마! 나 그러는 거 안 좋아해!"

대신 홀리는 내 팔을 톡톡 두드렸다.

"뭐가 문젠데 그래? 그냥 말해 버려! 나를 좀 보라고. 도둑질로 공식적인 징계를 받았지만, 내가 그것 때문에 풀이 죽은 것 같아?"

"넌 당연히 걱정해야지."

브랜든이 걱정스러운 목소리로 말했다.

"이번이 벌써 두 번째 징계잖아. 징계 세 번이면 퇴학이라고!"

"와, 그게 정말이야?"

홀리는 풀이 죽은 듯 보였지만 아주 잠시뿐이었다.

"그렇다면 지금부터 나는 작은 천사가 될 거야."

브랜든이 씩 웃었다.

"날개도 없고, 적갈색 털 코트를 입은 천사라……. 그런 게 있기는 한 거야?"

하지만 브랜든은 내가 함께 웃지 않는 걸 보고 걱정스러운 표정을 지었다.

"자, 뭔데 그래? 늑대들이 또 널 괴롭힌 거야?"

나는 깊은 한숨을 내쉬었다.

"더 안 좋아. 늑대들이 결투를 신청했어."

"싫다고 했기를 바란다……. 싫다고 한 거지?"

홀리는 내 표정을 보고 거절하지 않았다는 것을 알아차렸다.

"농담이지? 그렇지?"

홀리가 나를 빤히 쳐다보았다.

"아니, 농담 아니야. 난 그저 모든 걸 다 끝내고, 평화롭고 조용하게 지내고 싶을 뿐이야."

나는 소고기와 국수를 입안으로 쑤셔 넣었다.

"내일 아침이면 결과가 어떻게 됐는지 너희도 알게 될 거야."

홀리가 눈썹을 치켜세우고 팔짱을 꼈다.

"우리가 내일 아침까지 기다릴 거라고 생각해? 우리도 같이 가서 지켜볼 거야. 널 응원해 줄 지지자들이 필요할 테니까, 안 그래?"

잠시 생각해 보았다.

'같이 가서 안 될 건 없겠지?'

심판이 있는 것도 괜찮을 것 같았다.

그러지 않으면 늑대들이 내가 다짜고짜 자신들을 공격했다고 우길 수도 있었다. 만약에 그쪽 넷이 입을 맞추고 나 혼자만 다른 말을 한다면, 상황은 나한테 불리하게 흘러갈 것이다.

그래서 그날 밤, 우리 셋은 살금살금 학교를 빠져나와 제프와 그 일당을 만나기로 약속한 작은 공터로 갔다. 야간 외출은 금지 사항이 아니었다. 동물의 형태로 숲이든, 호수든, 아니면 자기가 직접 판 굴이든, 야외에서 자는 것을 좋아하는 학생들이 항상 몇 명씩 있었으니까.

하지만 습하고 서늘하고 하늘에 구름이 점점 쌓여 가는 이런 날씨에는 학생들 대부분이 차라리 실내에 남아 있는 걸 선택할 것이다. 강둑에 서서 수생 식물을 갉아 먹는 걸 즐기는 말코손바닥사슴 테오 씨마저 그랬다. 다행히도 오늘 숲으로 가고 있는 동물들은 결투 당사자들뿐이었다.

"제프 패거리는 이미 도착한 것 같아. 소리가 들려!"

홀리가 속삭였다.

"정말이네."

방금 제프와 클리프, 티카니, 보가 4부 화음을 넣어 울부짖었기 때문에, 그걸 듣지 못할 수가 없었다.

"천둥소리 들었어?"

브랜든이 공기 냄새를 맡으며 물었다.

"가는 길에 비가 쏟아질 거고, 우린 홀딱 젖을 거야."

"그래서 뭐?"

홀리가 물었다.

"자, 브랜든, 우린 나무 위로 올라가자. 그래야 이 바보 같은 싸움에 방해가 안 될 테니까."

브랜든은 내키지 않는 것 같았지만, 홀리는 벌써 변신해서 앙증맞은 발로 브랜든의 바지 자락을 붙잡아 끌고 갔다.

'힘내, 할 수 있어! 그저 10미터 정도만 올라가면 된다고!'

"나무에는 번개가 자주 내리친다는 거 몰라?"

브랜든이 마지못해 끌려가며 물었다.

'어우, 이 겁쟁이 같으니라고! 네가 번개에 맞을 확률보다 사람한테 맞을 확률이 천배는 더 높을걸!'

홀리가 말했다.

브랜든은 끙 소리를 냈다. 그리고 인간의 모습 그대로, 공터 가장자리의 나무들 중 홀리가 고른 나무를 정말 어설프게 오르기 시작했다. 그 위에서 둘은 기다란 풀 위로 바위 몇 개가 튀어나와 있는 공터 전체를 내려다볼 수 있었다.

나는 퓨마로 변신했다. 친숙한 숲속에서 변신은 숨을 쉬듯 자연스럽게 되었다. 주둥이를 써서 옷을 덤불 밑으로 밀어 넣은 뒤, 늑대들이 일찌감치 도착해 나를 기다리고 있는 공터 한가운데로 가볍게 발을 내딛기 시작했다. 밤눈이 밝은 나는 그림자 같은 네 개의 형체를 똑똑히 볼 수 있었다.

'그래, 꽁무니를 빼진 않았네?'

제프가 기뻐하는 목소리로 말했다. 늑대 소년은 다리에 힘을 주고 목덜미 털을 곤두세운 채 나에게 다가왔다.

제프 패거리가 나를 둘러싸고 점점 조여 왔다. 보가 겁도 없이 내 뒷다리를 잡아채려 했지만, 난 몸을 빙글 돌려 한 발로 따귀를 올려붙였고, 보는 덤불에 쭉 뻗었다.

'그냥 장난이었어, 이 더러운 고양이 자식아!'

보가 슬금슬금 제자리로 돌아오며 끙끙거렸다. 내 발톱이 털로 뒤덮인 보의 뾰족한 귀 하나를 찢어 놓았다.

'그딴 장난 없이는 자신 없나 보지?'

난 으르렁거리며 대답했다. 만약 보에게 힘줄을 물렸더라면, 난 그대로 끝장났을 것이다. 심장이 쿵쾅쿵쾅 뛰었다. 이제 나는 지나치게 가까이 다가온 티카니를 향해 위협하는 소리를 냈다.

'만약 늑대들이 합의한 것과 다르게 넷이서 동시에 나를 공격한다면?'

브리저 선생님이 이미 경고했었다!

재빨리 내가 상대하고 있는 네 명의 적을 살펴보았다. 제프는 알아보기 쉬운 짙은 회색 늑대였다. 티카니는 제프와 정반대로 흰색 털의 북극늑대였다. 클리프와 보는 둘 다 옅은 회색이었지만, 크기가 달랐다. 클리프가 힘도 훨씬 세고 더 높은 계급이었기 때문에, 보처럼 순종적인 태도를 보이지는 않았다. 낮 동안에는 가끔 졸린 듯 멍해 보였는데, 사실 클리프가 가장 좋아하는 소일거리가 바로 잠자는 거였다. 하지만 유감스럽게도 클리프는 자는 것만큼 싸우는 것 또한 좋아했고, 지금은 완전히 깨어 있었다. 클리프는 그저 누가 더 우위에 있는지를 보여 주기 위해 휙휙 지나다니며 보를 향해 발길질하고 있었다.

'그래서, 어쩔 건데?'

나는 대범한 척 물었다.

'너희 넷 중에 누가 싸울 건데? 너희 중 두 명이 나랑 싸우기로 했잖아.'

늑대들은 자기들끼리 대화를 나누었고, 나는 들을 수 없었다. 늑대들은 몸의 대화를 통해 합의를 본 뒤 다시 나에게 다가왔다. 나와 싸울 수 있는 자격을 차지한 것은 티카니와 제프였다. 나는 살짝 놀라서 제프를 바라보았다. 제프가 무리의 우두머리기 때문에, 자신의 가장 강력한 싸움꾼들, 그러니까 베타 늑대들을 내 상대로 내보낼 거라고 생각했었다. 하지만 아마도 제프는 자기가 직접 날 끝장내고 싶었던 것 같았다. 희미한 빛 속에서 나를 바라보는 제프의 눈이 이상하게 번뜩였다.

제프와 티카니가 더 가까이 다가왔다. 다른 두 늑대는 뒤로 물러났지만 멀리 가진 않았다. 대신 내 뒤쪽으로 슬금슬금 걸어왔다. 이 상황이 전혀 마음에 들지 않았다. 포위된 것 같은 느낌이 들었기 때문이다. 긴장감에 털끝이 찌릿찌릿해졌다.

'쫄았냐, 꼬마 고양이?'

제프의 목소리는 콰르릉거리는 천둥소리에 거의 묻혀 버렸다. 폭풍이 빠르게 다가오고 있었다. 내가 아직도 가족들과 함께 산에 있었다면, 바위 밑에 웅크리고 있거나 아니면 나무가 폭풍의 직격탄을 막아 줄 수 있는 숲속 깊은 곳으로 들어갔을 것이다. 하지만 지금 이 순간에는 날씨를 무시하고, 눈앞에 있는 적들에게 집중해야 했다.

먼저 공격을 시작한 것은 티카니였다. 티카니는 목을 보호하기 위해 고개를 숙인 채로 돌진해 들어와 내 앞발을 잡아챘다. 난 재빨리 반격했지만, 티카니가 영리하게 옆으로 피하는 바람에 내 발톱은 빗나갔다. 제프가 반대편에서 동시에 공격할 거라 확신했기 때문에 계속 몸을 움직이며 어떻게든 이리저리 발을 휘둘렀다. 제프는 예상대로 공격해 왔고, 내 옆구리에 이빨을 박아 넣기 직전에 가까스로 막아 낼 수 있었다. 하지만 안타깝게도 제프의 움직임이 너무 빨라서 보에게 했던 것처럼 덤불로 날려 버릴 수는 없었다. 이제 다시 티카니가 다른 쪽에서 공격해 왔다.

티카니가 내 어깨에 이빨을 박아 넣자 곧바로 날카로운 통증이 온몸을 꿰뚫었고, 털 속으로 피가 스며드는 것을 느낄 수 있었다. 하지만 티카니는 물고 난 뒤에 곧바로 물러나지 않는 실수를 저질렀다. 티카니는 계속 내 어깨에 매달려 있었다. 나에게 덮칠 고통 따윈 생각하지 않고, 티카니를 땅에 내동댕이쳤다. 잠시 후에 우리는 밝은 갈색과 흰색 털이 한데 뒤엉킨 채로 사나운 잇소리와 으르렁거리는 소리를 내며 바닥을 뒹굴었다. 티카니는 간신히 몸을 빼서 뒤로 물러났다. 티카니의 하얀 털에는 핏자국이 묻어 있었다.

제프는 숨 돌릴 틈조차 주지 않았다. 마치 나와 싸우기 위해 몇 달을 벼르고 있었다는 듯이 달려들었다. 하지만 싸움꾼으로서의 제프는 티파니와는 전혀 달랐다. 나는 길게 뻗은 발톱을 제프의 콧잔등 위로 휘둘렀다. 제프는 짧게 깨갱거렸는데, 그건 당황해서가 분명했다.

'여기서 싸움을 멈출 수도 있어.'

말을 꺼냈지만, 제프는 코웃음을 쳤다. 두 마리의 늑대가 두 배로 분노하며 다시 덤벼들었다. 이번에는 하나씩 오는 게 아니라 둘이 한꺼번에 양쪽에서 달려들었다. 나는 늑대들을 놀라게 하려고 벌떡 일어나 공중으로 높이 뛰어올랐다. 하지만 제프와 티카니는 버사보다 더 영리한 싸움꾼들이었고, 예전 학교의 남학생들만큼 굼뜨지도 않았다. 이 애들은 나만큼이나 빠르고 힘도 비슷한 크고 강한 포식자들이었다. 늑대들은 마치 곡예를 하듯 옆으로 방향을 틀더니, 내가 땅으로 내려오자마자 다시 공격을 시작했다. 두 번째로 제프에게 발차기를 먹여 주었지만, 그 순간 티카니가 내 앞발을 있는 힘껏 물었다. 순간 부러졌나 싶을 정도의 통증이 밀려왔다. 나는 심하게 절뚝거리며 싸워야만 했다. 이제 비가 추적추적 내리기 시작했고, 털과 눈 속으로 빗물이 쉴 새 없이 들어왔다. 내가 물을 싫어한다는 사실을 말했었나? 늑대들의 눈동자가 승리감으로 빛났다. 아마도 늑대들은 물에 홀딱 젖어 절뚝거리는 적이 땅에 쓰러져 자비를 구걸하는 모습을 상상하고 있었을 것이다.

'어때, 꼬마야? 이젠 별로 재미가 없지? 응?'

제프가 비웃었다.

하지만 늑대들은 너무 이른 축배를 들었다. 바로 다음 순간, 난 엄청난 펀치를 날려 티카니를 풀밭 위로 날려 버렸다. 정신이 멍해진 티카니는 일어나려고 애를 썼지만, 다시 쓰러져 버렸다. 티카니는 더 이상 싸울 수 없어 보였다.

'혹시 아는지 모르겠는데, 제프, 퓨마는 헤엄도 칠 수 있어.'

난 쉭쉭거리며 말했다.

비록 부상을 입긴 했지만, 이제 내 상대는 제프 하나였다. 이건 확실히 해볼 만했다.

'카락, 조심해!'

갑자기 홀리의 외침이 내 머릿속을 꿰뚫었다.

홀리의 경고 덕분에 늦지 않게 돌아설 수 있었다. 클리프가 티카니의 자리를 대신해 사납게 으르렁거리며 이빨을 드러낸 채 나에게 달려들고 있었다.

'이게 무슨 짓이야?'

제프에게 소리 없는 항의를 보냈다.

제프가 이빨을 드러내며 웃고 있는 것을 볼 수 있었다. 늑대의 모습으로, 콧잔등의 상처에서 피를 흘리면서도 웃고 있었다.

'우리 중 둘이 너와 싸우겠다고 했지, 그 둘이 누구라고는 안 했어.'

'올빼미 똥 같은 소리!'

그렇다면 이제 푹 쉬고 있던 클리프가 나를 공격하고, 내가 클리프를 물리치고 나면 곧바로 쉬고 있던 보가 나에게 지옥을 선사하겠지. 이걸 감당할 수 있을지 자신 없었다. 앞발이 점점 더 아파 왔다.

'항복해야 하나?'

아니다! 내 몸에는 아직 힘이 남아 있었다. 다만 잠시 휴식이 필요했다. 나는 재빨리 공터 가장자리로 뛰어가 발톱으로 소나무 껍질을 움켜쥐고 나무를 기어 올라가기 시작했다. 늑대들이 열심히 내 뒤를 쫓아왔다.

'이러는 건 항복한다는 뜻이냐?'

제프가 기분이 좋은 듯 숨을 헐떡였다.

'그럴 리가!'

대답을 하고 나서, 나뭇가지가 갈라지는 곳에 앉아 잠시 편안하게 휴식을 취했다.

다람쥐 모습을 한 홀리는 인간 모습의 브랜든과 함께 나무 두 그루 떨어진 곳에 앉아 있었다. 둘 다 나만큼 젖어 있었고, 얼굴에 근심과 두려움이 가득한 채로 나를 바라보고 있었다.

'이건 공평한 싸움이 아니야.'

브랜든의 절망적인 속삭임이 머릿속을 파고들었다.

'이제 그만해. 네가 이길 수 있는 싸움이 아니야!'

'두고 보라고!'

대답을 한 뒤 위쪽 나뭇가지에서 뚝뚝 떨어지는 빗방울을 맞으며 심호흡을 했다. 머리가 핑 돌았다.

'브랜든의 말이 옳은 걸까? 항복해야 하나?'

잠시 눈을 감고, 지금쯤 로키산맥 어딘가를 떠돌고 있을지도 모를 부모님을 생각했다. 아빠라면 이 정도로 작은 늑대 무리에 겁을 먹거나, 먹이를 두고 도망쳤을까? 절대로 아니다. 아빠는 인간을 제외한 그 어떤 동물도 두려워하지 않았다.

늑대 패거리는 지금 아주 분위기가 좋았다. 제프와 친구들은 나무 아래에 자리를 잡고 앉아, 상처를 핥거나 서로를 밀치며 장난을 치고 있었다. 내가 연한 갈색 번개처럼 그 녀석들 가운데로 떨어져 내렸을 때도 여전히 그러고 있었다.

'라이트 훅! 레프트 훅!'

클리프는 나를 붙잡으려는 헛된 시도를 하다가 난생처음 제대로 두들겨 맞았다. 결국 클리프는 울부짖으며 도망쳐 버렸다. 하지만 제프가 황갈색 눈을 번뜩이며 몸을 던졌고, 보 역시 제프와 함께 뛰어들었다. 그 둘이 함께라면 나를 끝장낼 수 있을 게 분명했다.

바로 그때, 별로 멀지 않은 곳에서 번갯불이 번쩍이더니 우르릉 천둥이 쳤다. 거의 동시에 우리 가까이에서 훨씬 더 큰 소리가 울려 퍼졌다. 마치 무언가 거대한 것이 아래로 돌진하면서 굵은 나뭇가지들을 성냥개비처럼 부러뜨리고 쪼개는 것 같은 소리였다. 나무 위에서 떨어진 것은 바로 들소였다! 들소는 정확히 보 위로 떨어져 내리며 차가운 땅 위로 깔아뭉개 버렸다. 당황한 제프가 잠시 멈칫했고, 치열한 싸움에서 그 순간은 너무나도 길었다. 나는 이미 제프를 밟고 서서 목덜미를 붙들고 있었다. 제프는 즉시 움직임을 멈췄고, 그건 제프가 할 수 있는 최선의 선택이었다. 내 송곳니는 제프의 머리뼈 위에 자리 잡고 있었다.

'좋아, 그래, 네가 이겼어.'

쏟아지는 비를 맞으면서, 제프는 이를 바득바득 갈며 숨을 헐떡였다.

'그래.'

난 대답하며 제프를 놓아주었다.

'이제부터 날 건드리지 마, 알아들었어?'

분노에 찬 으르렁거림이 대답으로 돌아왔다. 안타깝게도 별로 긍정적인 대답처럼 들리지는 않았다.

15

영웅

다음 날 아침 눈을 뜨자 브랜든의 선량한 얼굴이 바로 눈앞에 있었다.

"카락, 몸은 좀 어때?"

브랜든이 물었다.

"형편없어."

나는 끙끙 앓듯이 대답했다. 아프지 않은 곳이 없었고, 팔과 어깨의 물린 상처는 불타는 것처럼 화끈거렸다. 조금이라도 잠을 잤다는 게 기적이었다.

"상태가 안 좋아 보이는데……. 보건실로 가야겠다."

브랜든이 재촉했다. 어젯밤에 브랜든과 홀리가 나를 방까지 부축해 와서, 티셔츠를 찢어 임시로 붕대를 만들어 감아 주었을 때에도 같은 말을 했었다.

"그럴 수는 없어."

나는 끙끙거리며 대답했다.

"그랬다가는 교칙을 어기고 싸웠다는 게 바로 들통날 거야."

"그렇겠지."

브랜든이 자기 어깨를 주무르며 말했다. 브랜든은 번개에 놀라 들소로 변신하는 바람에 나무에서 떨어졌고, 그때 타박상을 입었다. 브랜든의 변신 타이밍이 언제나 나쁜 것만은 아니었다.

문제는 오늘 아침 시간표에는 영어와 변신 수업 외에도 '전투와 생존' 수업이 있다는 것이었다. 그 시간을 어떻게 무사히 넘길 수 있을지 막막했다. 어쨌든, 늑대들도 마찬가지로 몸 상태가 말이 아닌 것처럼 보였다. 사람의 모습으로 있는데도 패거리 전체가 불쌍하게 보였다. 코요테 변신족인 브리저 선생님이 가르치는 물리 수업이 시작됐을 때 제프가 나에게 증오 가득한 눈길을 던졌지만, 그 후로는 나를 본체만체했다. 제프의 잘생긴 얼굴에는 내 발톱 자국이 선명하게 자리 잡고 있었다.

"무슨 일이 있었던 거니?"

브리저 선생님이 눈썹을 찌푸리며 질문했다.

"블랙베리 덤불에 넘어졌어요."

제프가 중얼거렸다.

브리저 선생님은 티카니를 향해 몸을 돌렸다.

"너는?"

"나무에 부딪혔어요."

티카니가 무표정하게 중얼거렸다.

"너도 마찬가지겠지?"

선생님이 귀에 얼음주머니를 대고 있던 보를 쳐다보았다.

"맞습니다."

보의 대답이었다.

브리저 선생님은 날카로운 눈빛으로 나를 쳐다보았다. 나는 몸을 숙이고 칠판에 적힌 무언가를 열심히 연습장에 베껴 썼다. 다행스럽게도 다친 건 오른손이었고, 나는 왼손잡이였다.

하지만 전투와 생존 수업은 그렇게 호락호락하지 않았다. 브라이트아이 선생님은 내가 얼마나 뻣뻣하게 움직이는지를 단번에 알아차렸다.

"너 팔이 왜 그러니?"

선생님이 묻고는 스웨터를 벗어 보라고 했다. 2분 뒤에 나는 보건실에 앉아 있었는데, 우리의 미국 원주민 요리사이자 간호사인 셰리 말릴라 선생님이 내 몸 가득 끔찍한 냄새가 나는 소독약을 몇 리터쯤 쏟아부었다. 어쨌든 내가 느끼기에는 그랬다는 말이다.

"냄새는 고약해도 효과는 좋을 거야."

말릴라 선생님이 숨을 참으며 장담했다. 말릴라 선생님 입장에서야 아무 문제도 없었을 것이다. 비버 변신족인 선생님은 앞으로 15분 동안은 숨을 참을 수 있을 테니까!

브리저 선생님이 보건실로 들어오자 나는 놀란 눈으로 선생님을 바라보았다.

'3학년 수업을 하고 있어야 하는데, 선생님이 왜 여기 나타났지?'

"그래, 좋아. 무슨 일이 있었는지 너 스스로 말할래, 아니면 내가 억지로 말하게 할까?"

브리저 선생님이 물었다.

'날 심문하러 온 거구나.'

선생님은 화가 난 것처럼 보였고, 영리한 갈색 눈은 평소보다 싸늘한 느낌이었다. 학교 선생님 중에서 내가 가장 좋아하는 선생님이 바로 브리저 선생님이었기 때문에, 어떤 면에서는 그게 몸의 상처보다 더 아프게 느껴졌다. 야생에서라면 특별히 코요테를 좋아할 일은 없었겠지만, 브리저 선생님이라면 괜찮았다. 선생님은 아마 나보다 백배는 더 똑똑할 것이다.

게다가 가끔 선생님의 눈동자에는 내 슬픔을 떠올리게 하는 슬픔이 비쳤다. 선생님은 분명 많은 고통을 겪었을 것이다. 난 확신할 수 있었다. 하지만 선생님은 절대로 포기하지 않았을 것이다.

"결투였어요."

보건 선생님이 내 팔에 붕대를 감는 동안 나는 설명을 시작했다.

"어젯밤에요."

선생님은 내가 누구와 싸웠는지 묻지 않았다.

"이겼니?"

"네, 운이 좋았어요."

"운이 따르지 않는다면 싸움에서 이길 수 없지."

선생님의 얼굴에 희미한 미소가 스쳤다.

"교장 선생님한테 보고하실 건가요?"

마음이 무거워졌다. 이제 막 학교생활을 시작했는데, 징계를 받으면서 시작하고 싶지는 않았다.

"두고 봐야지."

브리저 선생님은 툴툴거리듯 말했다.

그러고는 내 다치지 않은 어깨에 잠시 손을 올렸다가 바로 자리를 떴다. 선생님이 나에 대해 보고하지 않으리라는 것을 알 수 있었다.

보건실에서 나왔을 때, 제프와 티카니, 클리프, 그리고 보까지 모두 복도에 있는 의자에 앉아 있었다. 늑대들은 잔뜩 언짢은 얼굴로 들어갈 차례를 기다리고 있었다. 그 녀석들을 지나칠 때, 네 쌍의 화난 눈동자가 나를 따라 움직였다.

홀리와 브랜든은 입을 다물고 있질 못했다. 점심시간이 됐을 때는 학교 학생의 절반쯤이 어젯밤에 무슨 일이 있었는지 알게 되었다. 하지만 아무도 그걸 비난하지 않는 것처럼 보였다. 말릴라 선생님은 검은 눈동자로 나를 친근하게 바라봐 주었고, 따로 요청하지 않았는데도 초코 푸딩을 곱빼기로 담아 줬다. 모두가 나와 같은 탁자에 앉고 싶어 했다. 윙이 쿠키를 밀어내고 마지막 자리를 차지했다.

햄버거를 막 한 입 베어 물려고 할 때, 님블이 얼굴 가득 웃음을 띠며 식당에 들어왔다.

"결국 누군가가 그걸 해냈네. 정말 대단해!"

님블이 나에게 엄지를 치켜세우며 말했다.

"그 녀석들은 당해도 싸."

"다여하지!"

나는 입안 가득 버거를 물고 웅얼거렸다.

다음번에 접시에서 고개를 들었을 때, 한 소녀의 예쁜 갈색 눈동자가 나를 바라보고 있다는 사실을 깨닫고 충격을 받았다. 지금 그 소녀가 보여 주고 있는 감정은 걱정이나 적대감이 아닌, 우호적인 감정이었다.

'내가 그럴 만한 일을 한 게 뭐가 있지?'

접시를 반납하러 갔을 때, 그 궁금증이 풀렸다.

"고마워, 카락."

줄을 서 있던 내 등 뒤에서 루가 작게 속삭였다.

"뭐?"

나는 몸을 돌리며 멍하니 중얼거렸다.

"그 애들한테 교훈을 줘서 고마워. 걔들은 너무 오랫동안 자기들이 이 학교에서 제일 잘나고 힘센 동물인 것처럼 행동했어. 하지만 나는 다른 우드워커들을 깔보는 걔들의 행동이 한심하다고 생각해."

"그…… 그래, 나도 그렇게 생각해."

나는 말을 더듬었고, 얼굴이 확 달아오르는 게 느껴졌다. 갑작스레 영웅이 되는 것이 익숙하지 않았다.

루가 한숨을 내쉬었다.

"하지만 내가 갑자기 퓨마를 좋아하게 되었다고 생각하지는 말아 줘. 넌 그럴 의도가 없다고 해도, 네가 위험하다는 사실은 변하지 않으니까."

나는 아주 근사한 대답을 떠올렸지만, 당연히 그건 30분쯤 지난 뒤의 일이었다. 예를 들자면, '그건 내 배에서 꼬르륵 소리가 날 때만 그래.'라든지, '어차피 난 사슴 맛은 좋아하지 않아.' 아니면, '퓨마도 세계적으로 유명한 애처가야. 그런 말 못 들어 봤어?' 같은…….

한 가지는 분명했다. 어떻게 해서든지 내가 위험한 존재가 아니라는 것을 루가 깨닫게 해야 했다. 루의 아버지인 엘우드 선생님도 한꺼번에 설득할 수 있다면, 그게 가장 좋을 것이다. 다음 시간인 변신 수업은 생각만 해도 속이 메슥거렸다.

"다시는 제프가 너한테 못되게 굴지 않았으면 좋겠어."

홀리가 학생 식당 탁자 위에 놓여 있는 견과류 접시로 두 손을 뻗으며 말했다.

"그 녀석을 떠올리게 하지 마."

브랜든이 콧잔등에 앉으려는 파리를 쫓아내며 말했다.

"카락은 지금 긍정적으로 생각할 필요가 있어."

"하! 긍정적으로 생각하라고? 그건 도대체 무슨 헛소리야?"

홀리가 자기 머리카락과 같은 적갈색 눈썹을 치켜세웠다.

"카락은 지금 자기가 했던 좋은 일이나, 잘된 일들에 대해 생각해야 한다는 뜻이야."

브랜든이 설명했다.

"그건 정말 큰 도움이 돼."

"제프를 깔아뭉갠 순간을 기억할 수 있어."

난 자신 있게 대답했다. 그 장면은 평생 기억에서 지워지지 않을 것이다.

"그게 무슨 도움이 되는데?"

홀리가 물었다. 홀리는 머리를 긁적이며 목소리를 낮췄다.

"우리 이제 좀 솔직해지자. 만약 때마침 브랜든이 나무에서 떨어지지 않았다면, 제프가 너를 잘 으깬 고깃덩이로 만들었을 거야."

"말도 안 돼!"

난 발끈해서 말했다.

"어쨌거나 내가 제프를 이겼을 거야. 그렇지만 고마워, 브랜든. 너는 정말 대단했어."

"정말이야?"

브랜든은 우쭐한 웃음을 지었다.

지난번 변신 수업과 마찬가지로 우리는 초록색 풀이 돋아난 안마당 바닥에 앉았다. 나는 제발 끔찍한 엘우드 선생님이 아닌 다른 사람이 있었으면 하고 바랐다. 브랜든의 말마따나 지금은 긍정적인 생각만 할 때였다.

'늑대들도 물리쳤으니까, 멍청한 초식 동물 따위를 무서워할 필요는 없어.'

스스로에게 주문을 걸었다.

바로 그때, 그 멍청한 초식 동물이 두 발로, 당연히 평소처럼 흠잡을 곳 하나 없이 잘 차려입고 도착했다.

"여러분, 좋은 아침입니다."

엘우드 선생님이 엄한 표정으로 학생들을 둘러보며 말했다. 나에게 멈춘 선생님의 시선이 화살처럼 피부를 뚫고 들어오는 것 같았다.

"오늘도 우리의 전학생과 함께 시작해야 할 것 같군요."

선생님의 말을 듣자 몸이 움츠러드는 느낌이 들었다. 안타깝게도 그러한 변화는 변신 수업에는 전혀 도움이 되지 않았다.

엘우드 선생님이 다음 말을 하기 전에, 옆쪽에 난 문이 열리더니 인간의 모습을 한 테오 씨가 안마당 안으로 행진하듯 들어왔다. 테오 씨는 인간이 만든 물건인 전화기를 손에 들고 있었다.

우리 모두는 호기심 어린 눈으로 테오 씨를 쳐다보았다. 평소 수업이 중단되는 일은 없었고, 더군다나 학교 관리인이 방해할 수 있는 게 아니었다. 엘우드 선생님은 눈살을 찌푸리며 테오 씨를 바라보았다.

"테오 씨, 무슨 일인가요?"

"전화요."

테오 씨가 중얼거렸다.

"지금은 수업 중이니까 기다리라고 해요."

엘우드 선생님이 짜증스럽게 말했다.

"내가 나중에 전화하겠다고 말해 주겠어요?"

하지만 테오 씨는 고개를 저었다. 오랜 세월을 견딘 테오 씨의 얼굴에는 아무런 표정이 없었다.

"카락한테 온 전화입니다."

테오 씨가 말했다.

"클리어워터 교장 선생님은 카락이 이 전화를 받아야 한다고 했어요."

엘우드 선생님이 입을 떡 벌린 채 서 있는 모습은 그리 보기 좋지 않았다. 선생님의 이빨은 끔찍할 정도로 노랬다.

"저요?"

나는 깜짝 놀라 물었다.

테오 씨는 고개를 끄덕이며 따라 나오라고 손짓했다. 모든 학생이 나를 보며 궁금해하는 동안, 나는 뻣뻣해진 다리로 일어났다.

누가 수업 중에 전화를 걸었을지 상상이 가지 않았다. 도널드 아저씨나 안나 아줌마라면, 분명 오후가 될 때까지 기다렸을 것이다. 중요한 일이 아니라면 말이다. 아니면 뭔가 끔찍한 일이라도 일어난 걸까? 등골이 오싹해졌다. 복도로 나가자 테오 씨는 나에게 전화기를 건네주고 자리를 떴다. 나는 전화기를 귀에 댔다.

"여보세요?"

부드러운 웃음소리가 수화기에서 흘러나왔다.

"영웅의 말투는 아니구나."

남자의 목소리가 들렸다. 그 즉시 누구 목소리인지 알 수 있었다. 앤드루 밀링. 왜 내 휴대폰으로 연락하지 않은 걸까? 자기가 전화했다는 것을 모두에게 알리고 싶어서?

"영웅의 말투가 어떤 건데요?"

"자신감이 넘치지. 너처럼 초조해하는 게 아니라."

무언가 나쁜 소식일 거라 예상해서 그랬다고 변명하는 대신, 내 입에서는 다른 말이 튀어나왔다.

"저는 영웅이 아니에요."

난 중얼거렸다.

"너는 그렇게 생각할지 모르겠지만, 난 늑대 넷을 이긴 게 아주 큰 성과라고 생각한다."

"한 번에 둘씩 덤볐어요."

밀링 씨의 목소리에 갑자기 짜증이 섞였다.

"겸손은 미덕이 아니야, 카락. 승리는 널리 알려야 해."

"알겠어요."

나는 복잡한 마음으로 대답했다. 밀링 씨는 어떻게 어젯밤에 일어난 일을 알았을까?

사실, 이제 학교 안의 사람들은 대부분 그 이야기를 들어서 알고 있었다. 하지만 누가 밀링 씨에게 연락했을까? 브리저 선생님? 선생님은 그저 교장 선생님에게 알리지 않았을 뿐이다. 아니면, 학생 중 한 명일 수도 있을까? 하지만 그들이 어떻게 밀링 씨 같은 퓨마 변신족을 알 수 있을까?

"어쨌든, 네가 학교에서 성장하는 모습을 보니 아주 기쁘구나, 카락."

밀링 씨가 말했다.

"고맙습니다, 선생님."

말을 내뱉자마자 실수했다는 것을 깨달았다.

"앤드루라고 부르렴."

즉각적으로 짜증 섞인 반응이 나왔다.

"내일 저녁 7시에 시에라 리조트에 있는 내 식당에서 만났으면 좋겠구나. 상의할 일이 있단다."

밀링 씨의 말투는 제안이 아니라 명령이라는 걸 분명히 알려주었다. 그래서 나는 동의하거나 거부하는 데 시간을 낭비하지 않았다.

"거기까지 어떻게 가면 될까요, 앤드루?"

"학교에서 태워다 줄 수 없다면 내가 차를 한 대 보내마. 내일 보자."

약간 혼란스러워하면서 천천히 전화기를 내리고 종료 버튼을 눌렀다. 내 옆에 엘우드 선생님이 화난 표정으로 서 있다는 것을 깨달았다.

"그래, 누구 전화였지?"

엘우드 선생님이 전화기로 손을 뻗으며 질문했다.

"앤드루가 네 친구라면, 전화는 저녁에 해야 한다고 말해라. 나는 내 학생이 수업 시간에……."

"친구가 아니에요. 이름은 앤드루 밀링이고……."

오늘 들어 두 번째로 엘우드 선생님은 할 말을 잃었다.

"네가 앤드루 밀링을 안다고?"

말없이 고개를 끄덕이자, 엘우드 선생님의 눈에서 전에 본 적 없는 무언가가 보였다. 마치 존경심 같은……. 아직 앤드루 밀링과 식사 약속을 했다는 이야기는 하지도 않았는데 말이다.

엘우드 선생님이 침을 꿀꺽 삼켰다.

"좋아, 그러면 이 전화기를 교장 선생님께 돌려 드리고 곧장 안마당으로 돌아와라. 네 변신 기술에 좀 더 집중해야 할 것 같구나. 그건 빨리 할수록 좋은 거니까."

전에는 엘우드 선생님이 나에게 이토록 친절하게 말한 적이 없었다. 나는 고개를 끄덕이고 교장실로 향했다. 밀링 씨를 만나야 한다는 생각에 불안한 마음만 들었다. 하지만 학교에는 밀링 씨가 내 후원자라고 알려지는 것이 여러모로 쓸모 있을 것 같았다.

'그리고 아마 내일이면 그 사람이 나에게 원하는 게 뭔지 정확히 알 수 있겠지.'

16

나무 위의 오두막

오늘의 마지막 수업은 '독립적인 동물 되기'였고, 당연히 파커 선생님은 또다시 나를 다른 누군가와 헷갈렸다.

"오소리가 야생에서 무엇을 먹는지 정확히 알고 있니?"

선생님이 날 보며 물었다.

"너는 아마 살라미 샌드위치나 초콜릿 같은 것들을 먹는 데 익숙할 테지. 하지만 얘야, 그런 것들은 자연식품이 아니란다."

"오소리가 뭘 먹는지 제가 어떻게 알아요? 저는 오소리가 아니라고요!"

나는 절망에 빠져 소리쳤다. 하지만 파커 선생님이 한 일이라고는 나를 엄한 눈으로 쳐다보는 것과, 검은색 수첩에 나쁜 점수를 기록하는 것뿐이었다.

나는 아주 진지하게 고민했다.

'지금 당장 퓨마로 변신해서 선생님 책상 위로 뛰어 올라갈

까? 그럼 내가 무슨 동물인지 평생 안 잊어먹겠지.'

"흥, 사돈 남 말 하네."

내 옆에 앉은 리로이가 속삭였다.

"파커 선생님은 슈퍼마켓에 갈 때면 가끔 자기가 제일 좋아하는 맛의 개 사료를 사. 당연히 몰래 사는 거지."

"히히히!"

우리 옆에 앉아 있던 버사가 엿들은 것 같았다. 운이 없게도 버사가 킥킥대는 모습이 선생님의 주의를 끌었다. 파커 선생님은 두꺼운 안경알 너머로 버사를 노려보았다.

"그래, 회색곰을 위한 음식이라……. 겨울잠을 자는 데 필요한 지방을 쌓기 위해 옐로스톤에서 꼭 해야 하는 일이 뭔지 알고 있니? 언제, 어디서, 어떤 음식 축제에 가야 하는지 아느냐 모르느냐에 따라 네 삶의 질이 달라진단다!"

"음식 축제라니! 정말 멋진데요."

버사가 싱긋 웃으며 말했다.

"어떤 음식들이 있나요?"

"받아 적으렴."

파커 선생님이 버사의 연습장을 가리키며 말했다.

"5월 초부터 7월까지, 옐로스톤 호수 주변의 강에서 송어가 잡힌단다. 지금, 그러니까 9월에는 산에 나방이 있는데, 바위 사이를 파면 잡을 수 있어. 운이 좋으면 하루에 수만 마리도 먹을 수 있지."

이 말을 듣자 버사의 얼굴에서 미소가 사라졌다.

"나방이라고요?"

"나방은 지방 함량이 아주 높단다."

파커 선생님은 정말로 진지해 보였다.

"전 겨울잠을 자지 않겠어요."

버사가 통통한 팔로 팔짱을 끼며 말했다.

"잘 필요가 없어요! 우리 부모님도 겨울잠을 잔 적 없고요!"

"바로 그거란다. 언제든 충분한 음식을 살 수 있기 때문이지."

파커 선생님이 설명했다.

"1년 내내 먹을 것이 풍부하다면, 동물원에 있는 곰들도 겨울잠을 자지 않는단다. 하지만 너는 완전한 곰이 아니야. 우드워커지. 그러니 네가 인간의 모습으로 지내며 변신하지 않는다고 해도, 가을과 겨울에는 충분히 먹어야만 해. 만약 네가 추운 계절 동안에 다이어트를 한다면, 인간 모습의 네게 어떤 일이 벌어지는지 아니?"

버사의 얼굴이 창백해졌다. 버사는 날씬하지 않았고, 아마도 언젠가는 다이어트를 하려 했을 것이다.

"잠이 들었다가…… 다시는 깨어나지 못하나요?"

"글쎄다, 딱히 그렇지는 않단다."

파커 선생님이 살짝 미소 지으며 말했다.

"다시는 깨어나지 못한다는 말은 너무 극단적으로 들리지 않니? 다이어트를 했음에도 불구하고, 너에겐 봄이 될 때까지 인간의 모습으로 살아 있을 수 있는 충분한 지방이 있어서, 몇 달이 지나면 아주 밝은 모습으로 다시 깨어날 거야. 하지만 안타깝게도 크리스마스를 놓쳤겠지."

수업 끝을 알리는 종이 울리자, 나는 재빨리 가방을 챙겼다.

"우리랑 같이 호숫가 나무집에 가지 않을래?"

홀리가 물었다.

"거긴 우리한테는 최고의 모임 장소 같아. 너도 나무를 잘 타잖아. 어제 다 봤어. 그리고 도리안도 온다고 했어."

"물론이야, 나도 갈게."

홀리가 나에게 물어봐 줘서 기뻤다. 나는 처음부터 나무집이 마음에 들었지만, 그동안은 가 볼 시간이 없었다.

"하지만 아주 작은 문제가 하나 있어."

홀리가 말했다.

"2학년인지 3학년인지는 모르겠지만, 거기 드나드는 애들이 있어. 걔들이 먼저 거기에 가 있다면, 그 촌뜨기들이 우릴 쫓아낼 수도 있어."

"일단 가 보자!"

가방을 챙기고 급히 떠날 준비를 하는데, 파커 선생님이 우리를 멈춰 세웠다. 파커 선생님은 나에게 상냥한 미소를 지었다.

"이게 무슨 소리지? 네가 앤드루 밀링과 친한 사이라고?"

"네, 물론이죠."

난 별일 아닌 것처럼 대답했다.

"아시겠지만 그 사람이 저 같은 퓨마를 좋아하거든요."

"그래? 하지만……."

미소를 띤 파커 선생님의 얼굴이 이젠 좀 혼란스러워 보였다. 그러다 마침내 환한 빛이 번지기 시작했다.

"오, 그래! 넌 퓨마로구나, 그렇지?"

"맞아요!"

난 밀링 씨가 학교생활에 대해 자세히 알 수 있도록 이메일은 꼭 세 줄 넘게 써야겠다고 결심했다. 어쨌든, 모두에게 존경받는 후원자 덕분에 학교생활이 편해진 건 사실이었다.

가방을 놓고 오려고 우선 방으로 갔다. 방 안에 들어가니 브랜든이 한껏 들뜬 모습으로 삼촌과 숙모가 보낸 택배를 풀어 보고 있었다.

"마시멜로! 난 마시멜로가 정말 좋아!"

브랜든이 외쳤다.

"나도 그래."

브랜든이 받은 택배 상자를 들여다보자, 마시멜로 말고도 책과 두꺼운 스웨터, 막대 초콜릿 여덟 개가 들어 있었다.

"우아, 넌 진짜로 멋진 삼촌을 뒀구나."

브랜든이 나한테도 좀 나눠 줄지 궁금했다.

엄마가 미아 누나와 나를 마을로 데리고 간 잊지 못할 그날 이후로 초콜릿과 초코 아이스크림이 무척 먹고 싶었다. 혓바닥 위에서 녹아내리는 그 느낌은 정말이지 신의 선물이라고 표현할 수밖에 없었다.

"막대 초콜릿 여덟 개라…… 내가 네 개는 챙길 수 있겠네."

브랜든이 계산했다.

"왜 네 개밖에 못 챙기는데?"

나는 깜짝 놀라서 물었다.

"나머지는 선생님들이 압수하는 거야?"

브랜든이 조금은 슬픈 눈빛으로 나를 바라보았다.

"아니, 선생님이 아니고……."

문이 갑자기 벌컥 열리면서 브랜든은 대답을 마치지 못했다. 제프가 거들먹거리며 들어왔고 나머지 패거리들도 따라 들어왔다. 넷 다 각자 다른 부위에 말릴라 선생님이 매 준 붕대를 칭칭 감고 있었다.

"어디 보자……."

제프가 브랜든의 택배 상자를 덥석 집어 들더니 그 안을 샅샅이 뒤지기 시작했다.

"아직 우리한테 택배가 왔다고 얘기하지 않았지만, 분명히 말할 생각이었을 거야. 그렇지, 대갈장군?"

너무 놀라서 말문이 턱 막혔다. 감히 늑대들이 내 방에 막 쳐들어온다고? 더 놀라운 사실은 브랜든이 항의조차 하지 않는다는 거였다.

"말하려고 했어, 제프. 정말이야."

브랜든이 기어드는 목소리로 말했다.

"지금 막 도착해서 말할 시간이……."

우두머리가 상자 안에 든 물건들을 확인하는 동안, 클리프와 티카니는 그 옆을 지키고 서 있었다. 제프는 스웨터를 꺼내서 잠깐 살펴보더니 슬쩍 비웃으며 바닥에 떨어뜨렸다. 책도 같은 신세가 되었다. 하지만 초콜릿을 찾아냈을 때, 제프의 상처 난 얼굴에는 함박웃음이 번졌다.

"오, 맛있겠다. 규칙은 잘 알고 있지? 반반이야."

제프가 막대 초콜릿 네 개를 꺼내 들었고, 동시에 다른 늑대들도 커다란 마시멜로 봉지에 달려들었다. 늑대들이 마시멜로를 자신들의 입안과 주머니에 챙기고 나니, 빵빵했던 봉지는 절반쯤 사라진 채로 홀쭉해져 버렸다.

눈앞에서 벌어지고 있는 일들을 도저히 믿을 수가 없었다. 늑대들은 다른 학생들이 집에서 받는 택배에서 자신들의 몫을 달라고 협박하고 있는 게 분명했다. 그것만으로도 충분히 못된 짓이었지만, 이 늑대들은 바로 얼마 전에 나와의 결투에서 패했고, 그 뒤로 내 평화로운 학교생활을 건드리지 않겠다고 한 약속마저 잊은 게 틀림없었다.

늑대들이 내 방에 있어야 할 이유 따윈 없었다. 여긴 내 영역이니까! 하지만 늑대들은 마치 나를 못 본 척하면서, 내 친구에게 강도 짓을 하고 있었다.

나는 벌떡 일어났다.

"그래, 다 잊었을 수도 있지."

나는 제프를 정면으로 쳐다보며 말했다.

"초콜릿 내놔. 그건 브랜든 거고, 내 기억엔 브랜든이 너한테 준다는 말 안 했어."

제프는 초콜릿을 돌려주려는 시늉조차 하지 않았다. 그저 고개를 삐딱하게 기울인 채 한쪽 눈썹을 치켜세우고 날 쳐다보더니 피식 웃었다.

"네가 아직 이 학교 규칙을 몰라서 그러나 본데, 새끼 고양이야."

제프가 부드러운 목소리로 말했다.

"아주 다행스럽게도, 브랜든은 잘 알고 있어. 알겠냐?"

"어쨌거나 여긴 뭐 하러 온 거야? 네가 한 약속도 잊은 거야?"

난 이를 악물며 말하고 늑대 변신족들을 한 명씩 차례로 쳐다보았다. 티카니는 적대적인 표정을 지었고, 클리프는 무관심해 보였고, 보는 내 눈길을 피했다. 제프의 미소가 점점 커졌다.

"우린 너를 그냥 놔두겠다고 약속했지. 그런데 이 택배가 네

거냐? 응?"

제프는 몸을 획 돌려 방을 나갔다.

내가 왜 늑대들을 멈춰 세우지 않았는지 모르겠다. 진정한 영웅이라면 길을 막아서서 늑대들이 약탈해 간 물건을 돌려받았을 것이다. 하지만 다른 사람들이 아무리 그렇게 생각하더라도, 나는 영웅이 아니다. 그리고 브랜든이 자기 것을 지키려는 노력조차 하지 않은 게 짜증이 났다.

'젠장! 브랜든은 들소잖아, 들소!'

옐로스톤 전 지역에서 가장 강한 동물 중 하나. 아니, 북미 전역에서 가장 강한 동물! 아주 커다란 늑대 무리만이 감히 들소를 공격할 수 있다. 그것도 초식 동물들이 오랫동안 먹이를 먹지 못해 약해지는 겨울의 끝자락에나 가능한 일이었다. 브랜든이 마음만 먹으면, 얼마든지 그 넷을 밟아서 쓰러뜨릴 수 있었다. 그리고 브랜든이라면 아마 자기도 모르게 변신해 버렸다고 핑계를 대면서 빠져나갈 수도 있을 것이다. 왜냐하면 브랜든이 얼마나 사고를 잘 치는지 모두가 알기 때문이다.

"이건 선생님한테 말해야 해."

늑대들이 나를 이 일에 끌어들였다는 사실에 화가 났다.

"이런 일은 절대 용납할 수 없어. 이건 협박이라고."

"아니, 제발 그러지 마."

브랜든이 평소보다 더 창백해진 얼굴로 말했다.

"늑대들이 알게 될 거야. 그러니까 내 말은, 만약 우리가 고자질한다면 말이야. 그러면 상황은 더 안 좋아질 거야."

"흐음."

나는 아무 약속도 하지 않고 투덜거렸다. 어쩌면 언젠가는 브리저 선생님에게 말할지도 모르겠다. 어쨌든, 제프는 내 택배에서 젤리 한 조각도 가져가지 못할 거다!

"자, 이제 나무집으로 가자."

"그래."

브랜든은 조용히 고개를 숙인 채 발을 질질 끌면서 나를 따라왔다.

풀이 무성한 공터와 숲 위로 드넓은 푸른 하늘이 펼쳐져 있었고, 사시나무와 버드나무에 매달린 붉은 기운이 감도는 금빛 잎사귀는 햇빛을 받아 반짝반짝 빛나고 있었다. 나는 맑고 시원한 숲 공기를 가슴 깊이 들이마셨다.

바람을 타고 플루트의 선율이 흘러오자, 나는 누가 연주하고 있는지 궁금해서 주위를 둘러보았다.

'앗! 님블이잖아!'

토끼 소년 님블이 풀밭 한가운데 양반다리를 하고 앉아서, 손으로 깎아 만든 것 같은 플루트를 불고 있었다. 님블은 정말로 행복해 보였다.

"토끼가 이렇게 아름다운 음악을 연주할 거라는 건 상상도 못 했어."

나는 정말 순수하게 감동했다.

"님블이 그냥 토끼는 아니잖아."

브랜든이 옥수수 알갱이를 입에 던져 넣으며 말했다.

"그건 그렇지."

종종 내가 진짜로 어떤 존재인지에 대해 생각했다. 나는 완전한 인간이 아니고, 또 그렇게 될 수도 없으니 불쌍한 걸까? 아니면 변신도 할 수 있고, 인간의 모습일 때도 훨씬 예민한 감각을 가질 수 있으니 보통의 인간보다 더 나은 걸까?

우리는 자신만의 음악 세계에 푹 빠져 있는 님블을 지나쳐 호숫가를 향해 계속 걸어갔다.

'우리가 해냈어!'

다람쥐의 모습으로 나무집 주위를 휘젓고 다니던 홀리가 멀리서 내 머릿속으로 소리쳤다.

'이제 여기는 우리 차지야. 다른 애들은 그냥 강으로 간댔어.'

'잘했어!'

난 약 5미터 높이의 소나무 위에 올려져 있는 나무판자로 만들어진 오두막을 올려다보며 대답했다. 홀리가 지붕 위로 뛰어올라 작은 발로 우리에게 줄사다리를 내려 주었다.

'빨리 올라와!'

"고맙지만 나는 괜찮아."

브랜든이 대답했다.

"팔자에 없는 나무타기는 벌써 충분히 경험해 본 것 같아."

브랜든은 나무 밑동에 앉아 카키색 카고 바지의 수많은 주머니 중 하나에서 책을 한 권 꺼냈다.

"도대체 누구한테 사다리가 필요한 거야?"

나는 퓨마로 변신하며 소리쳤다. 발톱이 나무껍질을 파고 들어갔고, 눈 깜짝할 새에 오두막으로 올라섰다. 그러느라 다쳤던 앞발이 좀 아팠지만.

도리안은 벌써 오두막에 누워 따뜻한 9월의 햇살을 즐기고 있었다. 도리안의 두 번째 모습인 청회색 털 고양이는 정말로 아름다웠다. 나는 도리안을 코로 슬쩍 찌르며 반가운 척을 한 뒤 나무집 안을 둘러보았다. 안에는 소파와 작은 책장이 있었다. 살짝 곰팡내가 나는 듯했지만, 무엇보다 아늑했다.

'어쩌면 이곳이 우리의 아지트 역할을 할 수 있지 않을까?'

홀리가 줄사다리를 지붕 위로 올려놓으면, 늑대들은 이 정도 높이를 올라올 수 없을 것이다. 갯과 동물들은 나무를 잘 타지 못하니까.

나는 홀리와 도리안에게 방금 내 방에서 일어났던 일에 대해 말해 주었다. 홀리는 씩씩거리며 누군가가 옹이진 나뭇가지로 만들어 놓은 난간 위를 이리저리 뛰어다녔다.

'그 녀석들의 더러운 짓거리에 대해 들어 본 적이 있어. 우린

택배를 받으면 안전한 이곳으로 가져오자. 그렇게 하면 그 쎡을 멍멍이들이 건드리지 못할 거야.'

'멍멍이들?'

도리안이 낄낄거리며 바닥을 굴러다니다가 청회색 발을 들어 허공에 대고 발길질을 했다.

'혹시라도 그 녀석들이 듣는다면, 네 털을 한 가닥씩 뽑아 버리려고 할걸!'

'우리가 텔레파시로 말하는 건 어디까지 들리는 거야?'

조금 초조해져서 홀리에게 물어보았다.

'걱정할 필요 없어. 그렇게 멀리 가지는 않으니까. 한 5미터 정도? 속삭이지 않는다면 말이야. 속삭이면 고작 1미터쯤 갈 거야. 물론 소리를 지르면 거의 1킬로미터는 들릴 거야. 그래서 동물 보호소에 있던 나를 학교에서 찾을 수 있었던 거야.'

홀리는 내 등 위로 뛰어올라 몇 가지 동작을 했다. 홀리의 작은 발이 너무 간지러워서, 등을 구부려 떨쳐 냈다. 홀리는 키득거리며 내 머리 위로 뛰어 올라와 내 귀를 꽉 붙들었다.

'오, 좋아! 또 해 봐. 이거 진짜 재미있다!'

'진심이지?'

정확히 10초 뒤, 홀리를 내 이빨 사이에 끼울 수 있었다. 당연히 이빨을 꽉 닫을 생각은 없었다. 홀리가 내 송곳니 사이에서 꿈틀거리는 게 정말 재미있었다.

'이제 봐줘, 이 냄새나는 고양이야!'

홀리가 꽥 비명을 질렀고, 나는 배가 고파지기 전에 얼른 입을 벌렸다.

높은 곳에서 보니, 강가 풀밭에서 풀을 뜯고 있는 어린 와피티사슴이 보였다. 보자마자 그게 누구인지 알 수 있었고, 따뜻한 기운이 몸 안 가득 퍼져 나갔다.

'그런데 왜 루는 비올라나 쿠키나 윙 같은 친구 없이 혼자 있는 거지? 슬퍼서 혼자 있고 싶은 건가? 혹시 내가 가서 말을 걸어도 될까? 아니면…….'

'으악!'

도리안이 내 꼬리 끝을 사냥하기 시작했다! 그것 때문에 잠시 다정한 난투극이 벌어졌고, 다시 밖을 내다보았을 때 루는 사라지고 없었다.

17

앤드루 밀링의 초대

브라이트아이 선생님은 절망의 늪에 빠지기 직전이었다.

"너는 들소라고, 제발! 네 힘을 써! 자, 날 공격해!"

'하지만…… 그러면 안 돼요. 저는 뭐든 쉽게 부서뜨린다고요.'

브랜든은 네 발굽을 땅에 단단히 박아 넣은 채로 가만히 서 있었다.

'제가 힘을 쓰면 누군가가 다칠 수도 있어요!'

"나를 믿으렴, 나는 나 자신을 지킬 수 있어."

브라이트아이 선생님은 자연스레 늑대의 모습으로 변신해 브랜든 바로 앞에 섰다.

'자, 나한테 덤벼 봐라.'

아무 소용이 없었다. 브랜든은 그렇게 할 수 없었다.

"이대로는 안 돼."

홀리가 내 귓가에 속삭였다.

"브랜든은 이 과목에서 형편없는 점수를 받게 될 거야. 그러면 12월에 있을 중간고사에서 무슨 일이 벌어질까? 시험에 통과하지 못하면 낙제야."

"우리가 브랜든과 함께 연습해 보는 건 어때?"

나도 홀리의 귓가에 속삭였다. 브랜든은 미쳐 날뛰는 게 재미있다는 것을 좀 배워야 했다.

"생각을 좀 해 볼게."

홀리의 장난기 가득한 눈이 반짝반짝 빛났다.

"자, 이제 모두 변신해라."

브라이트아이 선생님이 손뼉을 치면서 말했다.

퓨마의 모습으로 변신하긴 했지만 아직 앞발이 다 낫지 않아서 수업에 참여할 수는 없었다. 브라이트아이 선생님은 대신 나에게 호저 사냥 방법을 알려 주었다. 오늘 배운 방법대로 하면 뜨개바늘 더미를 공격하다 붙잡힌 것 같은 얼굴이 되지 않을 수 있었다. 나는 공격 동작들을 제법 잘 따라 했지만, 루가 커다랗고 검은 사슴의 눈으로 나를 바라보고 있다는 걸 알아차린 순간, 곧바로 후회가 폭포수처럼 밀려왔다.

'이런 올빼미 똥 같은! 평화주의자처럼 보이고 싶었는데!'

다행히 좋은 생각이 떠올랐다. 넬이 바로 앞에 웅크리고 있었다. 내 발에 완전히 덮일 정도로 조그만 쥐의 모습으로. 다른 포식자라면 아마도 이 조그만 간식거리가 몇 마리 정도 있어야

간에 기별이 갈지 계산하기 시작했을지도 모른다. 하지만 당연히 나는 그러지 않았다. 대신 아주 다정하게 넬의 털을 핥아 주었다.

'아야!'

넬은 그 즉시 내 고양이 코를 깨물었다.

'네 침은 너한테나 발라, 이 냄새나는 행주 혓바닥아!'

'미안.'

나는 소심하게 중얼거리며 사과했다.

다행히 다른 학생들이 배꼽을 잡으며 웃을 시간은 그리 많지 않았다. 이제 짝을 지어 전투 기술을 연습해야 했기 때문이다.

"넬, 네 상대는 도리안이다."

브라이트아이 선생님이 지시했다.

우리는 모두 깜짝 놀라 선생님을 바라보았다.

'잠깐만, 쥐와 고양이의 대결이라고?'

이 싸움이 길어질 거라고는 상상할 수 없었다. 왜냐하면, 넬은 도망가야 하는데 전투 교실에는 숨을 장소가 마땅치 않았기 때문이다. 브라이트아이 선생님은 둘에게 손짓해 가운데로 불러냈다.

"좋아, 준비, 시작!"

도리안은 이미 변신한 상태였다. 고양이 소년은 싸움을 간절히 바라는 것처럼 보였다. 도리안이 꼬리를 씰룩거리며 살금살금 넬에게 다가갔다. 난 도리안이 너무 진지하게 싸우지 않기를, 그리고 동물적 본능이 너무 강해지지 않기를 바랐다. 요즘 말릴라 선생님의 보건실이 너무 북적였다.

하지만 도리안은 망설였다. 넬이 도망가는 대신, 뒷발로 벌떡 일어서서 싸울 준비가 된 것처럼 도리안을 노려보았기 때문이다. 당황한 도리안이 앞으로 한 걸음 나서자, 쥐 역시 앞쪽으로 뛰어나왔다. 고양이는 뒤로 물러났다! 도리안이 머뭇거리며 다시 한 번 앞으로 나아가려는 순간, 넬이 도리안을 향해 몸을 던졌다. 도리안이 어설프게 발을 휘둘러 넬을 낚아채려고 했지만, 넬은 쉽게 피한 뒤 번개처럼 비올라의 책가방 속으로 사라져 버렸다.

"훌륭해! 오늘은 이것으로 충분해."

브라이트아이 선생님이 말했다.

"아주 잘했다, 넬. 네 반응은 완벽했어. 상대방이 예상하지 못한 행동을 했으니까. 그 덕분에 도망갈 수 있는 시간을 벌 수 있었다. 모든 고양이에게 통하지는 않겠지만, 시도해 볼 만한 가치가 있지. 특히 네가 다쳤거나, 아무것도 잃을 게 없는 경우라면 말이야."

넬은 여전히 쥐의 모습을 한 채 고개를 끄덕이며 반짝이는 검은 눈으로 선생님을 똑바로 바라보았다. 넬이 오랫동안 살아남은 건 당연한 일이었다. 넬은 정말 능숙했다!

이제 브라이트아이 선생님은 도리안을 향해 눈을 돌렸다.

"안타깝게도, 넌 좋은 점수를 받기 힘들겠다. 네가 철갑상어 알 통조림을 먹으며 자랐다는 게 눈에 보이는구나."

'대부분은 푸아그라였는데…….'

도리안이 투덜댔다. 모두가 도리안이 얼마나 열받았는지 알 수 있었다. 도리안의 헝클어진 꼬리는 다람쥐가 부럽지 않을 정도로 크게 부풀어 있었다.

'〈톰과 제리〉 애니메이션 좀 많이 보지 그랬어. 그랬으면 고양이가 항상 이기는 게 아니란 걸 알았을 텐데.'

스컹크 리로이가 키득거렸다.

"하악!"

도리안이 리로이에게 성질을 부렸다. 우리는 모두 깜짝 놀라 재빨리 몸을 피했지만, 리로이는 그냥 웃었다. 다행히 위기는 지나갔다. 스컹크가 내뿜는 물총을 한번 맞으면, 냄새를 없애는 데 며칠이 걸린다고 들었다.

다음 순서는 인간의 싸움 기술이었다. 브라이트아이 선생님은 우리가 두 가지 모습 중 어느 모습을 하고 있더라도 스스로를 지킬 수 있어야 한다고 강조했다. 우리는 태권도와 가라테, 그리고 다른 호신술을 섞어서 연습했다. 우리 모두가 땀을 뻘뻘 흘리며 땅바닥에 털썩 주저앉아 신음할 때까지 연습은 계속되었다.

"드디어 끝났다!"

전투 수업이 끝나자 브랜든이 숨을 헐떡이며 외쳤다. 그러고 나서 옥수수 알갱이를 한꺼번에 두 알씩 입안에 던져 넣었다.

"이제 수학이랑 물리다. 야호!"

나는 다시 신음했다. 브랜든은 이 과목들을 잘하지만, 나는 수학에는 젬병이었다. 하지만 브라이트아이 선생님이 가르치는 역사와 지리 과목은 훨씬 나았다.

"나중에 네 필기 좀 베껴도 될까?"

브랜든에게 물었다.

"그럼, 물론이지."

브랜든이 너그럽게 말했다.

오늘 저녁 밀링 씨와 만나기로 한 약속 때문에 수업에 집중하기가 힘들었다.

'그 사람은 낯선 세상에서 어떻게 그토록 유명해지고 성공할 수 있었을까?'

어쩌면 밀링 씨는 브라이트아이 선생님이 열 번도 넘게 봤을 첩보원 영화에 나오는 제임스 본드 같은 비밀 요원이었을지도 모른다.

수업을 마치고 나서, 오후 내내 홀리와 도리안, 브랜든과 함께 나무집에서 시간을 보냈다. 하지만 친구들이 내 놀라운 후원자에 대해 궁금해했기 때문에, 그 시간조차 내 생각을 딴 데로 돌리지 못했다.

'앤드루 밀링은 수영장을 몇 개나 가지고 있을까?'

홀리가 물었다.

'모르겠는데. 직접 물어봐.'

'아, 진짜! 좀 성의 있게 대답해 봐!'

홀리가 내 귀를 잡아당기려 했다. 나는 재빨리 머리를 흔들었고, 홀리는 높게 포물선을 그리면서 난간으로 날아가 거기서 턱걸이를 몇 번 했다.

'그 사람이 그렇게 돈이 많다면, 우리 학교에도 조금 기부할 수 있지 않을까?'

넬에게 패배한 상처를 극복하고 다시 기분이 좋아진 도리안이 말했다.

'어쩌면 벌써 했을지도 몰라.'

그렇게 대답하고, 오두막 밖으로 발을 대롱대롱 늘어뜨렸다.

'그 사람이 그렇게 유명해?'

브랜든이 물었다. 들소 소년은 나무 밑에서 풀을 뜯으며, 멋대로 다가오려 하는 아이들을 쫓아내고 있었다.

'아마 그냥 돈이 많은 걸 거야.'

'만약 그 사람이 너를 입양하고 싶어 하면 어떻게 할래?'

홀리가 내 머릿속에서 쉴 새 없이 떠들었다.

'그러면 넌 여길 떠나 멋진 성에서 살겠지. 네 전속 집사도 생길

거야. 우리가 너를 만나고 싶을 때면 미리 약속을 잡아야겠지!'

집사가 무슨 뜻인지 몰랐지만, 묻고 싶지 않았다.

'바보 같은 소리 좀 그만해.'

홀리에게 대답한 뒤 난간 위를 훌쩍 뛰어넘어, 땅으로 뛰어내렸다. 밀링 씨와 한 저녁 약속 때문에 샤워도 하고 옷도 갈아입어야 했다.

잠시 후, 나는 두근거리는 마음으로 밀링 씨가 보내 주기로 한 차를 기다리고 있었다. 마침내 차가 도착하고 아주 날씬하고 과묵해 보이는 여자가 모습을 드러냈다. 내 느낌으로는 이 여자도 변신족이었다.

그 여자가 나에게 몸을 돌려 안전띠를 매라고 말했을 때, 부분 변신을 한 모습을 보았다. 여자는 끝이 갈라진 혀를 날름거리고 있었다. 그건 괴기한 모습이었고, 살짝 겁이 나서 팔에 소름이 돋았다. 이 뱀 변신족 여자가 나에게 말을 걸려는 생각은 없어 보여서 다행이었다.

시에라 리조트는 나무와 회색 돌로 지어진 커다란 산장 호텔이었고, 투숙객을 위한 것으로 보이는 통나무 오두막 몇 개가 그 주변을 둘러싸고 있었다.

리조트는 산기슭에 자리 잡고 있었는데, 가장 큰 방에 있는 거대한 전망창을 통해 9월의 첫눈으로 봉우리가 하얗게 뒤덮인 그랜드티턴산의 환상적인 모습을 감상할 수 있었다. 우리 학교 입구만큼이나 커다란 화강암 벽난로 주변에는 비싼 등산화를 신은 손님들이 어슬렁거리고 있었다. 벽난로는 기분 좋게 따스했지만 지독한 산불 냄새를 풍겼기 때문에, 일렁이는 불길을 살짝 피해 다녀야 했다. 나는 단 한 번도 불을 좋아했던 적이 없었다. 예전에 다니던 학교에서 애들이 구운 마시멜로가 얼마나 맛있는지 떠들어 댈 때면, 그저 입을 꾹 닫고 있었다.

인간들 사이에서 뱀 변신족 여자는 줄곧 아무런 말이 없었다. 그 여자는 나를 안락한 목재 가구가 놓여 있고 조명이 환하게 밝혀진 식당으로 데려갔다. 밀링 씨를 보기도 전에 먼저 냄새를 맡을 수 있었다. 밀링 씨는 자신만의 냄새를 가지고 있었다. 자신의 영역을 지킬 수 있고, 또 그 이상의 능력을 지닌 강하고 위험한 수컷 지배자의 냄새였다.

"아, 카락."

밀링 씨가 편해 보이면서도 친근한 태도로 나를 반겨 주었다.

"안녕하세요, 앤드루."

밀링 씨가 굽신거리는 태도를 싫어한다는 것을 알기 때문에, 눈을 똑바로 들여다보며 인사했다.

"맥주 한잔 어때?"

밀링 씨가 미소를 지으며 물었다.

"직원들에겐 그냥 내가 마실 거라고 말하면 되니까."

하지만 그 순간 브리저 선생님이 해 준 이야기가 떠올랐다. 선생님은 무심코 술에 취해 탁자 밑에서 잠들었고, 그래서 우드워커들은 인간들보다 술이 훨씬 약하다는 것을 배웠다고 했다.

나는 고개를 저었다.

"아뇨, 괜찮아요."

밀링 씨가 만족스럽게 고개를 끄덕이는 것을 보면서, 그건 일종의 시험이었고 내가 그 시험에 통과했다는 것을 알 수 있었다.

"머리는 항상 맑게 유지하는 게 좋아."

밀링 씨가 말했다. 전에 우리 집에 왔을 때 밀링 씨는 도널드 아저씨의 위스키를 칭찬했지만, 지금 밀링 씨 앞에 놓여 있는 건 그저 한 잔의 물뿐이었다.

예쁜 종업원이 내 주위를 맴돌며 겉옷을 벗겨 주고, 뭘 마실지 물어보고, 손이 닿는 곳으로 메뉴판을 밀어 주고, 베이컨으로 감싼 대추야자가 담긴 작은 접시를 내 앞에 놓아 주었다.

그 여자가 떠나자 그제야 마음이 놓였다. 황태자 대접을 받는 건 마음에 들지 않았기 때문이다.

메뉴판을 펼치자마자 '들소 스테이크'를 발견하고 움찔했다.

'으윽, 두 번 다시 들소 고기는 먹지 않을 거야. 물론 사슴 고기도.'

하지만 소고기는 괜찮았다. 다행히 개인적인 친분을 가진 소는 없었기 때문이다.

"왜 네 수양 형제가 주머니칼을 뺏어 가게 놔뒀지?"

밀링 씨가 불쑥 물었다.

고개가 저절로 휙 들렸다.

'말론 형이 칼을 빼앗아 갔다는 걸 어떻게 알았지?'

"말론 형이 저에 대해 거짓말을 하겠다고 협박했어요. 저는 말론 형이 그렇게 하는 게 싫었고요."

"다시 돌려받을 거지?"

"언젠가는 반드시요."

"내가 어떻게 해서 이 자리에 올랐는지 궁금하지 않니?"

모든 걸 꿰뚫어 보는 듯한 눈을 지닌 거칠고 강인한 남자가 의자에 등을 기댔다. 밀링 씨는 후추 분쇄기를 손가락으로 만지작거리고 있었다.

"처음 시작은 부자도 아니었고 유명하지도 않았단다."

"처음엔 무슨 일을 했는데요?"

순수한 호기심에 물었다. 물론 학교에 돌아가면 친구들이 나한테 그 질문을 하리라는 것도 당연히 알고 있었다.

밀링 씨가 웃음을 터뜨렸다.

"어떻게 부자가 됐는지 알고 싶지 않니? 대부분의 사람들은 그걸 가장 궁금해하는데."

"그래도 상관없죠?"

조금 난처해진 나는 대추야자를 한 개 집어 들었다.

밀링 씨는 미소를 지었지만, 마치 얼굴을 찌푸리는 것 같은 기괴한 미소였다. 갑자기 소름이 끼쳤다.

"그래, 그리고 네가 앞으로 듣게 될 이야기와도 큰 상관이 없단다."

밀링 씨는 이야기를 시작했다.

18

접시 위의 심장

"나는 작은 마을 변두리에 있는 임대 아파트에서 자랐어. 딱 한 벌 있는 옷은 재활용품 상점에서 산 거였고, 쓰던 물건들은 모두 다른 사람들이 거저 준 중고품이었지. 먹을 것은 충분했지만 돈은 거의 없었고, 그래서 아버지는 밤에 종종 사냥을 다녔어. 아버지는 진정한 사냥 본능을 가지고 있었지. 그래, 정말 그랬어. 다른 할 일이 없을 때면 이웃집 애완견을 사냥하기도 했으니까. 생명을 존중하는 마음 따위는 없었지."

밀링 씨의 얼굴에 경멸하는 듯한 표정이 떠올랐다.

"불행히도 그런 삶을 살다 보니 낮에는 피로에 찌들어 살았지. 하고 있던 벌목 일도 잘리고 다른 직업도 찾지 못하게 되니, 점점 더 술만 찾기 시작했어. 그래서 일찍 죽고 말았어."

나도 모르게 고개를 끄덕였다.

'그래서 밀링 씨는 술 마시는 것을 좋아하지 않는구나.'

"어머니도 변신족이었나요?"

밀링 씨가 고개를 끄덕였다.

"하지만 어머니는 거의 변신하지 않으셨어. 왜 그랬을까? 우리가 살던 곳은 그다지 재미있는 일이 없었어. 나는 항상 집을 떠나 더 먼 곳으로, 숲으로, 시에라네바다산맥으로 가고 싶어 했지. 갈 방법이라고는 무임승차밖에 없었지만. 난 항상 오래된 카메라로 사진을 찍곤 했어. 하지만 정말 하고 싶었던 건 야생 동물에 관한 영화를 만드는 일이었단다."

밀링 씨는 손바닥 위에 후추를 살짝 뿌리더니, 그걸 다 핥아 먹었다. 깜짝 놀라 밀링 씨를 쳐다보았다.

'혓바닥이 타들어 가는 느낌일 텐데!'

그런데도 밀링 씨는 얼굴 한번 찡그리지 않았다. 밀링 씨는 지금 나를 보고 있는 것이 아니라, 식당의 통나무 벽을 바라보고 있었다.

"그리고 그게 바로 내가 했던 일이야. 야생 동물에 관한 영화를 만드는 제작자가 되었지. 돈을 많이 버는 직업은 아니었어. 하지만 무엇보다 자연의 한가운데에 있었어. 그리고 언제든 아무 문제도 없이 변신할 수 있었지."

"하지만……."

어떻게 해서 영화 제작자가 미 서부에서 가장 영향력 있는 인물이 될 수 있었는지 묻고 싶었다. 밀링 씨가 세상을 발칵 뒤집어 놓을 장면들을 찍었다고 해도 결코 이룰 수 없는 일이었기 때문이다.

음식이 나왔고, 우리는 대화를 멈췄다. 인간이 우리 대화를 들어서는 안 되니까. 주위의 모든 탁자에 '예약석' 표지판이 놓여 있고, 그 자리가 비어 있던 것은 우연이 아니었다. 종업원이 물잔을 다시 채워 주고 음식 접시를 내려놓는 동안 밀링 씨는 눈길 한번 주지 않았다. 그러고 나서 퉁명스럽게 말했다.

"이제 우리가 식사를 마칠 때까지 좀 떨어져 있게."

내가 주문한 스테이크는 맛있어 보였다. 밀링 씨의 접시에는 뭐가 있는지 알아보기 위해 냄새를 맡아 보았다.

'아하! 향신료 없이 겉만 살짝 구운 소 심장 세 조각이구나.'

맛있어 보였다.

그렇지만 밀링 씨는 음식은 쳐다보지도 않았고, 포크와 나이프조차 집지 않았다. 그 대신 벽만 뚫어져라 보고 있었다. 밀링 씨의 목소리가 더 가라앉았다.

"일을 하던 도중 영화 제작자 한 명을 알게 됐어. 녹색 눈에 금발 머리의 젊은 여자였지. 에블린. 에블린은 아름다웠지만, 성격이 아주 까칠했어. 에블린이 나와 같은 퓨마 변신족이라는 것을 알게 됐을 땐 너무나 기뻤지. 에블린은 밴쿠버섬 출신의 우드워커였는데, 그쪽 출신들은 성미가 불같기로 악명이 자자했거든. 며칠이 안 돼서 나는 사랑에 빠졌지. 하지만 에블린에게는 이미 남자 친구가 있었기 때문에, 마음을 얻기까지는 시간이 필요했어."

밀링 씨의 입술 위로 살짝 미소가 번졌다.

"하지만 결국 성공했어. 우리는 사랑에 빠졌고, 우리 둘은 정말 행복했지."

"잘됐네요."

나는 우물쭈물 말했다. 귀가 빨갛게 달아오르는 게 느껴졌다.

'왜 이렇게 사적인 얘기들을 나한테 하는 걸까?'

"내 딸 준이 태어났을 때 우린 더욱더 행복했어."

밀링 씨의 이야기는 계속되었다.

"에블린은 로스앤젤레스에 질렸고, 산에서 살고 싶다고 해서 우리 가족은 잭슨홀로 이사를 했지. 에블린은 눈을 너무나도 좋아했어. 그래서 준과 함께 두 번째 모습으로도 자주 눈 속에서 뛰어놀았지."

밀링 씨의 눈에 맺힌 반짝이는 눈물을 보고 깜짝 놀랐다. 그제야 이 이야기가 해피엔딩으로 끝나지 않으리라는 것을 직감했다.

"8년 전, 화창한 11월의 어느 날이었어."

밀링 씨의 쉰 목소리가 점점 가라앉았다.

"나는 영화 일 때문에 집을 떠나 있어야 했지만, 준과 에블린은 눈 속에서 뛰어놀고 싶어 했어. 나는 그냥 국립 공원 안에 있으라고 경고했지. 사냥철이었으니까. 하지만 날씨가 너무 좋아서 둘은 기분이 무척 들떠 있었어……. 어쩌면 조심성이 없었을 수도 있고.”

‘아, 안 돼!’

머릿속에서 비명이 울려 퍼졌다. 접시 위에서 음식이 차갑게 식어 가고 있었다.

“준과 에블린이 돌아오지 않았을 때, 당연히 나는 제정신이 아니었어. 둘을 찾으러 밖으로 나가서 온갖 장소를 찾아다녔지. 어디에도 없더군. 마침내 그 둘을 발견한 곳은…….”

밀링 씨가 다시 나를 향해 고개를 돌렸다. 표정이 무시무시했다.

“한 사냥 조합의 홈페이지에서 찾아냈어. 사냥꾼 하나가 에블린의 사체를 보여 주고 있더군. 얼마나 큰지 보여 주기 위해 어깨 밑으로 손을 넣어 붙들고 있었어. 사냥꾼의 전리품이었지. 그 배경에는 갈색의 무언가가 누워 있었어. 죽은 내 딸이.”

밀링 씨는 탁자 위에 있던 두 손을 꽉 말아 쥐었다.

“무엇보다도, 그 사냥꾼의 얼굴에서 자랑스러운 미소를 갈가리 찢어 버리고 싶었어. 나는 컴퓨터에 주먹을 휘둘렀고, 당연히 그것만으로는 충분하지 않았어.”

밀링 씨가 부분 변신을 한 것을 보고 소름이 끼쳤다. 발톱이 생겨난 밀링 씨의 손가락은 나무 탁자에 깊은 상처를 내고 있었다. 이 이야기가 어떻게 이어질지 정말로 듣고 싶지 않았지만, 밀링 씨는 멈추지 않았다.

"사체라도 돌려받으려고 했지만, 그 사냥꾼은 가죽만 보관하고 있었어. 그것도 단 한 장만 살 수 있었어. 나머지 한 장, 내 딸의 가죽을 살 돈이 없었거든. 이해할 수 있겠어? 그 사냥꾼은 그걸 나한테 줄 생각이 전혀 없었어! 그 인간이 뭐라고 말했는지 아직도 생생하게 기억해. 나더러 직접 가서 더러운 고양이를 쏴 죽이라고 했어!"

벽난로에서 불이 타닥타닥 타고 있었는데도 몸이 오들오들 떨렸다.

지금껏 밀링 씨는 음식에 손도 대지 않았다. 하지만 이제 음식을 먹기 시작했다. 심장 조각을 움켜쥐고 이제 거의 퓨마의 턱만큼 커져 버린 입에 마구 쑤셔 넣었다. 날카로운 송곳니가 고기를 잡아당겨 뜯어냈고, 눈에서는 불꽃이 일렁였다. 불꽃이 밀링 씨의 컬러 렌즈를 뚫고 나오려는 것 같았다.

식탁 의자를 조금 뒤로 밀어 밀링 씨에게서 멀어지고 싶었다.

"그날 이후로, 내가 할 수 있는 만큼 그들에게 고통을 주고 싶었어."

고기를 삼킨 후에 밀링 씨가 말을 이어 갔다.

"하지만 그러기 위해서는 부와 권력이 필요했지. 누구도 나를 막을 수 없을 정도의 권력. 그래, 확실히 돈처럼 하찮은 것만으로는 부족했지."

밀링 씨는 씁쓸한 웃음을 지었다.

"그래, 나는 결국 해냈어. 네가 어떤 일에 네가 가진 모든 힘을 다 쏟는다면, 많은 것을 이룰 수 있을 거야. 깨어 있는 모든 순간에 계획대로 행동하고, 다른 것은 아무것도 생각하지 않는다면 말이야. 나는 돈을 버는 재능을 타고났어. 그런 것은 문제가 되지 않았지."

밀링 씨가 고통을 주고 싶었던 '그들'이 누구를 뜻하는지 짐작할 수 있었다. 바로 인간이었다. 밀링 씨는 인간들을 향해 얼마나 깊은 증오를 품고 있는 걸까.

"사냥꾼은 어떻게 되었나요?"

반쯤 굳어 버린 입술을 움직여서 물어보았다.

"나중에 숲에서 발견되었지."

밀링 씨는 짧게 대답했지만, 무슨 말인지 바로 알 수 있었다. 밀링 씨는 셔츠에서 막대 초콜릿 하나를 꺼내 단숨에 삼킨 뒤 빈 비닐 포장지를 접시 위에 올려놓았다.

"캠핑장에 나타난 퓨마에 관한 신문 기사를 읽었을 때, 그냥 보통 동물이 아니라 우드워커라는 느낌을 받았어. 어쩌면 나와 같은 생각을 하고 있을지도 모르는. 인간에 대해 같은 감정을 느끼는. 그래서 이 퓨마 변신족이 누구인지 알아냈고, 그를 만났지. 아니, 너를 만났지."

'그거였구나!'

이 모든 건 내가 사냥을 해 보려다 실패했기 때문이었다!

"저는……."

정확히 무슨 말을 하려고 하는지도 모르는 채 입을 열었다.

아마 이런 내용이었을 거다.

'그건 오해예요, 앤드루. 저는 인간들을 해칠 생각이 없어요. 인간들을 공격해 본 적도 없고요. 그건 그냥 인간들이 오해한 겁니다.'

하지만 밀링 씨는 나에게 말할 기회를 주지 않았다. 밀링 씨가 갑자기 미소를 짓는 바람에 등골이 서늘해졌다.

"그리고 넌 나에게 네 가족에 대해 말해 줬지. 나는 우리 운명이 연결되어 있다고 확신했단다. 네 가족을 찾을 수 없었다는 것은 좋은 징조는 아닌 것 같아."

"아니에요!"

나도 모르게 벌떡 일어났다. 뒤에서 의자가 바닥을 구르고 있었지만, 그걸 알아차리지도 못했다.

"제 가족들은 그저 사는 곳을 옮겼을 뿐이에요!"

나도 모르게 버럭 고함을 질렀다.

"제 가족들은 다른 영역을 찾으러 간 거예요! 죽지 않았어요!"

뒤도 돌아보지 않고 밖으로 뛰쳐나갔다. 벽난로가 활활 타오르는 커다란 방을 지나, 조각으로 장식된 육중한 출입문을 나와, 커다란 승합차들이 주인이 돌아오기만을 기다리는 주차장을 가로질렀다.

"저 사람 똥이 정말 급한가 봐."

누군가의 목소리가 들렸지만, 돌아보지 않았다.

걷고 또 걸어 학교에 도착했을 땐 이미 자정이 다 되어 있었다.

19

스파이

우리 가운데 많은 수가 야행성이거나 오랜 시간 잠을 잘 필요가 없었기 때문에, 몇몇 학생들은 밤에도 깨어 있었다. 학교에서는 학생들이 다음 날 수업에 지각하지만 않는다면 원하는 만큼 늦게까지 깨어 있는 걸 허용했다.

학교 건물까지 마지막 남은 몇 미터를 뛰어가던 중에, 가면올빼미 변신족 트루디가 날개를 펴고 내 머리 위로 조용히 날아가는 것을 보았다. 트루디는 인사를 하지 않았지만, 오히려 말을 걸지 않아서 좋았다. 너무나 혼란스러워서 누구와도 이야기하고 싶지 않았기 때문이다. 하지만 내 방으로 가기 위해 화강암 덩어리로 된 벽을 기어 올라가려고 할 때, 거대한 그림자가 입구에서 있는 것을 보았다. 삽 모양의 뿔이 달린 그림자였다.

'걸어서 돌아온 거냐?'

테오 씨의 걸걸한 목소리가 내 머릿속을 파고들었다.

'차가 고장 나기라도 했어?'

'아뇨, 아니에요. 저는…… 그러니까…… 음…… 운동을 좀 했어요.'

테오 씨가 다른 질문을 하기 전에, 퓨마의 모습 그대로 내 방까지 단숨에 달려 올라갔다. 운 좋게도 브랜든이 창문을 조금 열어 놓았다. 재빨리 이불 속으로 파고들어 떨리는 몸을 진정시켰다.

'그럴 리가 없어.'

밤새도록 내 머릿속에서는 안나 아줌마가 전에 말했던 악마들이 춤을 추고 있었다. 고기를 조각조각 찢어발기던 밀링 씨의 흉포함과 증오심을 떠올리자 몸이 부르르 떨렸다. 마치 앞에 놓인 접시 위에 인간의 심장이 올려져 있다고 여기는 것 같았다.

'밀링 씨는 지금껏 얼마나 많은 사람을 죽였을까? 그 사람은 살인자일까?'

하지만 어쨌든 간에 이해할 수는 있었다. 밀링 씨의 그 끔찍한 삶에 대해, 그리고 내 가족에 대해 생각했다.

"내 가족들은 아무 일도 없어야 해!"

부드러운 담요 속에서 몸을 웅크린 채로 계속 혼잣말을 했다.

"미아 누나는 로키산맥 어딘가에서 안전하게 지내고 있을 거야."

그런데 미아 누나와 부모님은 어째서 단 한 번도 나를 보러 오지 않는 걸까? 아직도 나한테 화가 나 있는 걸까? 가족을 버리고 떠난 아들을 잊으려고 일부러 이 지역을 떠난 걸까? 요 며칠 동안 너무나 많은 일들이 있었기 때문에 가족들 생각을 하기 힘들었지만, 이제는 다시 예전처럼 가족들이 그리워졌다.

일어날 시간이 되자, 브랜든의 눈이 호기심으로 반짝거렸다.

"그래, 어땠어?"

브랜든이 늘 입는 검은색 티셔츠를 입으며 물었다.

"널 입양하고 은색 벤츠라도 한 대 뽑아 줬어?"

"내가 은색 벤츠가 필요한 것처럼 보여?"

간신히 중얼거리고는 겨울잠에서 막 깨어난 곰처럼 발을 질질 끌면서 화장실로 향했다. 밀링 씨가 내 생활에 대해 너무 많이 알고 있다는 것이 아주 수상했기 때문에, 브랜든에게도 어제 있었던 일을 말하고 싶지 않았다.

'말론 형이 주머니칼을 뺏어 간 건 어떻게 알았지?'

랄스턴 가족 집에 있을 때 나를 감시한 게 분명했다.

'하지만 학교에서 있었던 일도 모조리 알고 있었잖아.'

그 순간, 밀링 씨가 보냈던 이메일에 수상한 언급이 있었던 게 기억났다.

'작은 먹잇감들과 우정을 나누는 건 좋은 생각이 아니란다.'

내가 홀리와 친구가 됐다는 것을 밀링 씨가 어떻게 알 수 있었을까? 그리고 마지막 문장 역시 이상했다.

'잠을 충분히 잘 수 있기를 바란다!'

그건 브랜든의 첫 번째 야간 폭주인 '나는 대초원을 질주한다네' 사건이 일어난 직후였다.

'밀링 씨가 이 일을 보고받았나? 사방에 스파이를 심어 놓은 건가?'

마음을 가라앉히려고 애썼다.

'아니야, 밀링 씨에게 이 모든 걸 말한 사람이 브랜든일 리는 없어.'

그날 밤, 창문 밖에 브랜든을 놀라게 한 무언가가 있었고, 나도 작은 생물이 허둥지둥 달아나는 것을 봤다. 그러니까 스파이는 몸집이 작은 동물이었다!

끔찍할 정도로 우울해진 나는 최소한의 물만 가지고 몸을 씻었다.

'홀리가 배신자일까?'

홀리는 몸집도 작고 민첩해서 아주 쉽게 창문 밖에 엎드려 우리를 지켜볼 수 있다. 그 누구의 냄새도 맡지 못했지만, 그건 분명히 바람이 반대 방향으로 불고 있었기 때문일 것이다.

"말 좀 해 봐!"

바로 그 홀리가 아침을 먹으며 명랑한 목소리로 재촉했다.

"밀링 씨는 어땠어? 너한테 잘해 줬어?"

뭐라고 대답해야 좋을지 알 수 없었다.

'그래, 밀링 씨는 친절했어. 하지만 두렵기도 했지.'

그 만남에 대해 아직 말할 준비가 되어 있지 않았다. 만약 홀리에게 말하면, 순식간에 학교 전체에 소문이 퍼질 것이다. 홀리가 스파이가 아니라 해도 말이다.

"아, 알겠다. 밀링 씨가 너랑 나눈 대화를 비밀로 하자고 한 거야?"

도리안은 평소처럼 의자에 늘어져 있었다. 우리 중에 어른처럼 커피를 마시는 건 도리안 혼자였다. 난 도리안이나 인간들 대부분이 왜 저 쓴맛 나는 구정물을 좋아하는지 당최 알 수가 없었다.

"맞아."

한결 마음을 놓으며 대답했다. 그것으로 질문 시간은 끝이 났다.

오늘은 늑대들이 나를 본체만체해서 기뻤다. 늑대들은 평소처럼 탁자에 모여 앉아 서로의 소시지를 빼앗아 공중으로 던지고서 다시 입으로 낚아채고 있었다. 이런 짓은 좀 없어 보이긴 해도, 적어도 다른 사람들을 귀찮게 하지는 않았다. 까마귀 소녀 윙이 늑대들과 함께 앉아 있다가 늑대들의 소시지 한 조각을 슬쩍했다. 하지만 제프와 패거리는 개의치 않고 그저 웃기만 했다. 늑대들은 쌍둥이 까마귀들과 아주 잘 지냈다.

첫 수업은 브라이트아이 선생님의 역사 수업이었다. 역사 시간은 몽땅 다 흐릿하기만 했다. 나중에는 그게 미국의 남북 전쟁 내용이었는지, 고대 이집트에 관한 내용이었는지조차 헷갈렸다. 다음 시간은 리사 클리어워터 교장 선생님이 직접 가르치는 생물 수업이었다. 교장 선생님은 나를 향해 미소를 지으며 고개를 끄덕여 주었다. 나도 어떻게든 미소로 화답했다. 무슨 일이 있었는지 교장 선생님에게 말할 수도 있을 것이다. 앤드루 밀링은 위험하다고! 그 사람은 기를 쓰고 가능한 한 많은 인간을 해치고 싶어 하고, 그렇게 할 계획을 세운 게 분명하다고! 교장 선생님은 나를 믿어 줄 것이다. 그리고 어떻게 해야 하는지도 알고 있을 것이다. 교장 선생님은 면도날처럼 날카롭게 벼려진 지성을 가지고 있으니까.

수업이 끝나고 다른 학생들이 모두 밖으로 나갈 때까지 교실에 남아 있었다. 교장 선생님은 수업 자료를 챙겼다. 이제 교장 선생님이 가면올빼미 트루디와 쌍둥이 까마귀, 2학년의 까치, 3학년의 검독수리와 함께 학교 비행단 수업을 하러 갈 것을 난 알고 있었다.

내가 홀로 남아 있는 것을 본 교장 선생님은 다시 한 번 나에게 미소를 지었다.

"그래, 어제 밀링 씨와는 좋은 시간 보냈니? 그렇게 대단한 후원자가 있다니 정말 기쁘겠구나. 다른 학생들 중 누구도 그런

행운을 갖지 못했단다."

하고 싶었던 말이 목구멍에 탁 걸려 버렸다.

"아마도요."

엉겁결에 말했다.

"혹시, 밀링 씨가 인간을 얼마나 증오하는지 알고 계세요?"

"밀링 씨는 인간들을 별로 좋아하지 않아, 그건 사실이란다."

교장 선생님은 낡고 해진 가방에 책을 집어넣었다.

"밀링 씨도 다른 많은 변신족들과 공통점을 가지고 있어. 어떤 안 좋은 경험을 하고 난 변신족들은 대부분 인간들과 섞이고 싶어 하지 않는단다."

교장 선생님이 말을 마치기도 전에 나는 고개를 저었다.

"아뇨, 이건 달라요. 밀링 씨는 뭔가를 계획하고 있는 것 같아요. 뭔가 좋지 않은 일을요. 밀링 씨는 그걸 아주 오랫동안 준비해 왔어요. 밀링 씨가 그러는데……."

교장 선생님의 눈에서 의심의 빛이 번뜩이는 것을 보고, 내 말을 믿지 않는다는 것을 알았다.

"그 사람은…… 어제 불같이 화를 냈어요."

이 말을 하고 나자 어쩐지 내가 잘못한 것처럼 당황스러웠다.

"어머! 네가 무슨 말을 했길래?"

교장 선생님은 경쾌한 움직임으로 가방을 닫고, 심각한 눈초리로 나를 바라보았다.

"밀링 씨가 화날 만한 말을 했니?"

교장 선생님은 완전히 헛다리를 짚고 있었다! 내 얼굴이 점점 달아오르는 게 느껴졌다.

"아뇨, 그러지 않았어요. 밀링 씨는 자신의 가족에게 무슨 일이 있었는지 말했고, 그건 정말 끔찍한 일이었어요."

"그래, 물론이지. 나도 그 얘기를 모두 들었어."

교장 선생님은 깊은 한숨을 내쉬었다.

"밀링 씨가 인간들을 상대로 좋지 않은 일을 꾸미고 있다는 증거가 있니?"

"아뇨. 하지만……."

교장 선생님은 교실 밖으로 나가는 길을 가리키며, 문을 열어주었다. 교장 선생님의 목소리는 단호했다.

"그렇다면 함부로 말하지 않는 게 좋을 거야. 앤드루 밀링은 어마어마한 힘을 가진 사람이고, 그 힘을 좋은 일에 쓴단다. 그분이 우리 학교를 후원하지 않았다면, 지금의 모습도 없었을 거야. 그분의 기부 덕분에 서쪽 건물을 올릴 수 있었으니까."

이거였다! 어쩐지 교장 선생님은 밀링 씨에 대한 안 좋은 이야기는 듣고 싶어 하지 않았다.

"카락, 조언 하나 할까? 넌 밀링 씨한테서 가능한 한 많은 것을 배우려고 노력해야 해."

교장 선생님은 복도를 따라 성큼성큼 걸어갔고, 난 그저 최대한 열심히 교장 선생님을 따라가는 수밖에 없었다. 다시 한 번 교장 선생님의 날카로운 시선이 느껴졌다.

"밀링 씨가 너에게 자기 가족 이야기를 해 줬다는 건, 그분이 너를 믿는다는 거야. 그러니 네가 그분의 신뢰를 받을 만한 자격이 있다는 것을 보여 줬으면 좋겠구나."

나는 멈춰 섰고, 교장 선생님은 나보다 두 걸음 앞에 있었다.

이제 네 걸음. 열 걸음. 백 걸음……. 마치 방울뱀 한 마리를 통째로 삼킨 듯한 기분이 들었다.

점심을 먹고 나자, 기분은 더없이 나빠졌다. 나는 말 한마디 하지 않고 양념에 졸인 고기 완자를 먹었고, 그것들을 벽에다 집어 던지고 싶었다. 맛이 없어서가 아니라, 내 안의 화를 어딘가에 터뜨리고 싶었기 때문이다. 교장 선생님이 내 말을 믿어 주길 바랐지만, 선생님은 나를 마치 남들 욕이나 하고 다니는 사람처럼 그 자리에 세워 놓았다. 만약 아무도 내 말을 믿어 주지 않는다면, 나는 뭘 어떻게 해야 할까?

랄스턴 가족도 밀링 씨의 위협을 걱정해야 하는 걸까? 안나 아줌마와 랄스턴 가족은 인간이지만, 나쁜 인간은 아니었다. 그들은 밖에 나가서 자신들에게 해를 끼치지도 않은 야생 동물을 향해 총을 쏘지도 않는다. 아마 그들은 밀링 씨의 가족 이야기를 들으면 나만큼이나 충격을 받을 것이다.

"카락, 기분이 정말 안 좋은가 보네. 그렇지?"

홀리의 목소리가 나를 생각에서 획 끄집어냈다. 나는 아무런 말 없이 고개를 흔들며 자리에서 일어났다. 어디든 혼자서 생각할 수 있는 곳으로 도망치고 싶었다. 하지만 홀리는 나와 거의 동시에 벌떡 일어나, 나를 꼭 안아 주었다. 그리고 그건 큰 도움이 되었다.

"괜찮을 거야, 두고 봐."

홀리가 내 귀에 속삭였다.

"뭐가 됐든, 그게 잘못된 거야."

"그럴지도 모르지."

그렇게 대답하고 나도 홀리를 꼭 안아 주었다.

'그래, 홀리는 스파이가 아니야. 내 수염을 걸 수도 있어!'

위로의 말과 몸짓은 도움이 되었다. 아직 잃은 것은 없었고, 나에게는 여전히 기회가 있었다.

다음 수업은 브리저 선생님과 함께하는 '특수 상황에서의 행동 요령'이었다. 어쩌면 브리저 선생님은 내 말을 믿어 주고, 또 내가 뭘 걱정하는지를 이해할 수 있을 것 같았다.

물론, 선생님은 또다시 우리에게 이야기를 들려주었다. 그건 내 머릿속을 떠다니는 생각과 제법 잘 들어맞는 내용이었다.

"그러다가 이 빌어먹을 야생 동물용 덫이 철커덩 잠겨 버렸고, 난 큰 문제가 생겼다는 걸 알게 되었지. 내 앞발 하나가 덫에 걸려 버렸거든. 그리고 그걸 꺼낼 수도 없었어. 덫에서 풀려나기 위해 자기 발을 물어뜯은 코요테 이야기는 들은 적이 있지만……. 하지만 그건 아니지. 아주 심한 고통 속에서도 그러고 싶은 생각은 전혀 안 들었어. 너희라면 어떻게 했을 것 같니?"

"곧장 응급 구조대를 불렀을 것 같아요."

염소 변신족 비올라가 말했다.

"근처에 휴대폰이 있었나요?"

브리저 선생님이 얼굴을 찌푸렸다.

"안타깝게도 아니었어. 내 물건들은 몇 킬로미터 떨어진 은신처에 있었거든."

"저라면 변신할 것 같아요."

넬이 말했다.

"어쩌면 그랬어야 했을지도 몰라."

브리저 선생님이 말했다.

"하지만 난 두려웠단다. 덫에 걸린 상태에서 변신하면, 부상을 훨씬 더 악화시키거든. 난 그 사실을 알고 있었어."

"하지만 인간의 모습이었다면 덫을 강제로 열 수도 있었을 텐데요."

내 대답에 리로이가 곁눈질로 나를 쳐다보았다. 왜냐하면 오늘 있던 수업 중에 내가 입을 연 것은 이번이 처음이었기 때문이다.

"좋은 지적이야."

브리저 선생님이 말했다.

"맨손으로는 할 수 없지만, 단단한 막대기가 있다면 할 수 있지. 운이 좋다면 근처에 하나쯤은 있었을 거야."

"그래서 어떻게 하셨어요?"

까마귀 소년 섀도가 얼마 없던 인내심이 바닥나자 더는 참지 못하고 물었다.

"우린 충분히 머리를 쥐어짰다고요!"

브리저 선생님이 웃으며 고개를 끄덕였다.

"그런 것 같구나. 글쎄, 나는 그냥 기다렸단다. 덫을 놓은 밀렵꾼이 정오가 지나서 다시 나타날 때까지, 그리고 발소리를 쿵쿵 내면서 눈을 헤치고 나에게 다가올 때까지 기다렸어. 사실, 밀렵꾼이 나를 덫에서 그냥 풀어 줄 거라고 기대했단다. 밀렵꾼들은 밍크와 여우를 잡으려고 하는 거지, 코요테를 잡으려는 건 아니거든. 하지만 그 밀렵꾼은 곤봉을 휘두르기 시작했어. 나를 먼저 죽인 뒤에 덫에서 빼내려고 하는 게 분명했지."

"으…… 안 돼!"

티카니가 얼굴을 찡그리며 중얼거렸다.

"그래서 난 그 밀렵꾼의 눈앞에서 변신해야 했어!"

브리저 선생님의 말에 우리 모두 숨이 멎는 것 같았다.

"정신을 놓아 버릴 정도로 극심한 고통 때문에 정말 엄청나게 화가 치솟았지. 그 남자는 믿을 수 없다는 듯 나를 보며 입을 떡 벌린 채로 있었고, 나는 덫에 걸리지 않은 손으로 그 남자의 얼굴 한복판에 힘껏 주먹을 날렸어. 남자는 그대로 쓰러져서 기절해 버렸지."

나는 눈을 질끈 감았다.

'제발, 그 밀렵꾼을 죽이지 않았다고 말해요.'

"밀렵꾼이 가진 도구를 써서 덫을 열 수 있었어. 다행히 밀렵꾼의 가방에는 독한 술 한 병이 들어 있었고, 알코올은 상처 소독에 아주 효과가 좋지. 그러고 나서 남은 술은 그 밀렵꾼의 목구멍에 들이부어 버렸어. 그렇게 하면 코요테가 눈앞에서 벌거벗은 남자로 변신하는 걸 봤다는 기억은 그저 술에 취해서 한 상상이라고 여길 테니까."

"효과가 있었나요?"

리로이가 물었다.

브리저 선생님은 씩 웃으며 수염이 덥수룩한 얼굴을 긁적였다. 선생님의 면도기가 또다시 말썽인 것 같았다.

"나중에 한 술집에서 그 친구를 다시 만났어. 처음에는 어쩌면 나를 알아볼지도 모른다는 생각에 슬쩍 뒷문으로 빠져나갈까도 고민했지. 하지만 알아보지 못하더라고. 우린 정말 즐거운 대화를 나눴어. 그러다 그 친구에게 말했어. 한 번만 더 밀렵꾼 노릇을 한다면, 당국에 신고해서 감방 구경을 시켜 주겠다고.

그때 그 친구가 날 보는 눈빛을 너희도 봤어야 하는데!"

나는 천천히 심호흡을 했다.

'브리저 선생님은 아무리 화가 났어도 그 남자를 죽이지 않았어. 우드워커들이라고 해서 모두 다 인간을 죽이는 건 아니야.'

브리저 선생님은 우리에게 학교 주변에는 사냥꾼이나 밀렵꾼은 없다고 알려 주었다. 교장 선생님은 가능한 한 넓은 땅을 사들였다. 학교 주변 5킬로미터 안에서라면 우리는 두 번째 모습으로 있어도 완벽하게 안전했고, 옐로스톤과 그랜드티턴 국립공원이 바로 근처에 있었다.

수업이 끝나고 다른 학생들이 모두 사라진 뒤에도 브리저 선생님에게 자신 있게 말을 걸기가 힘들었다. 하지만 그렇게 해야만 했다.

"앤드루 밀링에 대해 어떻게 생각하세요?"

솔직한 대화가 오고 가길 바라며 단도직입적으로 물었다. 브리저 선생님은 팔짱을 끼고 책상 가장자리에 걸터앉아 한참 동안이나 생각에 잠긴 눈으로 나를 바라보다가 마침내 말했다.

"좀 소름 끼치는 사람이지."

"저도 그렇게 생각해요."

재빨리 맞장구를 친 뒤 선생님에게 모든 걸 털어놓았다. 브리저 선생님은 어두운 표정으로 아무 말 없이 내 이야기를 듣더니 한숨을 내쉬었다.

"가능한 한 그 사람을 멀리하렴. 만약 그럴 수 없다면…… 그 사람이 무엇을 계획하고 있는지 알아내려고 노력해라. 하지만 조심해야 해, 알겠니?"

"물론이죠."

대답을 하고 나니, 기분이 마치 민들레 씨앗처럼 가벼워졌다. 마침내 누군가가 내 말을 믿어 주었다! 날개 달린 것처럼 가벼운 발걸음으로 텅 빈 복도를 따라 방으로 달려가다가, 마지막 모퉁이를 돌자마자 우뚝 멈춰 섰다. 내 앞에 모르는 여자애가 서 있었다. 그 애가 수줍게 나를 바라보았다.

"카락."

여자애가 속삭이듯 말했다.

"너 카락 맞지?"

얼떨떨한 기분으로 고개를 끄덕인 뒤에야 그 여자애를 알아보았다. 엘우드 선생님이 어렵게 부추겨서 인간 모습으로 변신시켰던, 거미 소녀 후아니타였다. 지금껏 여자애의 모습으로 있는 후아니타를 본 건 그때 이후로 처음이었다. 후아니타는 학교에서 사 준 노란색 원피스를 입고 있었다.

"여기서 뭐 하는 거야?"

"나는…… 너한테 할 말이 있어서."

우리의 눈이 잠깐 마주쳤다.

"너는…… 그 애들은……."

“응?”

참을성 있게 후아니타가 말을 꺼내길 기다렸다.

“아무도 나를 못 알아봐.”

후아니타가 작게 속삭였다.

“나도 알아.”

죄책감을 느끼며 대답했다. 대부분의 시간을 거미의 모습으로 교실 구석에 매달려 있었기 때문에, 나도 후아니타를 잊고 있었다. 거미는 아주 조그맣고, 또 조용했다. 선생님들도 후아니타에게 글쓰기 같은 걸 강요하지 않았다.

“하지만 나는 항상 듣고 있어.”

후아니타가 말을 이어 갔다.

난 후아니타를 빤히 쳐다보았다.

‘그럼 후아니타가 밀링 씨한테 내 주변에서 일어나는 모든 일을 알려 준 스파이였나?’

순간 퍼뜩 떠오르는 기억이 있었다.

‘밀링 씨가 랄스턴 가족의 집으로 날 만나러 왔던 날, 내 방 천장에도 거미 한 마리가 있지 않았나?’

변해 버린 내 표정을 알아차렸는지, 후아니타가 두려워하는 표정을 지었다.

후아니타는 두 손으로 얼굴을 가리며 뒤로 한 걸음씩 물러나기 시작했다. 후아니타에게서 두려움의 냄새가 풍겼다.

'올빼미 똥 같으니! 좀 더 조심했어야 했는데!'

후아니타는 내게 무언가 중요한 말을 하려고 온 게 틀림없었다. 그게 아니라면 이 부끄럼 많은 거미 소녀가 인간의 모습으로 변신하는 용기를 절대로 내지 못했을 것이다. 아마 나 같은 덩치 큰 고양이는 조그만 거미가 하는 말에 귀 기울이지 않을 거라는 생각에 용기를 내어 두 번째 모습으로 변신해서 나에게 말을 걸었을 것이다.

"후아니타, 진정해. 난 너를 해치지 않아. 그리고 너를 그렇게 쳐다봐서 미안해. 솔직히 말하면, 퓨마는 거미를 먹지 않아!"

후아니타는 손가락 사이로 나를 쳐다보았다.

"그건 그래."

문득 내가 뭘 해야 하는지 알 수 있었다. 재빨리 복도 창문으로 걸어가 창틀에 기대어 멀리 있는 숲을 내다보며, 후아니타와 거리를 벌렸다. 내가 생각해 낼 수 있는 가장 덜 위협적인 자세였다.

"아무튼, 나한테 하고 싶은 말이 뭔데?"

가벼운 말투로 물어보았다.

"늑대들 말이야……."

그제야 후아니타의 입에서 말이 쏟아져 나오기 시작했다.

"자기들이 패배한 그 결투에 대해 복수하고 싶어 해."

'이런 올빼미 똥 같은 놈들! 누가 늑대 아니랄까 봐.'

제프는 분명 제대로 된 패배자가 아니었다.

"걔들이 무슨 짓을 꾸미고 있는지 정확히 들었어?"

"안타깝게도 그렇지 않아. 걔들은 계속 걸어가고 있었거든."

난 숨을 깊이 들이마셨다.

"경고하러 와 줘서 정말 고마워, 후아니타. 만약 내가 널 도울 일이 있다면……."

'알았어.'

바람의 숨결 같은 조그만 목소리가 들려왔다. 뒤를 돌아보았을 때, 작고 까만 거미 한 마리가 창문 틈새로 사라지는 것을 볼 수 있었다. 바닥에는 노란색 원피스가 놓여 있었다.

20

가짜 주머니칼

루는 매주 금요일 오후가 되면 차를 타고 집으로 갔다가, 일요일 저녁에 학교로 돌아온다. 그렇게 하는 것이 루가 원해서인지, 아니면 루의 아버지가 고집을 부려서인지는 알 수 없었다. 나는 그저 두 주에 한 번 '집'으로 가면 된다. 이번만큼은 그게 나쁘다는 생각이 들지 않았다. 왜냐하면 아직 제프와 그 패거리가 나한테 무슨 짓을 하려는지 알아내지 못했고, 또한 누가 내 학교생활을 염탐하고 있는지도 아직 알 수 없었기 때문이다. 잭슨홀에서 보내는 이틀 동안 숨을 좀 돌릴 수 있을 것이다.

"네가 온다고 해서 특별히 채소를 잔뜩 넣은 라자냐를 만들었단다. 너 그거 좋아하잖아, 안 그래?"

안나 아줌마는 집에 온 나를 반기며 환한 미소를 지었다.

"어…… 그렇죠."

기쁜 척 나도 웃었다. 셀 수 없이 많은 토마토가 종이처럼 생긴 넓은 국수 더미 사이에 낀 채 죽어 가는 끈적끈적한 난장판 속에서 도대체 뭘 좋아해야 하는 걸까? 그 사이에 낀 다른 채소들은 떠올리고 싶지도 않았다.

"널 위한 깜짝 선물이 있단다. 이번 주말에 우리 모두 옐로스톤으로 캠핑을 갈 거야!"

도널드 아저씨가 호기롭게 발표했다.

난 기쁜 척을 하려고 했지만…… 으윽! 이 모든 게 스트레스가 되고 있었다. 랄스턴 가족 중 누구도 내가 옐로스톤의 모든 바위와 풀잎 하나하나까지 샅샅이 꿰고 있다는 사실을 모르고 있었다. 게다가 그 우스꽝스러운 천 조각 아래에서 밤을 지새우고 싶은 생각은 정말 눈곱만큼도 없었다. 내가 퓨마인 걸 알아보는 모든 동물이 배꼽 잡으며 웃을 일이었다.

이 집으로 돌아온 것 자체가 낯설었다. 클리어워터 중고등학교에서 보낸 몇 주 만에, 난 다른 누군가가 된 것 같았다. 조금도 변한 게 없는 내 방 한가운데 서서 배낭을 침대에 던져 놓은 내가 낯선 사람 같았다. 지극히 평범한 소년 제이가 되려고 노력하면 할수록 나는 그 소년이 될 수 없었다. 아무리 인간과 똑같아 보인다고 해도, 나는 카락이다!

그리고 카락은 빙고라는 이름의 성가신 검은 동물이 자신의 바로 앞에 서서 털을 곤두세우고 으르렁거리는 꼴을 즐겁게 지켜볼 생각이 없었다.

인간 이빨을 드러내고 래브라도를 향해 쉭쉭 소리를 내며 위협했다. 빙고는 질겁하더니, 낑낑거리는 구슬픈 소리와 함께 꼬리를 다리 사이에 감추고 쏜살같이 도망쳤다. 나는 싱긋 웃으며 거실로 들어섰다. 도널드 아저씨가 혼란스러운 듯 얼굴을 찌푸리며 물었다.

"이 녀석이 왜 이러지?"

아무도 대답하지 않았다. 물론 빙고도 대답이 없었다. 만약 빙고가 말을 할 수 있었다면, 벌써 옛날에 고자질 대장이 되었을 것이다.

안나 아줌마는 여전히 부엌에서 바쁘게 일하고 있었고, 말론 형은 엄마를 도우라는 말을 들었다. 식탁은 이미 다 준비되어 있었다. 멜로디가 플라스틱 말 하나를 가져와 접시 사이를 질주시키다가, 자기 물잔을 넘어뜨렸다. 내가 그 작은 홍수에서 벗어나려고 했을 때, 무언가가 발밑에서 부서졌다. 이런, 플라스틱 말이 최후의 질주를 마치고 장렬히 전사했다.

"미안."

허리를 굽혀 네 조각으로 부서진 말을 주워서 멜로디에게 건넸다.

"움직이기 전에는 발밑을 잘 살펴봐야 하는 것도 몰라? 이 얼간아!"

멜로디가 빽 소리를 질렀다.

옛날 같았으면 그저 평화롭고 조용한 일상을 위해 한 번 더 사과했을 수도 있다. 하지만 나는 최근 늑대 무리와 회색곰과 싸웠고, 그게 내 생각을 어찌 됐든 조금 바꿔 놓았다.

"네가 물잔을 엎는 바람에 발밑을 잘 살필 수가 없었어."

이 정도면 꽤 친절하게 알려 준 셈 아닌가.

"혹시 그게 어떤 기분인지 알고 싶다면, 얼마든지 내 물잔을 부어 줄 수 있어."

"뭐? 너 일부러……."

멜로디가 말하는 순간, 내 잔에 담긴 물을 멜로디에게 그대로 부어 주었다. 멜로디는 너무 놀라고 당황한 나머지 비명을 지르지도 못하고 그저 공포에 질린 눈으로 가장 아끼는 드레스가 흠뻑 젖는 모습을 지켜보기만 했다. 녹색 소매가 달린 파란 드레스였다. 물에 젖은 머리카락이 멜로디의 이마에 찰싹 달라붙었다. 곱슬머리에서 물 한 방울이 멜로디의 코 위로 떨어졌고, 이어서 한 방울, 한 방울 계속 떨어졌다.

넘칠 듯이 가득 차 있는 말론 형의 물잔을 침착하게 집어 들고 멜로디를 바라보았다.

"앞으로도 계속 나를 얼간이라고 부를 거야?"

멜로디는 말없이 고개를 저으며, 날 귀신 보듯 바라보았다. 그러더니 바닥에 물 자국을 남기며 엄마를 찾아 달려갔다. 마치 말릴라 선생님이 강가에서 허브를 조금 따서 뒤뚱거리며 학교 주방으로 돌아갈 때의 모습 같았다.

"여기서 무슨 일이 있었던 거니?"

안나 아줌마가 딸과 함께 주방에서 나오며 물었다.

"작은 사고가 있었어요."

그저 그렇게만 대답했다. 그걸로 끝이었다.

다음 날 아침, 우리는 검은 지프차에 캠핑 장비를 싣고 옐로스톤 국립 공원으로 향했다. 말론 형과 함께 뒷자리에 앉은 나는 어떻게 하면 주머니칼을 돌려받을 수 있을지 궁리했다.

'그냥 돌려 달라고 말할까? 아니면 몰래 훔쳐?'

날 위해서라면 눈 깜짝할 사이에 그 일을 해 줄 수 있는 홀리가 얼마나 그리웠는지 모른다. 홀리와 브랜든이 함께였다면, 이 여행이 적어도 열 배는 더 재미있을 것이다. 하지만 브랜든이 2인용 텐트에서 자다가 갑자기 변신이라도 하게 되면 어떤 혼란을 불러일으킬지 상상도 할 수 없었다. 그저 어디 한두 군데 부러지고 마는 게 아니라 갈기갈기 찢어져 버릴 수도 있었다. 아니면 이 지프차 안에서 변신한다면…… 쾅!

안나 아줌마와 도널드 아저씨는 온천 지대를 목적지로 정했다. 멀리서도 풍경 위에 구름처럼 걸려 있는 수증기를 볼 수 있었다. 아무것도 자라지 못하는 노란 회색의 화산 진흙 위에 놓인 나무다리 위를 걸어갈 때 유황 냄새가 코를 찔렀다.

"지금 우리 발밑에는 휴식기에 들어간 슈퍼 화산이 잠들어 있단다."

도널드 아저씨가 좀 거만한 말투로 설명했다. 멜로디는 충격을 받은 것처럼 보였다. 아름다운 청록색 연못 가장자리에 도착했을 때, 멜로디는 그 연못에 대해 설명해 놓은 표지판을 읽고서 더더욱 충격을 받았다.

"엄마, 이것 좀 봐! 어린 사슴이 이 연못에 빠지자마자 죽어버렸대. 연못이 산성인 데다 뜨겁게 끓고 있어서. 불쌍한 사슴!"

나는 어깨를 으쓱했다. 야생에서 실수의 대가는 대부분 죽음이다.

"이 근처에 있는 다른 연못 얘긴 못 들어 봤냐?"

말론 형이 키득거리며 말했다.

"관광객이 데려온 개가 그 연못에 뛰어들었는데, 개 주인도 개를 구하려고 뛰어들었대. 그리고 둘 다 산 채로 삶아졌대."

멜로디의 눈이 커다래졌다.

"윽! 아빠, 진짜야?"

"안타깝지만 사실이란다."

"그러니까 제발 조심하렴."

안나 아줌마가 멜로디의 손을 잡으며 당부했다.

"여기서는 어떤 일이든 벌어질 수 있으니까, 알겠지?"

도널드 아저씨는 연못마다 예쁜 하늘색, 노란색, 오렌지색으로 보이는 이유가 이렇게 뜨거운 물속을 자기 집처럼 여기는 박테리아 때문이라고 설명했다. 하지만 난 그것보다 지금 말론 형이 내 주머니칼을 꺼내서 나무 울타리를 조금씩 잘라 내고 있다는 사실이 더 흥미로웠다. 당연히 말론 형은 일부러 그 칼이 나에게 잘 보이도록 했다. 도널드 아저씨와 안나 아줌마와 멜로디는 계속 앞으로 걸어갔지만, 말론 형과 나는 그 자리에 남아 있었다. 침묵 속에서 팽팽한 긴장감이 느껴졌다. 화가 치밀어 올라 뒷목이 찌르르한 느낌이 들어서, 냉정을 되찾기 위해 애써야 했다. 내가 간절히 바랐던 것은 이 자리에서 부분 변신을 하는 것이었다!

"너무 오랫동안 가지고 있는 거 아니야?"

말론 형을 노려보며 말했다.

"내 칼을 돌려줬으면 해, 지금 당장."

처음부터 칼을 넘긴 게 실수였다. 이건 밀링 씨 말이 옳았다. 조그만 승리 하나하나가 모여 말론 형이 더 쉽게 나를 괴롭히도록 했다.

"지금은 곤란한데."

말론 형이 빙글빙글 웃으며 나를 내려다보았다. 말론 형은 나보다 머리 반 개쯤 더 컸다. 하지만 나는 재빨랐다. 말론 형보다 훨씬 더. 말론 형이 미처 알아차리기도 전에 나는 칼을 잡아 부드러운 나무 손잡이를 손가락으로 꽉 감아 쥐었다.

칼날이 아직 펴져 있던 것은 불운이었다. 칼날을 접으려고 잠깐 내려다보았고, 말론 형은 그 순간을 놓치지 않았다. 마치 미식축구 선수처럼 말론 형이 온 힘을 다해 날 들이받았고, 우리는 함께 넘어져 버렸다. 나는 나무다리에 등을 세게 부딪힌 뒤 난간 아래로 미끄러져 들어갔다. 난간 너머 0.5미터 정도 아래에 진흙이 있었다. 뜨겁고 역한 유황 냄새에 숨이 턱턱 막혔고, 펄펄 끓고 있는 물을 생각하니 정신이 아찔해졌다.

재빨리 일어서려고 했지만, 말론 형이 나를 다시 한 번 힘껏 밀쳤다. 그러자 다리 너머로 몸이 반쯤 미끄러지면서, 연못 가장자리의 뜨거운 진흙을 발로 디디고 말았다. 발은 순식간에 진흙 속으로 빠져들었다.

'이런 올빼미 똥!'

난간 기둥에 달라붙어서 배에 힘을 잔뜩 주고 발을 들어 올렸다. 더러운 운동화 안이 불쾌할 정도로 뜨끈하고 미끄럽게 느껴졌다. 누군가가 꺅 비명을 질렀고, 이어서 몇몇 사람들이 우릴 보며 뭐라고 외치는 소리가 들렸다.

말론 형은 내가 온몸에 진흙을 뒤집어쓴 채 다리 위로 다시 올라가려고 애쓰는 모습을 재미있다는 듯 바라보았다.

"한 손으로도 버틸 수 있을까?"

말론 형이 발을 쳐들었다.

'무슨 짓을 하려고? 설마 이 미치광이가 내 손을 발로 차서

기둥에서 떼어 내려는 거야?'

이런 연못에 빠져서 산 채로 삶아진 사람 이야기를 한 게 바로 저 인간이었다!

"날 죽이면 사람들이 널 감방에 처넣을 거야!"

말론 형에게 고함을 질렀다.

"어우, 너무 호들갑 떨지 마. 그저 진흙에 빠지는 건데 뭐."

몇몇 사람들이 우리 쪽으로 뛰어오면서, 나무다리가 삐걱대는 소리가 들렸다. 말론 형이 진심이라면, 그 사람들은 제시간에 도착하지 못할 것이다. 하지만 그저 제자리에서 고소하다는 얼굴로 나를 내려다보는 걸 보면, 말론 형도 내 경고가 마음에 걸린 게 틀림없었다.

다리 위로 간신히 굴러 올라갔을 때, 멀지 않은 곳에 놓여 있는 주머니칼이 보였다. 내 손에서 날아가 나무다리 위로 미끄러진 것 같았다. 본능적으로 칼을 향해 손을 뻗었다.

"꿈도 꾸지 마."

말론 형이 발을 들며 위협했다.

'고맙다, 이 멍청아!'

나는 말론 형의 다리를 잡고, 군더더기 없이 재빠른 동작으로 벌떡 일어났다. 그러고 나서 말론 형의 팔을 잡아 등 쪽으로 휙 꺾었다. 브라이트아이 선생님이 알려 준 동작이었다.

말론 형은 고통으로 허리를 구부렸지만, 다시 발을 휘둘러 내

칼을 펄펄 끓는 하늘색 연못으로 차 넣었다. 앞으로 몇 년 동안은 관광객들이 내 칼을 열심히 들여다볼 게 분명했다. 이상하게도 칼이 물에 닿자 빛을 내며 불꽃이 튀었다.

"당장 멈춰! 너희 둘 다 미쳤니?"

결국 현장에 도착한 도널드 아저씨가 말론 형과 내 팔을 붙잡고 소리쳤다.

'네.'

조용하지만 사악한 목소리가 내 안에서 속삭였다.

그때 이상한 소리가 들려와, 도널드 아저씨와 말론 형과 난 걸음을 멈췄다. 다시 연못을 향해 돌아선 우리는 깜짝 놀랐다. 칼이 연못 바닥에서 원을 그리며 빙글빙글 돌기 시작했기 때문이다. 물이 맑았기 때문에 아주 또렷하게 볼 수 있었다. 그런데 그게 다가 아니었다. 칼의 부품 중 몇 개가 터져 나갔다. 그러더니 물속에서 쾅 하고 먹먹한 폭발음이 났다. 칼이 폭발해 버린 것이다. 끓어오르는 파도가 연못을 가로질러 나무다리 바로 아래에서 철썩였다.

"하나님 맙소사! 저게 도대체 뭐지?"

멜로디의 손을 잡고 달려온 안나 아줌마가 물었다.

"저도 뭔지 알고 싶네요."

난 멍하니 중얼거렸다.

저녁 시간은 전혀 즐겁지 않았다. 꾸중과 질문과 협박, 더러운 옷과 빨아야 하는 신발까지. 다행히도 내가 갑자기 공격했다는 말론 형의 말을 믿는 사람은 아무도 없었다.

어쨌든 우리 둘은 저녁 식사를 받지 못했다. 난 그다지 신경 쓰지 않았다. 물속에서 주머니칼이 폭발하는 장면이 몇 번이나 머릿속에서 재생되었고, 그때마다 등골이 오싹해졌다.

'그건 진짜 어떤 물건이었을까?'

아마도 도청 장치였을 것이다. 그게 사실이라면 밀링 씨는 말론 형과 친구들이 주고받는 축구에 대한 시시껄렁한 대화나 잔뜩 들어야 했을 것이다.

"좋아, 멜로디는 엄마, 아빠와 함께 가족용 텐트에서 자자."

도널드 아저씨의 말은 생각에 잠겨 있던 나를 현실로 끌어내기에 충분했다.

"말론과 제이는 2인용 텐트를 써라."

"말도 안 돼요!"

나도 모르게 외쳤다.

"전 밖에서 잘래요."

랄스턴 가족은 마치 내가 저녁 식사로 살아 있는 토끼를 먹고 싶다고 말한 것처럼 나를 쳐다봤다.

"개미가 온몸을 기어다닐 텐데."

멜로디가 몸서리를 치며 말했다.

도널드 아저씨는 아무 말도 하지 않고 그저 나를 사려 깊은 눈으로 바라보았다. 아주 짧은 순간, 도널드 아저씨가 날 꿰뚫어 보고, 내 진짜 모습을 알아낼까 봐 두려웠다.

모닥불이 꺼졌을 때 멜로디는 이미 잠들어 있었고, 나는 숲 가장자리에 침낭을 깔고 누워 하늘에 반짝이는 별을 올려다보고 있었다.

잔가지가 부러지며, 다가오는 발소리가 들렸다. 내 밤눈은 어둠을 뚫고 다가오는 안나 아줌마를 알아볼 수 있었다.

"어디 불편한 데는 없니?"

안나 아줌마가 옆에 앉더니 내 어깨를 톡톡 두드렸다.

"너 변했어."

"네, 그런 것 같아요."

"새 학교가 정말⋯⋯ 너한테 잘 맞는다고 생각하니?"

날 신경 써 주는 모습에 감동해서 안나 아줌마를 보며 미소 지었다.

"네, 모든 면에서요."

"나한테는 뭐든 말해도 돼, 알지?"

"네."

거짓말을 하려니 마음이 무거웠다. 내 가장 중요한 비밀에 대해서는 절대, 절대로 안나 아줌마에게 말할 수 없었다.

"좋아, 그럼 푹 자렴."

"안녕히 주무세요."

아줌마는 차가운 입술로 내 이마에 입을 맞추고, 부르르 떨면서 팔로 몸을 감쌌다.

"어휴, 여긴 9월에도 너무 춥다. 혹시라도 첫 눈송이가 코 위로 떨어지면 텐트 안으로 들어와야 한다. 알았지?"

물론이다, 털가죽 없이는 견디기 힘든 무척 추운 날씨였다. 하지만 그건 언제든지 바뀔 수 있다. 다른 사람들이 모두 잠들자마자 침낭에서 기어 나왔다. 그리고 솔잎으로 덮인 땅바닥에 몸을 웅크린 채 눈을 감고 퓨마가 되는 느낌을 떠올렸다. 자리에서 일어났을 땐, 이미 넓적한 퓨마의 발로 땅을 딛고 있었다. 나는 아무 소리도 내지 않고 나무 사이를 미끄러지듯 나아갔다. 매디슨 캠핑장에 있던 몇몇 사람이 아직 깨어 있었지만, 아무도 나를 알아차리지 못했다.

캠핑장 주변을 샅샅이 탐색했다. 나무마다 할퀸 자국이나 오줌 표식이 있는지 확인하고, 먹다 남긴 먹잇감의 흔적을 찬찬히 살피고, 계곡을 가로지르는 내내 냄새를 맡았다. 모두 헛일이었다. 내 가족은 이곳에 없었다. 내가 맡을 수 있었던 건 그저 나이 든 암컷 퓨마 한 마리와 흑곰 몇 마리, 그리고 굴 입구를 넓히느라 바쁘게 코를 킁킁거리는 오소리의 냄새뿐이었다.

다음 날 아침, 햇빛이 반짝였다. 나는 랄스턴 가족이 두꺼운 양털 스웨터로 몸을 감싼 채 덜덜 떨며 텐트 밖으로 나오는 것을 지켜보았다. 랄스턴 가족은 불을 피웠다. 멜로디와 나는 나무줄기에서 체조를 하고 있는 다람쥐에게 콘플레이크를 던져 줬다. 다람쥐는 앞발로 콘플레이크를 집어 오도독오도독 씹어 먹었다. 머릿속으로 목소리가 들려오길 기대하며 집중해 봤지만, 이 다람쥐는 우드워커가 아니었다. 그건 즉, 이 다람쥐가 아침 식사로 적합하다는 의미였지만, 달걀프라이와 베이컨도 나쁘진 않았다.

"오늘은 하이킹을 할 거야."

도널드 아저씨가 베이컨을 씹으며 말했다.

"마음의 여유도 생기고, 너희의 공격적인 성향도 좀 가라앉혀 줄 거란다."

"그리고 네 몸에 대해 더 잘 알게 될 거란다, 말론."

안나 아줌마가 덧붙여 말했다.

"너 같은 사춘기 청소년들은……."

말론 형은 자기 몸을 알아 가는 일에 신경 쓸 틈이 없었다. 스마트폰을 두드리며 욕설을 내뱉고 있었기 때문이다.

"망할! 신호가 하나도 안 잡히잖아!"

안나 아줌마가 곧장 말론 형의 스마트폰을 빼앗았다.

"잘됐네! 이건 어차피 이곳에 어울리지 않으니까."

"엄마는 바보야, 뭐야?"

말론 형이 안나 아줌마에게 고함을 질렀고, 그건 말론 형은 하이킹을 갈 수 없다는 뜻이었다. 말론 형은 있는 대로 골을 내며 다시 텐트 안으로 기어 들어갔다.

말론 형이 없으니 분위기는 전반적으로 훨씬 좋아졌고, 우리는 좁은 길을 따라 한 줄로 즐겁게 걸어갔다. 그 길은 숲을 지나 야생화로 가득한 공터를 가로질러 구불구불 이어져 있었다.

멜로디는 나무줄기 위에 붙어 있는 뚱뚱한 매미 몇 마리와 알록달록 물든 단풍잎, 그리고 또 다른 다람쥐를 보며 놀라워했다. 나는 다람쥐가 하는 말에 호기심을 가지고 귀를 기울였다. 우드워커들에게 동물의 언어는 인간으로 치자면 외국어와 비슷했다. 나는 그중 일부를 꽤 잘 알아들었다. 그 다람쥐는 자신의 영역에 있는 경쟁자에 대해 주절주절 불평을 늘어놓았고, 난 킥킥거릴 수밖에 없었다. 그러자 다람쥐는 나를 '냄새나는 인간'이라고 불렀고, 나는 다람쥐에게 솔방울을 던졌다.

"무슨 짓이야? 미쳤어?"

멜로디가 소리를 빽 질렀다.

"별로 착한 녀석이 아니었어."

멜로디에게 설명해 줬더니, 멜로디는 나를 완전히 미친놈 보듯 쳐다보았다. 그 후로 나는 온전히 하이킹에 집중했다. 우리는 몇 년 전에 큰불이 났던 곳에 도착했다. 구불구불하게 뻗어 있는 죽은 소나무 줄기와 가지들이 덤불 위로 앙상하게 솟아 있었다. 그중 하나에는 갈색과 흰색이 섞인 뚱뚱한 혹처럼 생긴 흰머리수리 한 마리가 앉아 있었다.

"저것 좀 봐."

그걸 가리키며 멜로디에게 말했다.

"어? 우아!"

멜로디는 숨이 막힐 정도로 놀랐다.

"넌 시력이 정말 좋구나, 제이."

안나 아줌마가 말했다.

"난 절대로 발견하지 못했을 거야."

'설마 교장 선생님이 나무 꼭대기에서 날 지켜보고 있나?'

그럴 리 없었다. 바로 그때, 흰머리수리가 날개를 활짝 펼치고 아래쪽 풀밭에서 무언가를 하느라 바쁜 동료들에게로 섞여 들어갔다. 가까이 다가가서 보니 죽은 노새사슴이 있었다. 그리고 그건 그다지 신선해 보이지 않았다. 클리어워터 교장 선생님은 분명 그런 간식이 필요하지 않을 것이다.

"독수리들은 종종 다른 포식자가 남긴 것들을 먹어."

멜로디에게 설명하자, 멜로디는 나를 존경하는 눈빛으로 바라보았다. 그건 꽤 신선한 경험이었다.

"오빠는 동물에 대해 정말 많이 알고 있네."

멜로디가 말했다.

그다음으로 발견한 것이 들뜬 마음을 가라앉혔다.

개천 옆 진흙에 찍혀 있는 흑곰 두 마리의 발자국이었다. 기껏해야 찍힌 지 몇 분 안 돼 보였고, 내가 보고 있는 동안에도 천천히 물이 차오르고 있었다. 어린 새끼 곰을 데리고 있는 어미 곰의 발자국이었다.

'이건 좋은 소식이 아닌데.'

혹시라도 이 어미 곰이 우리가 자기 새끼를 해치려 한다고 여기면, 문제가 생길 게 분명했다.

심장이 세차게 뛰었다. 인간의 모습으로는 곰에게 맞설 수가 없었다. 우리 중 어느 누구도 곰 퇴치 스프레이 같은 건 가지고 있지 않았다. 내가 본 것을 다른 사람들에게 말해야 할지 고민됐다. 그러다 만약 공황 상태에 빠져 버린다면? 만약 멜로디가 도망가려다가 도리어 곰의 관심을 끈다면? 매년 이맘때면 겨울잠을 자기 위해 지방을 쌓으려는 곰들에게는 엄청나게 많은 먹이가 필요했다.

내가 가장 뒤에서 걷고 있었기 때문에, 아무도 나를 보고 있지 않았다. 코를 쳐들고 냄새를 맡아 보았다.

'이런!'

곰들은 우리보다 고작 45미터 정도 앞에 있었고, 우리가 지나가는 길에서도 가까웠다.

'이제 어떻게 하지?'

"슬슬 돌아가는 게 어떨까요?"

일부러 피곤한 척하며 넌지시 말을 꺼냈다.

"겨우 한 시간밖에 안 걸었는데?"

안나 아줌마가 놀란 표정으로 나를 바라보며 말했다.

"제이, 혹시 어디가 안 좋니?"

"신발 때문에 발 아파 죽겠어."

멜로디가 불평했다.

이렇게 운이 좋을 수가! 내 수양 동생은 쓰러진 나무줄기에 걸터앉았고, 안나 아줌마는 멜로디의 발을 살폈다. 그러는 동안 도널드 아저씨는 무슨 약초 같은 풀을 손가락으로 으깨서 물집이 잡힌 멜로디의 피부 위에 올렸다. 약초가 지닌 치유의 힘을 믿는 것 같았다.

"몸 좀 풀어야겠어요."

중얼거리며 슬그머니 자리를 떴다. 그리고 크게 원을 그리며 곰에게 접근했다. 굳이 소리를 숨기려 애쓰지 않았다. 하지만 곰들은 도망치지 않았다.

'감이 좋지 않은데!'

하지만 퓨마의 모습이라면 다칠 걱정 없이 그 곰들을 몰아낼 수 있었다. 이빨 사이로 위협하는 소리 좀 들려주고, 콧잔등을 잘 겨냥해서 한 방 먹여 주기만 하면 내 수양 가족을 지키기에 충분할 것이다. 가장 좋은 방법은 빠르게 변신하는 것이다. 랄스턴 가족은 나무와 덤불에 가려져 보이지 않았다.

하지만 너무 긴장했던 탓일까, 내가 할 수 있는 거라고는 팔에 밝은 갈색 털 몇 가닥을 나게 한 것뿐이었다. 그리고 이제 곰들이 나를 발견했다. 인간의 모습을 한 나는 분명히 곰들에게 문제를 일으키려는 존재였다. 좀 더 열심히 집중하자, 머리 위로 털북숭이 귀가 생겨났다. 이빨은 몇 센티미터쯤 자라다가 멈췄다.

'이건 웃기지도 않잖아!'

이런 꼴로는 노새도 겁줄 수 없었다.

이제 나는 왜 곰들이 움직이지 않는지 알게 되었다. 곰들은 붉은색 열매가 달린 덤불을 발견하고 게걸스레 배를 채우던 중이었다. 어미 곰은 때때로 고개를 들어 나를 의심스럽게 바라보았다. 어미 곰의 적대적인 으르렁거림을 이해하기 위해 곰의 언어를 알 필요는 없었다.

'당장 꺼져, 이 침입자야! 안 그러면 각오하는 게 좋을걸!'

하지만 잠시 후 어미 곰의 표정은 바보처럼 변했다. 새끼 곰은 이제 배가 불렀고, 호기심에 눈을 반짝이며 나를 향해 뛰어왔다. 그러자 어미 곰은 잘 차려진 열매 만찬을 팽개치고, 도망간 자식을 화를 내며 쫓아왔다. 나를 향해 똑바로.

'와, 정말 끝내주네!'

두 마리의 곰이 거의 내 코앞까지 다가왔다.

'지금, 지금이야, 제발!'

기도하는 심정으로, 곰들을 향해 달려드는 퓨마의 모습을 떠올렸다. 50킬로그램이나 되는 내 강철 같은 근육도! 달랑 손가락 하나에서 발톱이 뾰족 솟아났다. 하하, 정말 고마워 죽겠네!

"제이! 어디 있니?"

안나 아줌마의 목소리였다.

'제발, 이건 너무하잖아.'

이건 악몽이 틀림없었다.

"금방 가요!"

괴로움이 가득한 목소리로 외쳤다.

마침내, 내가 제대로 된 행동을 한 것 같았다. 새끼 곰은 인간의 목소리를 듣자마자 멈춰 섰다. 내가 두려운 존재일지도 모른다고 생각한 것 같았다. 어린 곰은 서둘러 엄마 곁으로 도망쳤고, 어미 곰은 새끼의 투실투실한 엉덩이를 이빨로 살짝 깨물었다. 새끼 곰은 깍깍거리며 좀 더 빠르게 뛰어갔다.

잠시 후, 곰 두 마리는 사라졌다.

"무슨 일이야? 변비라도 걸린 거야?"

멜로디가 무사히 돌아온 나를 반겨 주었다.

"알 거 없어."

난 유쾌하게 웃으며 대답했다.

그러고 나서 우리는 다시 걷기 시작했다.

21

강하고 야성적인 것

영원처럼 길게 느껴졌던 주말을 보내고 마침내 학교로 돌아왔다. 홀리와 브랜든과 도리안에게 어서 그 이상한 주머니칼에 대해 말해 주고 싶었다.

"뭐가 어쨌다고?"

홀리가 믿을 수 없다는 듯 물었다.

"그 앤드루 밀링이란 사람, 완전히 미친놈이잖아!"

"정말 그런 것 같네."

브랜든이 옥수수 알갱이를 씹으며 걱정스러운 표정을 지어 보였다.

"그리고 넌 정말로 그 사람이 뭔가를 계획하고 있다고 생각하는 거고?"

"어쩌면."

친구들을 곤경에 빠뜨리고 싶지 않았기 때문에 일부러 두루

뭉술하게 말했다. 필요 이상의 말은 하지 않는 편이 나았다. 게다가 사실 나도 아는 게 별로 없었다.

"또 다른 나쁜 소식은, 늑대들이 나한테 복수를 하려 한다는 거야……."

우리의 거미 학우가 알려 준 사실을 친구들에게 말해 주었다.

"지금부터 우리가 널 지킬게."

홀리가 허리에 손을 척 올리고 말했다.

"그 더러운 놈들이 너를 해치지 못하게 할 거야!"

내가 할 수 있는 대답은 그저 힘없이 미소를 짓는 것뿐이었다. 퓨마가 다람쥐에게 보호받는다는 것은 누가 봐도 딱히 좋은 상황은 아니었다.

월요일 아침 식사 시간에 루를 다시 보자, 온몸에 불이 붙은 것 같았다. 내 얼굴은 아마 랄스턴 가족의 집에 있는 크리스마스 전구처럼 환하게 밝아졌을 것이다. 하지만 슬프게도 루는 별 반응이 없었다. 그저 무심하게 미소를 지었을 뿐이었다.

루의 마음을 얻으려면 어떻게 해야 하는 거지?

아주 가느다란 실마리조차 잡을 수 없었다.

루의 아버지가 가르치는 수업에서 F학점을 받는 것은 물론 좋은 방법이 아니었다. 손을 부분 변신해야 했을 때, 나 혼자만 복슬복슬한 귀가 튀어나왔다.

'중간고사 전에 엄청난 진전이 있지 않는 한, 다른 학생들과 함께 진급하지 못할 거다.'

엘우드 선생님이 경고했다. 오늘 선생님은 수사슴의 모습으로 우리를 가르쳤다. 아마 우리더러 자신의 10점짜리 뿔에 감탄하라는 의도인 것 같았다. 아니면 말이 너무 많은 학생을 골라 푹 찌르려는 목적이었을 수도 있고.

나는 두려움에 사로잡힌 채 선생님을 바라보았다.

'중간고사라고? 그게 언제지?'

다시 변신했을 때, 내 털은 뻣뻣하게 곤두서 있었다.

'크리스마스 바로 전이야.'

홀리가 속삭였다.

'정말 비열하지 않아?'

엘우드 선생님의 장엄한 머리가 홀리를 향해 빙글 돌아갔다.

'정확하군, 루이스 양. 아주 비열하지. 하지만 안타깝게도 피할 수는 없어. 너는 이제 머리가 텅 비었든 말든 아무도 신경 써 주지 않는 고아원에 있는 게 아니니까.'

선생님이 다시 고개를 돌리자 홀리는 춤을 추며 선생님을 향해 얼굴을 찌푸렸다. 참지 못하고 큭큭거리는 소리와 키득거는 소리가 학생들을 휩쓸고 지나갔다. 하지만 그건 그리 오래가지 못했다.

'변신 이론에 대해 너희가 얼마나 확실히 익혔는지 알아보기

위해, 오늘 쪽지 시험을 치르겠다.'

엘우드 선생님은 노골적으로 즐기는 듯 말을 하고는 잠시 자리를 떠났다가 인간의 모습으로 손에 종이 뭉치를 들고 돌아왔다. 선생님은 우리를 교실로 데려갔다.

"가끔이라도 교과서를 들여다봤다면, 하나도 어렵지 않을 거다. 그러니까 글을 쓸 수 있도록 다시 변신해라."

'시험이라니!'

주머니쥐 쿠키가 공포에 질려 꺅 비명을 질렀다. 의자에서 굴러떨어진 쿠키는 네 다리를 공중으로 뻗은 채 눈을 부릅뜨고 그 자리에 누워 있었다.

나는 섬뜩한 기분으로 쿠키의 냄새를 맡았다.

'쿠키가 죽어 가는 것 같아! 말릴라 선생님을 불러 와야 해!'

"아니야."

내 옆자리에 앉은 리로이가 이미 변신을 마치고 옷을 입으면서 말했다.

"그냥 죽은 척하는 거야. 주머니쥐는 깜짝 놀라면 종종 그러거든."

"아!"

혹시라도 예전에 다니던 일반 학교 친구들이 내가 지금 부끄럼 많은 들소와 도벽이 있는 다람쥐, 그리고 시험 공포증이 있는 주머니쥐와 함께 공부하고 있다는 걸 알게 된다면, 뭐라고 할까? 나는 연필을 잘근잘근 씹으며 문제를 읽었다.

우드워커들은 태어날 때부터 변신할 수 있나요?

'좋은 질문이네.'

나는 그렇다고 표시했다.

동료인 우드워커가 동물의 모습일 때 플래시를 터뜨려 사진을 찍어도 되나요?

이건 'X'가 나을 것 같았다.

무엇 때문에 변신 중에 간지러운 걸까요?

모르겠다.

그럴 때는 어떤 것이 도움이 될까요?

'어우, 제발! 내가 이런 걸 어떻게 알아?'

늑대들에게는 이 문제들이 낯설지 않아 보였다. 넷 다 미친 듯이 각자의 시험지에 무언가를 갈겨쓰고 있었다.

'이런 올빼미 똥!'

제프와 그 패거리는 행동이 추잡할지는 몰라도 멍청하지는 않다. 따라서 늑대들의 복수가 더 위험했다.

'늑대들이 무슨 꿍꿍이인지 하루빨리 알아내야 하는데.'

눈을 가늘게 뜨고 리로이의 책상을 건너다보았다. 리로이는 답으로 'C. 향나무 추출물'을 선택했다. 얼른 리로이를 따라 답을 적었다. 리로이는 평소 성적이 꽤 좋기 때문에 분명히 뭔가를 알고 답을…….

"아오!"

뒤통수를 한 대 얻어맞고 난 비명을 질렀다.

"카락, 너도 알겠지만 남의 답을 베껴 쓰는 행동은 이 학교에서 권장하지 않아."

엘우드 선생님이 말했다. 선생님은 한 손에 연습장을 말아 쥔 채 교실 앞쪽으로 어슬렁어슬렁 걸어갔다.

나는 이를 악물었다. 선생님은 사슴인 자신이 퓨마를 때릴 수 있다는 사실에서 쾌감을 느끼는 게 분명했다. 하지만 클리어워터 중고등학교에서 학생을 체벌하는 일 역시 허용되지 않을 게 분명했다.

'이 부당한 체벌을 교장 선생님에게 알려야 할까?'

엘우드 선생님에게 더 큰 미움을 사지 않으려면 그러지 않는 편이 나을 것 같았다.

수업을 마친 뒤 브랜든과 홀리와 도리안과 나는 나무집에서 만났지만, 이번엔 나무 위로 올라가지 않고 밑에 모였다.

'솔직히, 지금까지 공부는 전혀 안 하고 그저 느긋하게 보낸 게 사실이야.'

도리안이 우울하게 앞발을 핥으면서 고백했다.

'이제 며칠 동안은 눈에 불을 켜고 공부해야 할 것 같아. 지금껏 시험이라고는 생각해 본 적도 없는데. 너희는 어때?'

'나는 변신만큼은 절대 완벽히 해낼 수 없을 거야.'

내 말은 한심하게 들렸겠지만, 그런 것까지 신경 쓸 겨를이 없었다.

'나 혼자 낙제한다면, 정말 미치도록 끔찍할 거야.'

'나는 내 엉터리 작문을 다시 고쳐 써야 해!'

홀리는 가까이 있는 적당한 나뭇가지에서 공중제비를 몇 바퀴 돌았다.

'음, 맞아. 그러는 게 좋을 거야.'

홀리의 엉망진창 맞춤법을 떠올리자 몸이 떨렸다.

'난 전투 수업이 제일 무서워.'

브랜든의 말에 도리안이 우아하게 귀를 쫑긋 세웠다.

'왜? 넌 말도 안 되게 강하잖아!'

브랜든의 눈은 두려움으로 가득 찼고, 홀리와 나는 한숨을 내쉬었다.

우린 그 후로 며칠 동안 수업을 마치고 따로 공부하는 시간을 가졌다. 그건 쉽지 않은 일이었다. 홀리는 연습장과 연필만 보면 머리를 쥐어뜯으며 신음을 흘렸다. 홀리와 내 교과서인 《초보자를 위한 변신》에는 압박감을 느끼는 상황에서도 변신을 쉽게 하는 방법에 대해 수천 가지의 그럴듯한 요령이 실려 있었다. 하지만 어떤 이유에서인지, 그중 어느 것도 내게는 효과가 없었다. 공부에 진전이 있어 보이는 것은 도리안뿐이었다. 하지만 도리안은 전과 똑같이 달콤한 낮잠 시간과 느긋하게 커피를 즐길 여유를 고집했다.

어느 날, 길고 긴 오후 시간 내내 집중해서 공부한 우리는 기진맥진한 채로 침대로 기어들었다. 하지만 잠은 오지 않았다. 하루 종일 궂은 날씨에 시달리다가 간신히 비가 그쳤다. 난 창문을 통해 조용히 미끄러지듯 밖으로 빠져나갔다. 예전처럼 밀링 씨에 대한 생각을 떨쳐 버릴 수가 없었고, 나로서는 감당하기 힘든 벅찬 일에 점점 말려 들어가는 느낌을 받았다. 그리고 중간고사를 생각할 때마다 속이 메슥거렸다.

습관적으로 나무집으로 향했다. 다른 친구들은 아무도 없을 테지만 말이다. 도리안은 다른 모든 고양이들처럼 포근함을 좋아했다. 그러니 이런 춥고 습한 밤이면 안락한 침대에 파묻혀 있을 게 틀림없었다. 홀리는 잠이 잔뜩 밀려 있었고, 내가 아는 한 브랜든은 밖에서는 절대 잠을 자지 않았다.

나무집으로 올라가려고 나무껍질에 막 발톱을 박아 넣는 순간, 다른 포식자의 냄새를 맡았다. 동시에 앞쪽에 비스듬히 서 있는 그림자를 발견했다. 늑대였다!

'제프인가? 나한테 뭘 원하는 거지? 이게 후아니타가 경고했던 복수 계획의 일부인가?'

날카롭게 쉭쉭거리며 적을 향해 고개를 돌렸다. 적은 고작 나무 반 개 길이 정도 떨어진 곳에서 나를 지켜보고 있었다.

순간 내가 잘못 봤다는 걸 깨달았다. 그건 제프가 아니었다. 그리고 다른 학생도 아니었다. 다시 보니, 늑대도 아니었다. 내 앞에 있는 변신족은 그보다 작았고, 귀와 주둥이가 늑대보다 더 뾰족했다.

코요테였다.

'브리저 선생님?'

조심스럽게 물었다. 브리저 선생님의 두 번째 모습은 지금껏 본 적이 없었다.

'힘든 주말을 보낸 것 같은데?'

선생님의 뾰족한 얼굴에 즐거운 미소가 걸려 있는 것 같았다.

'꼭 전투를 치르고 온 것처럼 보이는구나.'

'네, 그랬어요.'

한숨을 내쉬며 대답했다.

브리저 선생님은 몸을 돌려 강 쪽으로 가볍게 달려갔다. 선생님이 반길지 모르겠지만, 나도 본능적으로 뒤따라갔다. 어쩌면 선생님도 혼자 있고 싶어서 이곳으로 나왔을지도 모른다.

'이야기 하나 들어 볼래?'

선생님이 불쑥 물었다.

'무슨 이야기요?'

'내가 왜 이 학교에서 선생님을 하게 됐는지, 그 이유에 관한 이야기야. 예전에 나는 꽤 괜찮은 직업을 가지고 있었거든. 시스템

엔지니어였어. 노바 5000 시리즈 서버를 보유한 회사에 다녔고.'

코요테와 함께 덤불숲을 헤치며 컴퓨터 이야기를 한다는 것은 꽤나 신기한 경험이었다. 하지만 이게 바로 브리저 선생님의 평소 모습이었고, 두 세계를 자연스럽게 넘나드는 방식이었다. 나는 이게 그저 평범한 이야기가 아니라, 수업 시간에는 절대로 하지 않을 이야기임을 알아차렸다.

'네, 듣고 싶어요.'

내 대답과 함께 선생님의 이야기가 시작되었다.

'아주 오래전에 나는 결혼을 했어. 나바호 인디언하고. 아내는 변신족이 아닌 보통 인간이었지만, 나는 아내에게 내가 어떤 존재인지 말할 수 있었어. 아내는 이미 그런 존재가 있다는 것을 알고 있었기 때문에 그리 충격을 받지는 않았지. 우리에게는 아들이 생겼고, 이름은 요셉이었어.'

'아들은 지금 몇 살인가요?'

나는 조용히 물었다.

'열일곱.'

선생님은 생각에 잠긴 채로 깊은 한숨을 쉬었다.

'하지만 나는 지금 요셉이 어디에 사는지도 몰라. 어떻게 됐는지도 모르고. 요셉은 나처럼 우드워커였는데, 두 세계를 넘나들며 살아가는 것을 견디지 못했어. 언젠가는 자기가 누군지 모르겠다고 하더군. 꽤 어린 나이에 약물에 손을 대기 시작했어. 하루

하루가 재앙 같았고, 너무나도 끔찍했지. 그러던 어느 날 요셉은 완전히 사라져 버렸어. 우리는 결혼 생활을 더 이상 유지할 수 없었지.'

오, 이런. 또 하나의 슬픈 결말이라니!

생각해 보면, 우드워커들에게는 항상 비극적인 운명이 기다리고 있는 것 같다. 우리 중 누구도 편안한 삶을 살기 힘들다. 하지만 브리저 선생님은 밀링 씨와는 사뭇 다르게, 분노하지도 않고 차분한 목소리로 자신의 이야기를 들려주고 있었다.

'그 이후로 내 삶은 거의 끝장난 거나 다름없었어. 상상이 가겠지만, 나는 모든 걸 포기한 채 대부분의 시간을 코요테의 모습으로 마을 외곽을 헤매며 지냈어. 쓰레기통을 뒤지고, 웅덩이에 고인 물을 마셨지. 그냥 되는 대로 살았어.'

동정심. 거부감. 호기심. 내가 느끼는 감정이 뭔지 알 수 없었다. 그래서 이렇게 말했다.

'하지만 무언가가 선생님을 거기서 빠져나오게 했군요.'

'그래.'

브리저 선생님은 다시 미소를 지었다.

'소형 트럭.'

내가 제대로 들은 건가 싶었다.

'소형…… 트럭이라고요?'

'그래, 맞아. 나는 길을 건너다가 차에 치일 뻔했어. 운전사는

실제로 속도를 높여서 나를 차로 치려고 했지. 그 일을 겪은 후에 생각했어. 이봐, 아직도 살아갈 날들이 남아 있어. 이제 그 남은 날들을 위해 뭐라도 해 봐야지.'

브리저 선생님은 코요테의 모습을 한 채로 숨을 깊이 들이쉬었다.

'그 일이 있고 몇 주 후에 누군가가 이 학교에 대해 알려 주더라고. 그래서 일하겠다고 지원했지. 리사 클리어워터가 왜 나를 선생으로 뽑았는지는 모르겠어. 나는 평생 누군가를 가르쳐 본 적이 없었거든.'

'하지만 그 일을 정말 잘하시는 것 같아요.'

환심을 사려는 말처럼 들릴까 봐 머뭇거리며 말했다.

선생님이 갑자기 고개를 돌려 나를 바라보았다. 뾰족한 주둥이에 걸려 있던 미소는 싹 사라지고, 이젠 심각하고 진지해 보였다.

'우드워커로 잘 적응하는 건 쉬운 일이 아니야. 하지만 반드시 노력해야 해! 너처럼 덩치 큰 포식자는 두 번째 기회를 얻지 못할 수도 있어.'

'그게 무슨 말이에요?'

걱정과 반항심이 뒤섞인 말투로 물었다.

'저는 벌써 몇 년 동안이나 적응하려고 노력해 왔어요.'

'너는 반드시 자유자재로 변신할 수 있어야 해, 카락. 그렇지

않으면 이 험한 세상에서 결코 노년을 맞이할 수 없을 거야.'

'네, 알아요.'

창피한 마음에 나무줄기를 벅벅 긁기 시작했다.

'그렇지만 엘우드 선생님은…….'

'나도 알아, 이시도어와 잘 지내기란 쉽지 않지, 안 그러니?'

코요테가 몸을 돌려 학교로 돌아가기 시작했다.

'너만 괜찮다면, 내가 도와주마.'

믿을 수 없을 정도의 안도감이 온몸을 훑고 지나갔다.

'네! 좋아요!'

'하지만 이건 우리끼리 비밀로 해야 해, 알지? 이시도어의 기분을 상하게 하고 싶진 않으니까.'

브리저 선생님이 말했고, 우린 학교로 돌아왔다.

'어서 방으로 돌아가 눈을 붙이렴. 내일 아침 식사 시간 30분 전에 보자.'

내 두 번째 후원자는 소리 없이 어둠 속으로 사라졌다.

다음 날 아침, 곤히 자고 있던 나와 브랜든은 알람 소리에 깜짝 놀라 잠에서 깼다.

"알람을 너무 일찍 맞춰 놨잖아!"

브랜든이 눈을 비비며 불평했다.

"아니, 일어나야 할 시간이야."

혹시라도 브랜든이 나 때문에 잠이 부족하다고 불평하면, 브랜든의 옥수수 알갱이들을 몽땅 다 화장실 변기에 부어 버릴 작정이었다. 지금 브랜든은 다섯 번째 침대에 누워 있었는데, 이건 철봉을 덧댄 특대형이었다.

난 흥분에 휩싸인 채 지극히 평범한 침대 위에 걸터앉아, 어젯밤에 바닥으로 던져 놓았던 스웨터를 발가락으로 끌어당겼다. 그러고 나서 옷장을 뒤져 상쾌한 냄새가 나는 양말을 찾았다. 그런 건 없었다.

'이런, 올빼미 똥!'

하지만 어쨌든 변신하기 전에 벗을 거니까 상관없었다.

"이따 보자!"

브랜든에게 소리치며 방을 나섰다. 브랜든은 놀란 표정을 지을 시간조차 없었다.

브리저 선생님은 낡은 검은색 카우보이모자를 이마를 덮을 정도로 푹 눌러쓴 채 강가에서 인간의 모습으로 기다리고 있었다. 선생님은 나를 보자마자 모자를 다시 고쳐 썼다.

"시간 맞춰 왔구나, 잘했다."

선생님이 말했다.

"우드워커들이 이 근처를 돌아다니지 않는 시간은 딱 지금뿐이야. 이 시간엔 다들 아침 먹을 생각만 하거든."

내 배에서도 꼬르륵 소리가 났다.

"그래, 너도 배고프다는 건 알아."

브리저 선생님이 싱긋 웃었다.

"좋아, 이제 시작해 보자."

"바로 변신해야 하나요?"

"그럴 필요 없어. 한동안은 변신하지 않을 거야. 저쪽에 가지가 굵은 나무 보이지? 그쪽으로 가자."

잠시 후 나는 나뭇가지 위에 머리를 늘어뜨리고 걸려 있었다. 아침을 먹지 않은 게 새삼 다행스러웠다.

"우선 몇 가지 이완 운동으로 시작할 거야. 마음먹은 대로 긴장을 풀지 못하면, 네가 원할 때 변신할 수 없으니까."

선생님은 다른 가지 위에 앉아서, 두 손을 머리 뒤에 깍지 낀 채로 나무줄기에 몸을 기대고 있었다.

"낡은 수건이 되었다고 생각해 봐. 온몸에 힘을 빼고."

팔다리를 늘어뜨리고 그저 흔들거리게 내버려뒀다. 수건에는 팔다리가 달려 있지 않지만, 그게 무슨 상관이람.

"이렇게 하면 되나요?"

끙끙거리며 물어보았다.

"아니, 지금은 딱 반쯤 죽은 퓨마처럼 보여. 팔랑거리는 수건이 돼야 한다니까? 네 몸은 아직도 너무 긴장하고 있어."

이날 나는 누구보다 늦게 아침을 먹으러 갔다. 다행히 먼저 자리를 떠난 도리안을 빼고 다른 친구들은 나를 기다려 주었다.

"지금까지 뭘 하다 온 거야?"

신음 소리를 내면서 의자에 털썩 주저앉자 브랜든이 물었다.

"아, 그냥 운동 비슷한 거."

브리저 선생님에게 받는 훈련에 대해서는 누구에게도 말하지 않기로 약속했다. 어쨌든 아침 먹기 전에 나뭇가지에 매달려 있다 왔다고 하면 좀 이상하게 들릴 테니까.

다행히 홀리가 갑자기 좋은 생각을 떠올렸기 때문에 다른 친구들은 질문할 틈이 없었다. 그건 쉽게 알아볼 수 있었다. 홀리의 눈이 반짝거리고, 관리가 안 된 적갈색 머리카락이 평소보다 더 헝클어진 것처럼 보였으니까.

"좋아, 다들 잘 들어. 브랜든은 강하고 야성적인 것이 얼마나 멋진지 배워야 해. 다들 동의하지?"

우리는 말없이 고개를 끄덕였다.

"그렇다면 우리가 가르쳐 주면 어떨까?"

"어떻게?"

브랜든이 팔꿈치에 몸을 기댄 채, 연습장 위에 반쯤 누워서 물었다. 브랜든은 전혀 강하거나 야성적으로 보이지 않았다.

"지금은 비밀이야."

홀리는 기분이 좋아져서 콧노래를 흥얼거렸다.

"오늘 밤에 한번 해 보자. 다들 괜찮지?"

"문제없어."

브랜든이 옥수수 알갱이를 우적우적 씹으며 대답했다.

"그러자."

나도 대답했다. 홀리가 무슨 계획을 세웠는진 모르지만, 그건 분명 재미있을 것이다! 그리고 지금은 공부와 훈련을 비롯한 모든 걱정에서 벗어날 수 있도록 약간의 기분 전환이 필요했다. 어제 밀링 씨에게 메일을 써서 우리가 인간들에게 무엇을 할 수 있는지 천연덕스럽게 물었지만, 아직 답장은 받지 못했다. 주머니칼에 대해서는 말하지 않았다. 밀링 씨의 계획에 대한 어떤 단서가 담긴 답장을 받고 싶은 건지, 아니면 아무런 대답이 없기를 바라는지, 나조차도 내 마음을 알 수 없었다.

"우리 도리안도 부를까?"

내 질문에 홀리는 잠시 생각하더니 고개를 저었다.

"아는 사람이 적을수록 좋아."

22

대형 사고

그날 밤 브랜든과 나는 옷을 입은 채로 이불을 덮고 누워, 어둠 속에서 이런저런 이야기를 나누며 홀리가 데리러 오기만을 기다렸다. 홀리도 같은 방을 쓰는 까마귀 소녀 윙이 잠들기를 기다려야 했다.

"우리 부모님이 방금 편지를 보냈는데, 여기서는 피아노 레슨이랑 테니스를 계속할 수 없어서 실망하신 것 같아."

브랜든이 말했다.

"너 테니스를 쳤어?"

이건 좀 흥미로웠다. 브랜든이 테니스 치는 모습은 도저히 상상할 수 없었기 때문이다.

브랜든이 깊은 한숨을 내쉬었다.

"난 재능이 전혀 없었지만, 부모님이 테니스 클럽 회원이셨어. 그래서 나도 억지로 가야 했고. 이런 게 이해가 돼?"

"아니, 별로……."

그건 마치 쥐에게 역도를 시키거나, 개한테 낙하산을 메고 뛰어내리라고 강요하는 것과 비슷한 말로 들렸다.

문틈이 살짝 벌어졌을 때, 우리는 끔찍한 부모 밑에서 자라는 것과 도리안이나 홀리처럼 고아원에서 자라는 것 중 어느 쪽이 더 나은지에 대해 열심히 토론하고 있었다.

"자, 얘들아! 준비는 다 된 거야?"

홀리가 속삭였다.

"방해꾼들은 모두 잠들었어. 이제 가자!"

우리는 최대한 조용히 침대에서 나와 창문을 통해 미끄러져 나간 뒤, 땅으로 내려갔다. 혹시나 하는 마음에 주위를 두리번거리며 냄새를 맡아 봤지만 아무도 없었다. 말릴라 선생님이 강물 속에서 첨벙거리는 소리가 들려왔지만, 충분히 멀리 떨어져 있는 데다가 말릴라 선생님은 우리가 음식을 먹고 배탈이 나거나 뼈가 부러지지 않는 한, 학생들이 무슨 일을 하든 관심 없었다.

우리는 숲 가장자리에서 변신했고, 옷은 홀리가 소중한 솔방울을 보관하는 땅속 구멍에 숨겼다.

'딱 한 번만이야!'

홀리가 앙증맞은 발로 신성한 구멍에 내 청바지를 넣는 걸 도와주며 씩씩거렸다.

'여길 쓰게 해 주는 건 이번 한 번만이라고!'

'그래, 그래, 정말 친절하네.'

눈알을 굴려 보려고 했지만 퓨마의 모습으로는 쉽지 않았다.

'만약 우리가 겨울에 쫄쫄 굶게 된다면, 너 혼자 건강하고 포동포동한 모습을 유지할 수 있겠네. 그래도 이해해.'

'아니, 너한테도 좀 나눠 줄게.'

홀리가 킥킥거리며 말했고, 난 홀리를 향해 장난스럽게 발을 휘둘렀다. 물론 발톱은 감추고.

'자, 나를 따라와! 그럼 뭘 해야 하는지 알려 줄게.'

홀리는 앞으로 깡충깡충 뛰어가 쓰러져 있는 나무줄기를 밟고 나뭇가지 사이에서 공중제비를 돌았다. 안타깝게도 우리는 그 자리에서 움직일 수 없었다.

'저기 미안한데, 나 여기 갇힌 것 같은데.'

브랜든이 자신을 휘감고 있는 블랙베리 덩굴을 헛되이 잡아당기며 끙끙댔다.

'아, 문제없어.'

홀리가 쾌활하게 말했다.

'몸을 앞으로 내밀면 풀려날 수 있어. 솔직히 방귀 뀌는 것보다 쉬워!'

브랜든은 홀리의 말대로 했고, 정말로 효과가 있었다. 하지만 남겨진 덩굴에는 스웨터를 짜도 될 만큼 수북한 들소 털이 걸려 있었다.

'내가 해냈어!'

브랜든이 자랑스럽게 말했다. 난 이것 역시 브랜든 훈련 프로그램의 일부라는 걸 알게 되었다.

학교에서 꽤 멀리 떨어졌을 때, 홀리는 공터 가장자리에 쓰러져 있는 거대한 전나무 그루터기 위로 쏜살같이 달려 올라갔다. 공기 중에 축축하게 젖은 오래된 나무 냄새가 났다.

'짜잔! 이거 정말 멋지지? 엄청 크고 썩어 있어. 브랜든 어린이, 이걸로 장작을 만들어 보세요!'

'갑자기?'

브랜든이 물었다.

'그래, 해 봐. 자, 브랜든! 힘내!'

내 격려를 받은 브랜든이 무겁고 털이 수북한 머리를 낮추고, 조금 머뭇거리며 그루터기를 향해 달려갔다. 뿔이 그루터기를 살짝 파고들자 여기저기에서 나무 조각 몇 개가 떨어졌다.

'그건 너무 약해. 진짜로 힘 좀 써 봐. 여기선 누굴 다치게 할 걱정 따윈 안 해도 된다고!'

이번에는 브랜든이 발굽으로 땅을 쿵쿵 울리며 전속력으로 질주했다. 온 힘을 다해 전나무 그루터기에 부딪치자 어마어마한 소리가 울려 퍼졌다. 쾅! 나는 날아오는 파편에 맞지 않으려고 몸을 숙였다. 쥐며느리와 지네 몇 마리가 먼지를 뚫고 기어나왔다. 그 녀석들에게 이건 세상의 종말과도 같았다.

'좋았어! 아주 멋졌어, 브랜든!'

홀리가 환호했다.

'그렇게만 하라고. 이 자식, 넌 대초원의 공포가 될 거야!'

나도 신이 나서 맞장구쳤다.

브랜든이 발굽을 구르며 콧김을 내뿜었다. 브랜든의 뿔에는 썩은 나무 조각이 대롱대롱 걸려 있었다.

'이건…… 꽤 재미있네.'

브랜든이 살짝 부끄러운 기색을 내비치며 고백했다.

'당연하지!'

홀리가 소리를 질렀다.

'전투 시험 때도 지금처럼 하면 돼. 걱정할 필요 없어, 넌 누구도 들이받지 않을 거니까. 왠지 알아? 누구든 네가 달려드는 걸 보면 꽁지 빠져라 달아날 테니까!'

홀리는 브랜든의 머리 위로 깡충 뛰어 올라갔지만, 브랜든이 다시 한 번 돌진하기 시작하자 재빨리 위험 구역에서 벗어났다. 브랜든은 이번에는 나무 그루터기를 완전히 산산조각 내 버리고는 눈을 희번덕거리며 주위를 둘러보았다.

'한 번 더 해도 될까? 딱 한 번만 더, 응?'

브랜든은 어린나무를 몇 그루나 박살 내면서 숲을 모조리 짓밟아 버렸다. 우리는 헐레벌떡 브랜든을 쫓아갔다.

'야, 브랜든! 잠깐만! 그쪽이 아니야!'

홀리가 소리쳤다.

'그쪽은 고속도로라고!'

하지만 브랜든은 듣지 않았다. 들소의 뿔은 여기서는 버섯을 뿌리째 캐고, 저기서는 덤불을 뽑아내고 있었다. 내가 브랜든의 앞이 아니라 뒤에 있는 게 정말 다행이라는 생각이 들었다. 왜냐하면 브랜든이 내가 자신의 좋은 친구 카락이라는 걸 알아볼 수 있을지 확신할 수 없었기 때문이다.

'브랜든, 잠깐만!'

브랜든이 남긴 흔적을 따라가는 건 하나도 어렵지 않았다.

'계속 도로 쪽으로 가고 있어.'

내 등으로 뛰어올라 귀를 붙잡고 매달려 있는 홀리를 향해 말했다.

'곧 돌아설 거야.'

홀리가 말했다. 하지만 목소리에는 그다지 자신감이 느껴지지 않았다.

'브랜든, 이제 우린 학교로 돌아갈 거야. 내 말 들려?'

'와우! 이거 진짜 재미있네.'

브랜든은 계속 혼잣말을 중얼거리며 반쯤 썩은 나무 그루터기를 향해 달려갔고, 우리는 우지끈 쿵, 부서지는 소리를 들을 수 있었다.

'우리를 완전히 잊은 것 같아.'

브랜든의 커다란 갈색 엉덩이를 보며 난 신음하듯 말했다. 바로 그때 브랜든이 꼬리를 들었고, 똥 한 더미가 튀어나왔다.

'우리 방에서는 이런 적이 없었던 게 천만다행이네.'

그 즉시 파리 한 부대가 똥 더미를 향해 급강하를 시작했다.

내 귀에는 벌써 도로의 소음이 들려오기 시작했다. 차들이 부르릉거리며 점점 가까이 다가오는 소리였다. 사실 그 소리들은 브랜든이 덤불을 마구 헤집으며 뚫고 지나가는 소음에 거의 묻힐 뻔했다. 속이 울렁거리기 시작했다. 마치 살아 있는 게를 대여섯 마리 통째로 삼켰는데, 그 게들이 배 속에서 여전히 살아 움직이는 것 같았다. 들소 상태인 브랜든은 무척 예민하다는 것을 이미 알고 있었고, 우리 옷장을 어떻게 박살 냈는지도 아주 생생하게 기억하고 있었다. 그래도 브랜든은 끄떡없었다. 하지만 자동차는 완전히 다른 문제였다.

부모님은 내가 아주 어린 새끼 퓨마일 때부터 자동차에 대해 경고했다. 자동차와 들소의 싸움에서 과연 승자가 존재할 수 있을까?

'기다려! 차가 오는 것 같아!'

다급히 외쳤지만 브랜든은 여전히 아무런 반응이 없었다. 전조등 불빛이 숲 가장자리를 휩쓸었고, 눈이 멀 것 같은 불빛 때문에 고개를 돌려야 했다.

브랜든은 고집스레 앞으로 계속 나아갔다.

'자, 내가 부술 수 있는 게 또 뭐가 있을까?'

브랜든이 고속도로의 아스팔트를 가로질러 달려가며 말했다.

저기, 자동차가 있었다. 몸체가 매끄럽고 반짝이는 금속으로 덮인 멋진 크라이슬러였다. 언뜻 보기에 새 차 같았다.

전조등이 너무 밝아서 앞 유리 뒤에 뭐가 있는지 보이지 않았다. 다행히 운전자는 앞쪽 도로 위에 무언가가 있다는 것을 제때 알아차리고 브레이크를 밟았다. 하지만 그 운전자는 한 가지 실수를 저질렀다. '빠앙' 경적을 울려 버린 것이다.

평소 같았으면 브랜든은 자동차를 무시했을 것이다. 옐로스톤 국립 공원에 사는 동물들은 좋든 싫든 관광객에 익숙해져야 했고, 그건 변신족도 마찬가지였다. 하지만 브랜든은 경적 소리를 듣자마자 고개를 돌리고 성난 콧김을 내뿜었다.

'이 소리 땜에 미칠 것 같아!'

'괜찮아, 브랜든.'

홀리가 재빨리 말했다.

'저 작고 멋진 자동차는 금방 사라질 거야. 그럼 너는 다른 나무 그루터기들을 가지고 신나게 놀 수…….'

브랜든이 거대한 머리를 위협적으로 낮춘 채 그대로 자동차를 향해 돌진했다.

지금 차 안에 있는 사람이 뭐라고 소리치고 있을지 너무도 생생히 그려졌다. 말론 형은 나에게 그런 말들을 가르치는 것을 아주 중요하게 여겼다. 충격을 받아 정신이 나간 운전자가 차에 후진 기어를 넣자 엔진 소리가 부릉부릉 울렸다. 운전자는 가속 페달을 열심히 밟아 댔고, 크라이슬러는 난폭하게 이리저리 휘청거리며 총알처럼 후진했다. 그리고 내 들소 친구는 눈에 불을 켜고 자동차를 쫓아갔다.

'브랜든, 멈춰!'

나는 공포에 질려 소리쳤다.

'이건 사고야, 그것도 대형 사고!'

이건 불공평한 경주였다. 들소는 시속 65킬로미터 이상으로 달릴 수 있다. 영화에서 뒤로 달리는 자동차를 본 적은 있지만, 현실 세계에서도 그런 속도로 달릴 수 있는지는 알 수 없었다.

마침내 차를 따라잡은 브랜든은 차 아랫부분에 뿔을 끼워 넣고 머리를 뒤로 홱 젖혔다. 그러자 자동차의 앞부분이 공중으로 높이 들렸다. 금속이 부서지는 소리와 함께, 앞바퀴가 허공에서 윙윙 도는 소리가 들렸다.

'이얍! 잡았다!'

브랜든이 포효했다.

아마도 지금쯤 운전자는 기절 직전의 상태일 것이다. 아니, 어쩌면 이미 기절해 버렸을지도 모른다. 브랜든은 몇 걸음 뒤로 물러났고, 차는 다시 도로 위로 쿵 떨어졌다. 내 친구는 왼쪽 전조등을 뿔로 들이받아 버렸다. 와장창!

'받아라!'

'뛰어내려, 어서!'

홀리에게 다급히 외치자, 다행히 홀리는 질문 따위를 하느라 시간 낭비하지 않고 곧바로 내 등에서 뛰어내렸다. 난 자동차가 있는 쪽으로 달려갔다.

'어떻게 해서든 멈춰야만 해!'

이미 너무 많은 피해가 발생했고, 브랜든은 이 자동차를 완전히 부숴 버릴 수도 있었다. 브랜든과 금속 자동차 안에 웅크리고 있는 사람들 사이로 그림자처럼 뛰어들었을 때, 브랜든은 다음 돌격을 준비하고 있었다.

브랜든이 멈칫했다.

'카락?'

브랜든은 마치 방금 잠에서 깨어난 것처럼 어리둥절한 모습이었다. 나는 이빨을 드러내고 꼬리를 살살 흔들면서, 자동차 보닛 위에 몸을 살짝 웅크린 채 버티고 섰다. 자동차 안쪽에서는 나한테 들릴 정도로 커다란 비명 소리가 앞 유리와 차창을 뚫고 쏟아져 나오고 있었다.

'이제 할 만큼 했어!'

친구를 보며 단호하게 말했다.

'브랜든, 네가 얼마나 강한지 잘 알겠지? 이젠 학교로 돌아갈 시간이야. 어서!'

'어, 알았어.'

브랜든이 조금 실망한 말투로 대답했다.

'네 말이 맞아. 나는…….'

크라이슬러의 운전대를 잡고 있던 멍청이가 또다시 경적을 울렸다. 믿을 수 없겠지만, 사실이다.

분노한 브랜든은 제자리에서 빙글빙글 돌다가 차의 옆구리를 향해 쏜살같이 몸을 날렸다.

쿵! 오른쪽 전조등 하나가 남아 있었기 때문에, 브랜든의 머리가 조수석 문을 들이받는 장면을 똑똑히 볼 수 있었다. 꽤 무거운 자동차였음에도 불구하고, 들소는 길을 따라 먼 거리를 밀어내 버렸다. 반짝반짝 광을 낸 금속 표면을 붙들고 있는 건 꽝꽝 얼어붙은 호수를 붙잡는 거랑 비슷해서, 갑작스럽게 밀쳐진 나는 거의 길가 도랑까지 날아가 버렸다. 그리고 자동차 보닛 위에는 아름다운 흠집이 생겨났다. 조수석 문짝은 브랜든이 뿔로 구멍을 두 개 뚫어 놓지만 않았어도 거인들이 수프 접시로 쓰기에 딱이었을 것 같았다…….

다른 방법이 없었다. 나는 난폭해져야 했다.

'브랜든, 이제 됐다니까!'

브랜든의 머리에 대고 고함을 질렀고, 브랜든이 또다시 귀머거리 시늉을 했을 때, 콧잔등에 오른손으로 강력한 펀치를 날려 주었다. 발톱을 세운 채로.

'으악!'

기겁하며 물러선 브랜든은 기분이 상한 듯 보였다.

'카락? 뭐 하는 짓이야?'

'바로 내가 너한테 묻고 싶은 거야! 오늘이 무슨 묻지 마 폭행의 날인 줄 알아?'

차 안에 타고 있던 남자는 경적을 울리는 게 좋은 방법이 아니라는 것을 마침내 깨달은 것 같았다. 그래서인지 이번에는 일을 망치지 않았다. 또한 창문을 내리거나 차에서 내려 도망치지 않을 정도의 머리는 있었다. 나는 어떻게든 브랜든을 도로에서 멀어지게 했다. 브랜든은 부끄러워하면서 서둘러 숲으로 들어갔다.

'그래, 착하지. 아주 잘했어.'

홀리가 브랜든의 등 위로 쪼르르 기어 올라가 덥수룩한 머리를 간질여 주었다. 하지만 홀리는 자신의 속마음을 숨길 수 없었고, 이를 악물고 중얼거리는 소리를 들을 수 있었다.

'이 뭉충흔 스드그리 츠식 등믈 느슥! 글치 으프게 스그를 치는 그야.'

우리 뒤에서 크라이슬러가 천천히 움직이다가, 갑자기 쌩하고 달려갔다. 그렇게 도망칠 수 있는 게 다행이었다.

우리는 지칠 대로 지쳐서 한마디 말도 없이 학교로 향했고, 돌아가는 도중에 옷가지를 챙겨 다시 인간의 모습으로 변신했다.

"어쨌든, 그게 우리라는 걸 아는 사람은 아무도 없잖아."

홀리가 자신감 넘치는 말투로 말했다. 비록 아주아주 인위적으로 들리긴 했지만.

"기분이 안 좋은 늙은 황소였을 수도 있지."

"그래, 바로 그거야."

브랜든이 희망에 찬 목소리로 말했다.

브랜든은 자기가 무슨 짓을 저질렀는지 슬슬 깨달은 것 같았다. 마치 천둥 번개 속에 내던져진 어린 양처럼 보였다. 우리가 운이 아주 좋지 않았다면, 이 모든 노력이 다 헛수고가 됐을 것이다.

"안타깝지만 퓨마와 함께 숲을 헤매고 다니는 들소가 그리 많지는 않을 거야."

나는 지친 목소리로 말했다. 퓨마인 나는 그다지 밤잠이 필요하지 않지만, 인간으로서 특히 이 모든 소동이 끝난 지금에는 커다란 진흙 덩어리가 된 것처럼 흐물흐물해진 느낌이었다.

"아, 걱정할 필요 없어."

브랜든이 말했다.

"인간들이 본 건 그저 들소와 퓨마 사이의 무시무시한 전투였을 뿐이니까."

"전투?"

나는 이마를 톡톡 두드렸다.

"내가 너를 딱 한 대 쳤을 뿐이야. 그린 걸 전투라고 하는 사람은 없어. 아니면, 네가 자동차와 싸운 걸 말하는 거야?"

"어느 쪽이든 상관없어. 우린 이 모든 걸 비밀로 해야 해."

홀리가 손가락으로 머리카락을 쓸어넘기며 말했다. 그 덕에 머리카락은 한결 차분해졌다. 대신 얼굴에 지저분한 진흙이 묻었지만.

"물론입니다."

난 홀리를 향해 경례를 붙이며 말했다.

"그래도 재미있었어."

브랜든이 인정했다. 우리 셋은 갑자기 터지는 웃음을 막을 수 없었다. 우리의 대형 사고급 훈련은 결국 효과가 있었다.

23

올빼미의 눈

지난 두 해 동안, 많은 인간들이 나를 향해 미소 짓는 모습을 보았다. 그럴 때면 나도 그들을 믿고 미소로 화답했다. 하지만 오늘 오전 수업 내내 제프의 입가에 걸려 있던 미소는 정말 꼴 보기 싫었다. 다른 늑대들도 매우 즐거워 보였다. 그 이유가 내 머리 위에서 까마귀 한 마리가 활개 치며 돌아다니는데도 내가 아무것도 할 수 없었다는 사실 때문만은 아니라고 확신할 수 있었다.

첫째로, 내가 아무것도 하지 않은 건 아주 바람직한 행동이었다. 지금 우리는 동물 사이의 우정에 대해 배우고 있었기 때문이다. 그리고 둘째로, 나는 여전히 루에게 내가 위험한 존재가 아니라는 것과, 내가 포식자로 태어난 건 그저 우연일 뿐이라는 확신을 주고 싶었다. 까마귀 한 마리가 부리로 머리카락을 잡아당기고 있는데도 화를 내지 않고 가만히 있는 모습은 내가 세계 최강의 평화주의자라는 인상을 심어 줄 것이다. 그건 정말로 효과가 있는 것 같았다. 루는 친근한 표정을 지으며 까마귀와 나를 바라보았다.

'으윽, 난 이만 가 봐야 할 듯. 갑자기 뒤가 묵직하니 뭔가가 나오려고 하는데.'

까마귀 소년이 놀리듯 말하며 발톱으로 내 두피를 찔렀다.

'어디 그러기만 해 봐! 내가 까마귀 고기를 즐겨 먹는다고 말했었나?'

나는 곧바로 응수했다.

"고맙다, 섀도. 이제 내려와도 돼."

파커 선생님이 말했다.

"야생의 까마귀들은 보통 늑대와 친구가 되고 어릴 때는 늑대들과 함께 놀기도 해. 그런데 카락은 정말로 착한…… 음…… 퓨마로구나. 자, 그러면 이번에는…… 윙, 까마귀가 늑대들에게 죽은 동물의 위치를 어떻게 알려 주는지 우리에게 보여 주겠니?"

'물론이죠.'

섀도의 쌍둥이 남매 윙이 대답했다. 윙은 반짝거리는 검푸른 날개를 펼치고 부리로 솜씨 좋게 책가방을 닫았다. 그러더니 그 위로 폴짝 뛰어올라 날개를 위아래로 퍼덕이며 큰 소리로 까악까악 울었다.

"바로 그거야. 아주 훌륭해. 고맙구나."

파커 선생님은 코 위로 안경을 밀어 올리고, 눈을 가늘게 뜬 채 교실을 둘러보며 말했다.

"자, 이제 일부 토착 부족들이 까마귀를 왜 '늑대 새'라고 부르는지 다들 알겠지?"

제프는 나를 빤히 보고 있었지만, 그 눈은 동시에 홀리와 브랜든을 보고 있기도 했다. 머릿속에 빨간불이 켜졌다. 제프는 무언가를 알고 있는 것 같았다.

'하지만 어떻게?'

어젯밤 그 근처에서 늑대라고는 냄새를 맡지도, 보지도 못했다. 아니, 딱정벌레나 들쥐보다 큰 동물은 한 마리도 없었다.

홀리도 우리 적수들의 수상쩍은 행동을 알아차렸다. 티카니의 검은 눈동자가 계속해서 차갑게 노려본다는 사실에 홀리는 불안해했고, 그런 상황을 못 견뎌 했다. 나는 혹시 누군가 의심스러운 행동을 하는 사람이 있는지, 다른 학생들을 몰래 살펴보았다. 하지만 미처 무언가를 발견하기도 전에 문이 활짝 열렸다. 클리어워터 교장 선생님이 문 앞에 서 있었다. 교장 선생님이 그렇게 엄격한 표정을 짓고 있는 것은 처음 보았다. 나는 충격과 공포에 휩싸인 채, 교장 선생님이 나를 가리키는 모습을 지켜보았다. 교장 선생님의 손가락은 정확히 나와 홀리, 그리고 브랜든을 가리켰다.

"너희 셋은 나를 따라오렴. 지금 당장."

오메가 늑대 보가 입이 귀에 걸릴 것처럼 활짝 웃었다. 제프와 클리프와 티카니 또한 엄청나게 즐거워하고 있었다. 뭐가 어떻게 된 건지는 모르지만, 우리는 늑대들의 함정에 빠진 게 분명했다.

'망했다!'

이게 바로 후아니타가 나한테 경고했던 그 복수였다. 일어나서 친구들을 따라 교실 밖으로 나가면서 마치 몸이 죽은 코끼리만큼이나 무겁게 느껴졌다.

'누가 고자질한 거지?'

홀리와 같은 방을 쓰는 윙이 의심스러웠다.

'홀리가 방을 슬쩍 빠져나왔을 때 윙이 잠들어 있던 게 확실한가?'

하지만 지금 윙은 우리가 교실을 떠나는 모습을 다른 학생들과 마찬가지로 호기심 반 걱정 반으로 지켜보고 있었다. 윙은 아무것도 모르는 게 분명했다.

교장실로 들어가자 클리어워터 교장 선생님이 팔짱을 낀 채로 우리를 노려보았다. 나는 그저 고개를 푹 숙인 채 바닥만 내려다보고 있었다.

"이 모든 일, 그러니까 자동차와 관련된 사고가 왜 일어났는지, 너희가 잘 알고 있다고 믿는다. 나는 너희 셋에게 그 책임이 있다는 걸 알고 있어. 그래, 누구 생각이었지?"

거짓말을 해도 소용없었다. 하지만 홀리가 입을 열었을 때, 몇 가지 사실이 머릿속을 스치고 지나갔다. 예를 들자면, 홀리는 이미 도둑질 때문에 경고를 두 번 받았고, 세 번째 경고는 퇴학을 의미한다는 것.

'그건 절대 안 돼!'

홀리가 더 이상 학교에 다닐 수 없다면, 어디로 가야 할까? 다시 예전처럼 고아원으로 돌아가야 하는 걸까?

"제 생각이었어요."

홀리가 말하기 전에 불쑥 끼어들었다.

"브랜든에게 자신의 힘을 어떻게 쓸 수 있는지 알려 주고 싶었는데, 일이 눈사태처럼 커져 버렸어요. 어떻게든 노력해 봤지만, 브랜든을 막을 수가 없었어요. 자동차를 부순 건 정말 잘못했어요. 죄송합니다. 아, 그리고 이 귀찮은 다람쥐 녀석이 숲에서부터 우리를 따라왔는데, 따돌릴 수가 없었어요."

홀리가 나에게 보낸 눈빛은 희생을 무릅쓸 가치가 있었다.

안타깝게도 클리어워터 교장 선생님은 바보가 아니었다. 교장 선생님이 단 한 마디도 속아 넘어가지 않았다는 걸 단번에 알 수 있었다.

"그렇구나."

교장 선생님은 날카로운 눈빛으로 홀리를 바라보았다.

"그래서, 내가 그 말을 믿어야 하는 거니? 내가 보기엔 이게 전부 네 생각인 것처럼 들리는구나, 홀리."

홀리는 변신을 정말 잘 통제하고 있었다. 내가 홀리의 입장이었다면 벌써 부분 변신이 일어났을 텐데, 홀리는 머리카락 한 올도 털로 바뀌지 않았다.

"그렇게 생각하세요, 교장 선생님?"

"어쩌면 이 학교는 너에게 맞는 곳이 아닐지도 모르겠구나."

교장 선생님이 부드럽게 말했다.

"어쩌면 너는 좀 더 너에게 맞는……."

"제발! 안 돼요!"

홀리의 얼굴이 곧 죽을 것같이 창백해졌다.

"저는 이 학교가 정말 좋단 말이에요."

"그건 제 생각이었다니까요! 이미 말했잖아요!"

나는 필사적으로 소리쳤다. 홀리가 없는 학교는 상상도 할 수 없었다.

다행히 교장 선생님은 나의 룸메이트, 브랜든에게로 몸을 돌렸다.

"브랜든, 이 일에 대해 할 말이 있니?"

"카락이 말한 대로입니다."

브랜든은 고개를 푹 숙인 채 신발만 내려다보고 있어서, 곱슬곱슬한 갈색 머리카락밖에 볼 수 없었다.

"전…… 저는 정신이 나갔었어요. 진 가끔 그러거든요."

클리어워터 교장 선생님은 한숨을 내쉬었다.

"그래, 알아."

아마 그동안 브랜든 때문에 부담해야 했던 모든 가구 비용을 떠올렸던 것 같다.

"우리는 인간을 적대시해선 안 돼. 운이 나쁘다면, 우리의 피로 그 대가를 치러야 해. 이 말은, 브랜든과 카락 모두 경고 조치를 받게 된다는 뜻이란다."

교장 선생님은 잠시 말을 멈췄다가 다시 이어 갔다.

"카락, 너는 우드워커로서 자신의 삶을 통제하는 방법을 배우기 위해 이곳에 왔어. 어떤 행동을 하기 전에 그게 너에게 도움이 될지 아닐지 판단하려고 노력해야 해."

"그렇게 할게요."

교장 선생님에게 약속했고, 또 그 약속을 지킬 생각이었다. 누구든지 교장실에서 불타는 듯한 노란 눈동자를 마주한 채로 잠시라도 서 있어 본다면, 그 경험을 두 번 다시 하고 싶지 않을 것이다.

"너희 셋 다 12월에 있을 중간고사에서 최선을 다하기 바란다. 시험을 마친 후에 탐사 여행을 갈 텐데, 시험을 통과한 학생들만 갈 수 있어. 시험을 통과하지 못한 학생은 첫 3개월 과정을 반복해야 해. 알아들었니?"

마침내 우리는 교장실에서 나올 수 있었다.

"후유!"

홀리가 참고 있던 숨을 내쉬었다.

"내가 하려던 소리가 그거야."

브랜든이 중얼거렸다.

그때 마침 도리안이 복도 모퉁이를 돌아서 나타났다.

"다 해결된 거야?"

도리안이 물었다.

"결과가 안 좋은 거야?"

우리는 서로를 바라보며 고개를 끄덕였다.

도리안은 목소리를 낮췄다.

"너희가 나가고 나서 제프가 트루디를 보며 미소를 지었어. 그러니까 트루디는 얼굴이 새빨개지고. 아주 행복해 보이더라."

우리 셋은 그 즉시 어찌 된 일인지 깨달았다.

"설마 그 날아다니는 쓰레기가 제프와 사랑에 빠진 거야?"

홀리가 얼굴을 구겼다.

"트루디는 분명 제프가 하라는 짓은 뭐든 다 했을 거야!"

"밤도둑 같으니!"

난 화가 잔뜩 나서 내뱉었다. 이 말은 정말 딱 들어맞는 말이었다.

"트루디가 얼마나 오랫동안 우리를 염탐했는지 누가 알겠어."

"내가 장담하는데, 분명히 그 냉정한 질투 이유일 거야."

홀리가 말했다.

하지만 늑대들만 나를 염탐한 게 아니었다. 점심을 먹으러 가기 직전에 이메일을 잠깐 훑어봤을 때 그 사실을 알게 되었다.

안녕, 카락!

축하한다. 어젯밤의 작전은 정말 멋졌어! 그 작전 덕분에

앞으로 인간들이 우리를 더 두려워하게 될지도 모르겠구나.

그리고 때가 되면, 우린 인간들이 우리에게 한 짓에 대한

대가를 톡톡히 치르도록 할 거다.

너의 벗, 앤드루

갑자기 오싹한 느낌이 들었다.

"때가 되면? 그리고 우리가 뭘 한다고?"

즉시 답장을 보냈다. 어쩌면 밀링 씨가 무언가 중요한 것을 알려 줄지도 모른다는 생각이 들었다.

어떤 면에서는 밀링 씨가 쓴 메일 내용이 마음에 들었다. 그건 밀링 씨가 나를 감시하고 있다는 추가 증거였다. 만약 내가 교장 선생님에게 메일을 보여 준다면, 교장 선생님은 그 사람이 위험한 계획을 꾸미고 있다는 내 말을 믿어 줄 것이다. 하지만 나는 비밀리에 움직여야 했다. 왜냐하면 밀링 씨가 심어 놓은 스파이에게 아직 감시당하고 있을지도 모르고…….

핑! 또 다른 메시지가 화면에 나타났다.

이 메일은 120초 후에 자동으로 삭제됩니다.

이런 올빼미 똥 같은!

24

비장의 방법

"네 소소한 밤마실 소식은 들었다."

다음 날 아침, 우리의 비밀 수업 시간에 브리저 선생님이 말했다.

"넌 정말 말썽을 일으키는 데 탁월한 소질이 있구나. 너한테 그런 걸 기대하지는 않았는데."

"저도 그래요."

솔직하게 대답하면서, 눈으로는 선생님이 들고 있는 양동이를 힐끗 쳐다보았다.

'양동이는 뭐 하러 들고 왔지?'

우리가 지금 무엇 때문에 강으로 가고 있는지도 궁금했다.

'대체 무슨 생각인 거지? 아, 설마 그건 아니겠지…….'

설마가 사람 잡는다더니. 예상은 빗나가지 않았다. 여전히 아무렇지 않게 대화를 나누면서, 선생님은 양동이를 얼음장처럼 차가운 강물에 담갔다. 그리고 넘치도록 가득 담긴 물을 인간의 모습으로 서 있던 나를 향해 겨누었다. 나는 본능적으로 뒤로 펄쩍 뛰었고, 선생님은 고개를 저었다.

"가만히 서 있어. 편안하게 숨을 쉬면서. 천천히 깊게. 들이쉬고, 내쉬고, 들이쉬고, 내쉬고……."

선생님 말대로 호흡에 집중하려고 애썼다. 선생님은 내가 위협을 느끼는 상황에서도 긴장을 푸는 법을 가르쳐 주려는 거다. 좋은 생각이었다. 하지만 선생님이 양동이의 물을 나에게 퍼붓는 대신, 어딘가 다른 곳에 비우기만을 간절히 바랐다.

결국 나는 운이 좋은 것으로 결론 났다. 선생님은 내가 아닌 버드나무에 물을 주었다. 이 훈련을 끝내기까지 똑같은 수업이 세 번이나 더 반복되었다. 그러고 나서 우리는 곧바로 두 번째 훈련으로 넘어갔다. 코요테로 변신한 브리저 선생님이 이빨을 드러내며 나를 공격할 때, 맥박을 유지하는 훈련이었다. 이 훈련에는 대여섯 번의 수업이 필요했다.

'많이 늘었구나. 이제는 진정한 변신 훈련을 시작해도 되겠어.'

마침내 선생님의 칭찬을 받게 되어 뛸 듯이 기뻤다. 다음 훈련이 어떻게 진행될지를 듣기 전까지는 말이다.

'좋아, 이제 열 번 변신해라. 연속해서 빠르게 변신을 반복하는 거야. 옷은 신경 쓰지 마라. 안 볼 테니까.'

'열 번을 연속으로요?'

나도 모르게 신음을 흘렸다.

'그러다 사람 잡는다고요!'

그날 아침엔 밥을 먹기 위해 기어가야 했다. 혹시 아니라고 해도, 기어서 간 것 같은 기분이었다. 내 다리는 마치 멜로디가 가지고 노는 점토처럼 말랑말랑했다. 브랜든과 홀리와 도리안은 내가 달걀프라이와 베이컨을 게걸스럽게 먹어 치우는 모습을 넋을 잃고 바라보았다. 친구들은 내가 아침마다 대체 무슨 짓을 하는지 더 이상 묻지 않았다. 나는 그 이유를 알고 있었다. 어제, 다람쥐 한 마리가 근처 나무 뒤에 숨어 있었다. 비록 제대로 숨진 못했지만.

그 뒤로 이어진 아침 수업에서는 문제없이 변신했다. 하지만 긴장을 푸는 수많은 훈련에도 불구하고, 스트레스를 받았을 때는 인간의 모습으로 변신하는 과정이 여전히 어려웠다.

"어쩌면 전 평생 할 수 없을지도 몰라요."

자포자기하며 푸념을 늘어놓았다.

"어쩌면 타고난 재능이 부족해서……."

"정신 차려라, 카락."

브리저 선생님이 날 진정시켰다.

"다음번엔 마법의 단어로 연습해 보자."

"마법의 단어라고요?"

머릿속이 혼란스러워졌다.

"하지만 이건 마법과는 아무 상관도 없잖아요, 아닌가요?"

브리저 선생님이 씩 웃었다.

"맞아. 하지만 네 몸은 그걸 모르지. 변신하기 전에 항상 이 단어를 말하면, 얼마 후 네 몸은 거기에 익숙해질 거야. 그러고 나면 네가 그 단어를 말할 때마다 몸이 저절로 반응하지."

"그래서, 그 마법의 단어가 뭔데요?"

"누구나 자신만의 단어가 있지. 너도 네가 쓸 단어를 스스로 정해야 해. 뭐든 네가 좋아하는 것으로."

마법의 단어라……. 미아 누나가 이 말을 들었다면 얼마나 웃었을까!

"그럼 전 '미아'로 할래요."

"미아? 그게 누구지?"

선생님이 흥미롭다는 눈빛으로 날 쳐다보았다.

난 긴장했다. 전에 딱 한 번 내 가족에 대해 다른 사람에게 말한 적이 있고, 의도했던 것보다 더 많은 정보가 적에게 흘러 들어가고 말았다. 하지만 브리저 선생님은 밀링 씨와는 달랐다.

'브리저 선생님을 믿을 수 있을까?'

대답은 '그렇다'였다. 난 선생님을 좋아할 뿐 아니라, 동시에 신뢰하고 있었다. 선생님은 항상 나에게 친절하게 대해 주었다. 그리고 분명 밀링 씨의 스파이가 아니었다. 결국 그 소름 끼치는 남자에 맞서서 나를 도와준 사람은 선생님밖에 없었으니까.

"제 누나예요. 아주 오랫동안 보지 못했어요."

가라앉은 목소리로 대답했다.

"그렇구나."

선생님은 짧게 대답했다.

"그렇다면 미아 누나의 이름은 마법의 단어로 사용하지 않는 편이 좋겠다."

"왜요?"

어리둥절한 얼굴로 물었다.

"만약 그 이름을 사용한다면, 네가 누나를 다시 만났을 때 흥분해서 '미아 누나!'라고 소리칠 거고, 갑자기 달라진 모습에 누나는 너를 알아보지 못할 테니까!"

"맞네요."

누나의 표정을 상상하니 피식 웃음이 나왔다.

"그러면…… '팀북투'로 할게요."

언젠가 들었던 말인데, 무슨 뜻인지는 모르지만 아름답게 들렸다. 이상하고 신비로운 느낌이 드는 단어였다.

다음 몇 번의 수업에서 우리는 마법의 단어를 쓰는 것에 익숙해지는 훈련을 시작했다. 마법의 단어를 말하거나 머릿속에 떠올렸을 때 정말로 변신이 조금 쉬워졌지만, 그것만으로는 여전히 부족했다.

“꽤 잘하고 있어. 하지만 네가 진짜로 겁을 먹었다고 가정해 보자. 카락, 네가 진짜로 위험에 처한다면 어떨까? 그건 완전히 다른 문제야.”

‘저도 알아요.’

풀이 죽은 채 뒷발로 귀를 긁으며 대답했다. 브리저 선생님은 불길한 표정을 지으며 나를 내려다보았다.

“비장의 방법이 하나 있긴 한데……. 어! 안녕, 이시도어!”

나는 펄쩍 뛸 듯 놀라서 퓨마의 모습으로 몸을 돌렸다.

“둘이서 신선한 아침 공기를 쐬고 있는 건가?”

엘우드 선생님이 쌀쌀한 목소리로 물었다.

“설마 내 학생을 따로 불러내서 변신을 가르치고 있는 건 아니겠지, 제임스?”

“카락은 내 학생이기도 해.”

브리저 선생님이 침착하게 대답했다.

엘우드 선생님이 나에게 그만 가 보라는 손짓을 했다. 브리저 선생님은 고개를 끄덕였고, 나는 선생님이 무슨 말을 하려는지 알 수 있었다.

‘일단 가. 나중에 다시 얘기하자.’

학교 방향으로 걸음을 옮기던 나는 옷을 그곳에 두고 왔다는 걸 뒤늦게 알아차렸다. 하지만 분명 내 뒤에서는 격렬한 논쟁이 벌어지고 있으리라는 걸 잘 알고 있었다.

'이런 올빼미 똥!'

이제 브리저 선생님은 나를 도와줬다는 이유만으로 곤란을 겪게 되었다. 마치 커다란 돌덩이를 삼킨 것 같았다.

그날 밤, 누군가가 내 방문 밑으로 쪽지를 밀어 넣었고, 다음 날 아침에 그 쪽지를 발견했다.

우리의 아침 수업을 계속하긴 힘들 것 같구나. 엘우드 선생님이 학교를 그만두게 할 수는 없으니 말이야. 하지만 네가 시도해 볼 수 있는 방법을 한 가지 더 알려 주마. 너도 알겠지만, 우리는 인간보다 후각이 훨씬 예민하고, 또 냄새가 갖는 의미 또한 인간보다 훨씬 크단다. 만약 네가 인간의 모습으로 변신하는 데 어떤 특정한 냄새를 사용하고, 또 다른 냄새를 퓨마로 변신하는 데 사용한다면, 위급한 순간에 도움이 될 거야. 내 여우 변신족 친구가 이 방법이 확실히 효과가 있다고 하더구나.

이 방법이 브리저 선생님이 가르쳐 주는 최후의 비법이라고 생각하지 않으려 노력했다. 이 방법도 통하지 않으면 난 어떻게 해야 하는 걸까? 아니면, 선생님의 도움 없이 혼자서 배우지 못한다면? 이제 중간고사까지 남은 시간이 별로 없었다.

도리안과 홀리는 거의 매일같이 수업을 마친 오후 시간에 학생 식당에서 교과서를 끼고 앉아 있었다. 그 시간 내내 둘의 기분은 그다지 좋지 않았다. 넬이 직접 만든 과자를 나눠 주러 왔을 때의 일이었다.

"나쁘지 않은데."

과자 하나를 맛보고 나서 난 거짓말을 했다.

홀리는 그다지 예의를 차리지 않았다.

"우웩! 말린 새똥 맛이잖아. 야, 뱀 사료! 이딴 건 어디서 배워 온 거야?"

"다람쥐 털 코트를 입고 있는 여자한테서 배웠다, 왜!"

넬이 받아쳤다.

그 과자를 좋아한 건 버사밖에 없었다. 뭐, 버사는 뭐든지 먹으니까. 나방만 빼고.

홀리와 함께 공부하는 것은 재미있지만, 홀리는 딴짓하기 선수였다. 내가 밤중에 책을 싸 들고 텅 빈 학생 식당으로 돌아온 이유도 바로 그거였다. 이 시간의 학생 식당은 조용하고, 평화로웠다. 갑자기 들려온 조그만 소리에 놀라 천장까지 뛰어오르기 전까지는. 학생 식당에 누군가 다른 사람이 있었다! 아니, 누군가가 아니었다. 그건 루였다! 내가 방해하기 전까지 루는 아마도 어둠 속에 홀로 앉아 별을 바라보고 있었을 거다. 심장이 팔딱팔딱 공중제비를 돌았다.

"미안, 나 때문에 놀랐니?"

루가 수줍게 물었다.

"조금. 그런데 괜찮아. 밤에 여기 자주 와?"

"가끔."

"혼자 있는 걸 좋아해?"

내 자신에게 놀랐다. 루에게 이런 질문을 할 용기가 있다니!

루는 다시 별을 쳐다보며 한숨을 쉬었다.

"어렸을 때는 혼자만의 시간이 없었어. 단 1분도 말이야. 다섯 남매가 같이 붙어 있으니까 항상 무슨 일이 생겼거든. 그러다 보면 자신이 진짜로 어떤 존재인지 알아내기가 너무 힘들어. 내 말 이해해?"

"응."

난 고개를 끄덕였다.

"이해할 수 있어. 그래서 너는…… 네가 누군지 알아냈어?"

루의 눈동자가 어둠 속에서 반짝였다.

"아마도. 너는?"

"노력하는 중이야."

그리고 우리는 서로를 보며 미소 지었다. 진심으로.

온 세상이 따뜻했다. 지금 이 순간, 우리의 두 번째 모습이 무엇인지는 중요하지 않았다. 우리는 그저 서로를 이해하고 있었다. 생각 같아서는 영원토록 이곳에서 서로를 바라보며 미소 지을 수도 있을 것 같았지만, 애석하게도 루는 자리에서 일어났다.

"잘 자, 카락."

루가 말했다.

"잘 자."

난 속삭이듯 대답했고, 루는 떠났다.

올해는 겨울이 늦긴 했지만, 어김없이 찾아왔다. 거의 매일 굵은 눈발이 날렸고, 얼음장처럼 차가운 바람이 계곡을 휩쓸었다. 날씨 때문에라도 브리저 선생님과의 비밀 수업은 그만둘 수밖에 없었을 거라는 생각으로 위안을 삼았다. 눈 속에서는 누구나 모든 흔적을 볼 수 있었다.

"난 이제 지쳤어. 질렸다고. 이 글러 먹은 글짓기와 받아쓰기 따위는 이제 꼴도 보기 싫어!"

홀리가 빽 소리를 지르고는, 영어책을 집어다가 가방을 향해 높이 던졌다. 영어책은 한 실내 식물 꼭대기에 걸려 버렸다. 홀리는 다람쥐로 변신해 책이 걸려 있는 곳까지 단숨에 뛰어 올라갔고, 책을 밀어서 밑으로 떨어뜨렸다. 이번에는 명중했다.

'눈싸움할 사람?'

홀리가 모두를 향해 소리쳤다.

"우리 할래!"

윈과 새도가 외쳤다.

브랜든과 도리안, 그리고 서너 명의 다른 친구들도 가고 싶어 했다. 패거리의 다른 늑대들이 못마땅한 표정을 지어 보였는데도 티카니까지 손을 들었다.

아직 다람쥐 모습인 홀리가 나를 향해 돌아서서 조그만 주먹으로 내 옆구리를 쿡 찔렀다.

'카락, 너는?'

"오늘은 힘들어."

나도 정말로 끼고 싶었지만, 브리저 선생님이 가르쳐 준 비장의 방법을 시도해 보는 게 훨씬 더 중요했다.

눈 쌓인 길을 터벅터벅 걸어 다른 친구들 곁을 지나치다가, 잠시 부러운 눈길로 바라보았다. 학교 건물 앞에서는 이미 전투가 벌어지고 있었다. 혹시라도 잭슨홀 중학교에서 벌어졌더라면, 분명 신문 기사에 났을 정도로 엄청난 전투였다. 도리안은 소년의 모습으로 두꺼운 겨울옷을 입고 회색곰 버사의 넓은 등 뒤에 숨어 홀리의 날카로운 공격을 피하고 있었다. 염소 변신족 비올라는 소녀의 모습으로 티카니의 늑대 얼굴에 눈을 문지르려고 시도했다. 그러다가 새도와 윙이 발톱으로 들고 와서 머리 위로 떨어뜨린 눈덩이에 제대로 맞았다. 루는 작은 생쥐 넬을 하얀 공처럼 만들어서 리로이에게 살짝 던졌고, 리로이는 그걸 인간 손으로 잡았다.

'야호, 롤러코스터다! 한 번 더!'

넬이 꺅꺅 소리를 질렀다.

브랜든은 힘이 넘치는 들소 머리로 눈을 퍼서 거대한 더미를 만들고 있었다. 브랜든은 쿠키가 나무에 매달려서 자그마한 눈덩이를 1분에 열 개씩 퍼붓고 있다는 사실을 알아차리지도 못했다. 쿠키는 너무 속상한 나머지 죽은 척을 했지만, 그것 역시 아무도 알아차리지 못했다.

마지막으로 한 번 더 친구들을 보고 나서 한숨을 내쉰 뒤 다시 걸음을 옮겼다. 그때, 차가운 무언가가 목덜미를 강타했다.

"야!"

고함을 지르며 돌아섰다. 당연히 그건 홀리였다. 추위로 발개진 뺨에 웃음을 가득 머금은 홀리가 아직도 팔을 높이 든 채로 서 있었다.

'거기서 딱 기다려!'

재빨리 몸을 굽혀 특대형 크기로 눈을 뭉쳐서 홀리를 향해 던졌다. 홀리는 번개처럼 옆으로 피했다. 빗나갔다! 홀리가 눈 속에서 춤을 추며 소리쳤다.

"하하, 카락은 못 던진대요! 더럽게 못 던진대요!"

"그래! 내가 제대로 보여 주마, 이 도토리 반쪽 같은 녀석아!"

다음으로 던진 눈 뭉치는 홀리의 다리를 맞혔다.

"복수다! 복수할 거야!"

홀리가 날카롭게 소리치며 몸을 숙여 두 손 가득 눈을 모았다.

안타깝게도, 홀리는 나보다 잘 던졌다. 내가 끝끝내 도망치기로 마음먹었을 때, 난 산에서 내려온 눈 괴물 빅풋 꼴을 하고 있었다. 어쨌거나 이제 진짜로 변신 비법을 위한 두 가지 향을 찾는 일을 시작해야만 했다.

적절한 향은, 내가 퓨마의 모습일 때 계속해서 냄새가 나지 않는 것이어야 했다. 예를 들면, 송진과 솔잎은 산에 갈 때마다 맡게 되는 것이라 이제는 거의 의식하지 못했다. 그리고 산에서 멀리 떨어져 있을 때도 쉽게 접근할 수 있어야 했다. 나는 숲속을 뛰어다니며 이곳저곳 냄새를 맡고, 장갑 낀 손으로 땅 위의 눈을 긁어 내면서 딱 맞는 냄새를 찾아다녔다. 그리고 최종적으로 짙은 녹색 가시덤불 속에서 자라는 향나무를 골랐다. 이제부터 향나무는 나에게 인간 모습을 떠올리게 할 것이다. 하지만 두 번째 모습에 딱 들어맞는 향은 도무지 찾을 수가 없었다. 숲바닥에 무성하게 자란 숟가락 모양의 잎을 가진 식물 월귤나무로 고를까? 아니면 향이 강하면서 약간 역한 냄새가 나는 옻나무로 할까? 둘 다 아니었다. 딱 맘에 드는 게 없었다.

그러다 결국 답을 찾아냈다. 퓨마의 오줌. 그러니까 내 냄새! 바로 그거였다! 그걸로 우리가 영역을 표시하는 건 다 이유가 있다. 내 자신이 남긴 표시보다 더 강력한 신호는 없을 테니까. 그저 몇 방울만 천 조각에 떨어뜨리면 그걸로 끝이었다. 물론 근처의 인간이나 우드워커가 불쾌감을 느끼지 않도록 봉투에 넣고 잘 밀봉해야 했다. 기분이 좋아진 나는 비닐봉지에 향나무 몇 줌을 집어넣고 학교로 돌아왔다. 이제 나에게 필요한 것은 오직 '퓨마 오줌 봉투' 몇 개밖에 없었다.

그중 한 개는 손바닥에 숨길 수 있을 정도로 작아야 했다. 그걸 가지고 시험을 보러 갈 생각이었다.

방으로 돌아와서, 오줌 봉투를 챙기고 곧바로 훈련을 시작했다. 훈련은 기대 이상이었다. 변신을 열 번 정도 했을 뿐인데, 냄새가 정말로 강력한 신호가 된다는 것을 알게 되었다. 마법의 단어와 함께라면, 완벽하게 작동했다.

'하지만 만약 누군가가 나를 공격해도 똑같이 작동할까?'

그건 알 수 없었다.

중간고사는 이제 이틀 앞으로 다가왔다.

25

이에는 이

"야, 카락! '홀리데이' 철자가 뭐였더라?"

홀리가 속삭였다. 땀에 젖은 적갈색 머리카락이 이마에 찰싹 달라붙어 있었다.

"h-o-l-l-y-d……."

"아니야."

최대한 목소리를 낮춰 대답했지만, 계속 말을 잇기도 전에 캘러웨이 선생님의 날카로운 목소리가 우리 대화를 방해했다.

"조용! 각자 자기 문제만 풀도록."

수학과 물리학을 비롯한 다른 인간 과목들의 시험을 모두 마치고, 이제 곧 영어 시험도 끝날 것이다. 지금까지 난 모든 과목 시험을 그럭저럭 치렀다. 도리안과 브랜든도 그리 나쁘지 않은 것 같았다. 다만 홀리만은 시험을 치를 때마다 정신줄을 놔 버렸다.

‘제발, 제발 망치면 안 돼.’

우리 둘 다 인간의 모습일 땐 홀리가 내 말을 들을 수 없다는 것을 알면서도, 마음속으로 간절히 바랐다.

“으윽, 정말 지옥이 따로 없군!”

글짓기를 제출하자마자 홀리가 신음했다.

우리는 초조하게 성적이 나오기를 기다렸다. 당연하게도 브랜든은 수학과 물리에서 학급 1등을 했다. 나도 A학점을 몇 개 받았지만, 홀리가 줄줄이 이어진 D학점 속에서 유일하게 수학에서 C학점을 받았다고 좋아하는 모습을 보며, 재빨리 성적표를 감췄다.

“도토리 왕국의 모든 신하들이여, 나는 통과했노라!”

홀리가 큰 소리로 외쳤다.

“F학점만 아니면 돼!”

이제 변신족 과목의 시험만 남았다. ‘독립적인 동물 되기’는 비교적 쉬웠다. 우리는 각자 자기 종족과 관련된 질문에 답하고, 고유의 능력 몇 가지를 보여야 했다. 나는 반쯤 먹다 만 먹이를 아무도 찾지 못하도록 숨기는 방법을 선보였다. 그 정도는 애들 장난이었다. 비록 커다란 훈제 햄 덩어리를 숨겨야 했던 것은 좀 특이했지만 말이다. 아무도 이 시험에서 낙제하지 않았다.

‘인간 연구’ 과목 역시 모두가 통과했다. 후아니타와 까마귀들만 크리스마스가 무엇인지 설명하지 못해서 캘러웨이 선생님으로부터 D학점을 받았다. 쿠키는 크리스마스가 인간들이 전나무를 숭배하는 축제라고 계속 우기다가 C학점을 받았다. 캘러웨이 선생님은 그래도 반은 맞았다고 평가했다.

'특수 상황에서의 행동 요령' 시험은 브리저 선생님이 우리를 위해 특별히 고안해 낸 상황극으로 진행되었다. 내 역할은 그리 어렵지 않았다. 학교 밖 숲속에서 테오 씨는 내가 옷을 숨겨 둔 장소를 찾아내서 뻔뻔하게 그걸 가져가는 관광객 역할을 맡았다. 하지만 난 테오 씨가 그걸 그냥 가져가게 두지 않았다. 테오 씨가 딴 데 정신이 팔렸을 때, 혹은 그런 척 연기했을 때 나는 살금살금 다가가서 내 옷을 다시 훔쳐 냈다.

"멋진 접근 기술이구나."

브리저 선생님이 칭찬했다.

"테오 씨, 카락을 봤나요?"

"아뇨, 냄새도 안 나던데요. 우리 퓨마 소년은 참 영리한 친구예요."

학교 관리인이 대답했다.

시험 주간의 하이라이트는 전투 시험과 변신 시험이었다. 시간이 되자 학교 종소리가 우리를 대강당으로 호출했다.

재빨리 주위를 둘러보았다. 우리는 커다랗고 밝은 방 안에 서 있었고, 투박하게 깎아 놓은 나무 들보가 천장을 받치고 있었다. 빛은 통과시키지만 밖에서는 안을 볼 수 없는 우윳빛 유리창 너머에서 환한 빛이 들어오고 있었다.

나는 숨을 깊이 들이마셨다. 신선한 가문비나무 냄새와 잘 마른 흙냄새가 났다. 강당 중앙의 바닥이 그걸로 만들어져 있기 때문이었다. 여러 다른 동물의 냄새 또한 맡을 수 있었지만, 우리가 아직 인간의 모습으로 있었기 때문에 모습은 볼 수 없었다. 가장자리에 놓인 푹신한 방석에는 2학년과 3학년 학생들이 앉아 있었다. 우리 다음은 그들 차례가 되겠지만, 그 전에 먼저 신입생인 우리가 무엇을 할 수 있는지 보여 줘야만 했다. 맨 앞줄에는 클리어워터 교장 선생님과 다른 선생님들이 진지한 표정으로 앉아 있었다.

팔에 소름이 쫙 돋았다. 루와 눈이 마주쳤기 때문이다. 루는 짧은 녹색 코트에 금색 허리띠를 매고 있었는데, 믿을 수 없을 정도로 예뻤고, 또 매우 진지해 보였다.

'루도 시험 걱정을 하고 있을까?'

"카메라나 스마트폰을 가지고 온 사람은 지금 제출해라."

브라이트아이 선생님이 말했다.

"다들 알겠지만, 변신은 절대 기록으로 남겨서는 안 돼."

모든 학생이 고개를 끄덕였다.

"그리고 누군가에게 조언하거나, 응원하는 것 또한 허용되지 않는다는 사실을 다들 잘 알고 있겠지."

거의 자신의 뱀가죽처럼 딱 달라붙는 반짝이는 은색 드레스를 입은 캘러웨이 선생님이 덧붙였다.

"그러니 생각을 잘 통제할 수 있도록 하렴."

전투 시험이 먼저였다. 우리가 싸워야 할 순서는 추첨으로 정해졌다. 말릴라 선생님이 유리그릇에서 이름을 뽑아 클리어워터 교장 선생님에게 건넸다.

"브랜든 허셜!"

교장 선생님이 큰 소리로 발표했다.

"자신의 두 번째 모습으로 변신하도록."

"행운을 빌어!"

얼굴이 치즈처럼 허옇게 변해 버린 브랜든을 향해 작게 속삭였다. 어쩌면 브랜든의 차례가 이렇게 빠른 게 오히려 나을 것이다. 시간이 지날수록 긴장감이 점점 더 커질 테니까.

브랜든은 짧고 강력한 들소의 다리로 강당 바닥을 딛고 일어섰다. 지난 몇 주 동안 변신을 연습해 온 건 나뿐만이 아니었다. 아주 천천히, 한쪽 발굽을 다른 쪽 발굽 앞에 디디며 거대한 갈색 조각상 같은 브랜든이 경기장 한가운데로 걸어갔다. 시험 도우미가 서둘러 브랜든의 옷을 챙겨 다시 인간으로 변신하는 탈의실로 집어넣었다. 파리 한 마리가 브랜든의 머리 주위를 왱왱거리며 돌아다니자 브랜든의 한쪽 귀가 신경질적으로 씰룩거렸다.

전투 과목 담당인 브라이트아이 선생님이 앞으로 걸어 나왔다. 맨발에 옅은 회색 운동복 차림의 선생님이 경기장 중앙으로 들어서자, 짧게 깎은 머리 위로 빛이 반사되었다. 두 다리를 벌려 완벽하게 균형을 잡은 선생님은 잠시 그 자리에 서서 브랜든을 똑바로 바라보았다. 그러더니 운동복 상의를 머리 위로 훌렁 벗어서 경기장 옆에 있는 누군가에게 던졌다. 선생님의 몸은 날씬했지만 근육질이었다. 유도와 태권도 검은 띠를 맬 필요도 없이, 우리 모두 선생님이 유단자임을 알고 있었다.

선생님은 재빨리 자신의 두 번째 모습으로 변신했고, 조금 전까지 한 남자가 서 있던 자리에는 커다란 검은 늑대 한 마리가 서 있었다.

'날 공격해라.'

선생님이 브랜든을 향해 말했다.

내 친구의 몸에는 전율이 흘렀고, 나는 무심코 두 주먹을 꽉 쥐었다. 우리가 한 훈련이 효과가 있을까? 자동차와 얽힌 그 끔찍한 일을 벌였던 게 과연 가치 있는 일이었을까?

브랜든은 선 자세에서 머리를 낮추고, 콧김을 씩씩 뿜으며 늑대를 향해 돌진했다. 나도 모르게 환호하는 걸 막기 위해 두 손으로 입을 틀어막아야 했다. 브랜든이 공격을 하고 있었다! 이제 해야 하는 것은 자신의 분노를 통제하는 것이었다.

브라이트아이 선생님은 믿을 수 없을 정도로 빨랐고, 브랜든을 조금도 봐주지 않았다. 선생님은 브랜든의 뒷다리 힘줄을 확

잡아당겨 들소의 코에 이빨을 박아 넣으려고 했다. 선생님은 으르렁거리며 브랜든의 주위를 계속 맴돌았고, 가능한 한 브랜든이 계속해서 빠르게 방향을 바꾸도록 만들었다. 그때마다 브랜든은 자신을 잘 방어했다.

마침내 브라이트아이 선생님이 일부러 빈틈을 보였다가 한 발 늦게 물러서는 모습이 보였다. 브랜든은 기회를 놓치지 않고 다시 한 번 앞으로 돌진했고, 이번에는 선생님을 뿔로 들이받는 데 성공했다. 그 즉시 종이 울리고 싸움이 끝났다.

'잘 싸웠다, 브랜든.'

브라이트아이 선생님이 말했다.

'네 점수는 B다. 아까 내 속임수에 넘어가지만 않았어도 A를 받을 수 있었을 거야.'

브랜든은 좋아서 펄쩍펄쩍 뛰었다. 네 발굽이 허공을 휘저으며 마치 송아지처럼 껑충댔다. 홀리와 나는 손바닥을 힘껏 마주쳤고, 다른 학생들도 박수를 쳐 주었다. 브랜든은 자기 옷이 놓여 있는 칸막이 뒤로 성큼성큼 걸어갔고, 잠시 후 기쁨을 감추지 못하는 표정으로 걸어 나와 우리 옆에 앉았다.

두 번째 싸움은 이미 시작되었다. 까마귀 윙이 가면올빼미 트루디와 신나게 공중전을 벌이고 있었다. 트루디가 간신히 승리를 거두었다. 트루디는 커다랗고 동그란 눈으로 제프를 향해 사랑이 가득 담긴 눈길을 보냈지만, 제프는 눈에 띄게 지루한 표정으로 다른 곳을 보고 있었다.

루의 차례가 되자 내 바보 같은 심장은 미친 듯이 뛰기 시작했다. 루는 인간의 모습으로 비올라와 싸워서 졌지만, 그래도 잘 싸웠기 때문에 C학점을 받았다.

다음은 버사와 제프 차례였다. 그 둘은 인간의 모습으로 숙련된 기술을 보이며 싸워 달라는 요청을 받았다. 버사가 이겼고, 그 때문에 제프는 기분이 아주 나빠졌다. 하지만 둘 다 시험을 통과했다. 아쉽지만 다음 학기에도 제프와 그 패거리들의 꼴을 계속 봐야 한다는 뜻이었다.

홀리는 다람쥐의 모습으로 주머니쥐 쿠키와 싸워야 했지만, 그 싸움은 순식간에 끝이 났다. 쿠키는 몇 초 만에 바닥에 누워 죽은 척을 했다.

'이러면 제가 이긴 거죠?'

홀리가 기뻐하며 묻더니, 쿠키의 등 위로 올라가 물구나무를 섰다. 클리어워터 교장 선생님은 한숨을 내쉬었다.

"쿠키, 넌 인간의 모습으로 다시 한 번 싸워라. 이게 마지막 기회야. 그리고 홀리, 넌 님블과 한 번 더 싸워도 괜찮겠니?"

"그럼요."

홀리가 준비 운동 삼아 펄쩍펄쩍 뛰면서 대답했다. 님블은 훨씬 힘든 상대였다. 토끼 소년은 마치 홀리가 무슨 샌드백이라도 되는 것처럼 뒷발로 뻥 걷어차 버렸다. 화가 머리끝까지 난 홀리는 님블의 등으로 뛰어올라 꽉 붙잡고, 기다란 귀 한쪽을 비틀어 버렸다.

'아우우우! 항복!'

님블이 깩깩거리며 비명을 질렀다. 님블은 C학점을 받았고, 홀리는 자신의 유일한 A학점을 자랑할 수 있게 되었다.

다음은 내 거미 동맹 후아니타 차례였다. 후아니타의 상대는 2학년 개미 변신족이었다. 테오 씨가 선수들 위에 설치해 놓은 커다란 돋보기가 있음에도 불구하고, 선생님들은 이 싸움을 채점하기 위해 몸을 앞으로 한참 숙여야 했다. 관중들은 눈이 빠질 정도로 가깝게 붙어서 봐야 했지만, 그럴 만한 가치가 있는 시합이었다. 후아니타와 개미는 둘 다 온 힘을 다해 싸웠다. 와우! 확실히 개미가 등장하니 그야말로 목숨을 건 싸움처럼 보였다. 당황한 후아니타는 그저 다리를 허우적거리는 것밖에 할 수 없었다. 하지만 정말로 운이 좋게도 후아니타의 다리 하나가 상대의 눈을 찔렀다. 개미는 분비샘에서 강력한 개미 독인 포름산을 내뿜어서 응수했다.

"실격! 화학 물질 사용은 규칙 위반이야."

클리어워터 교장 선생님이 선언했다. 그러자 후아니타는 여덟 개의 다리로 기쁨의 춤을 선보였다. 실격이 선언되지 않았더라면 자신이 졌을 거란 걸 가까이에서 지켜보던 관중들만큼이나 후아니타도 잘 알고 있었다.

그 둘이 미처 인간의 모습으로 변신하기도 전에 대강당의 문이 활짝 열렸다. 다들 누구인지 궁금해하며 고개를 돌렸다.

"아무도 시험을 방해해선 안 되는 거 아니야?"

나는 믿을 수 없다는 듯 홀리에게 속삭였다.

"누가 감히……."

그 말은 목구멍에 말라붙어 버렸다. 강당으로 들어온 사람은 다름 아닌…… 앤드루 밀링이었다! 그리고 경호원으로 보이는 검은 옷을 입은 근육질의 변신족과, 나를 태우러 왔었던 뱀 변신족 여자가 있었다.

밀링 씨는 나무랄 데 없이 예의를 갖춰 선생님들에게 인사하고, 모두를 향해 미소 지었다. 최악이었던 것은, 거의 모두가 밀링 씨를 마주 보고 미소를 지어 주었다는 사실이다!

"클리어워터 교장 선생님, 제가 후원하는 학생이 시험을 치르는 것을 보러 올 수 있게 허락해 주셔서 고맙습니다."

"저희가 영광이지요."

클리어워터 교장 선생님이 말했다.

"하지만 같이 오신 분들은 밖에 계셔야 합니다."

밀링 씨는 손짓 한 번으로 경호원들을 해산시키고, 선생님들 옆의 빈 의자에 앉았다. 캘러웨이 선생님이 홀딱 반한 표정으로 밀링 씨를 쳐다보는 모습에 하마터면 토할 뻔했다.

내 생각은 겁먹은 토끼들처럼 이리저리 날뛰고 있었다.

'이건 말도 안 돼! 밀링 씨가 학교에 찾아오다니!'

생각만으로도 소름이 끼치고 화가 났다.

'저 남자는 대체 무슨 속셈이지?'

전투 시험을 보러 왔다는 게 우연일 리는 없다.

'내가 자신이 원하는 사람이 정말 맞는지 확인해 보려고 온 건가? 내가 자신의 그 어두운 계획에 적합한지 보려고?'

"카락!"

교장 선생님의 목소리가 강당에 울려 퍼졌다.

"자신의 두 번째 모습으로 변신하도록."

이제 내 차례였다.

대강당에는 무거운 침묵이 내려앉았다.

일어서려는 순간, 머리가 빙빙 돌고 발밑의 바닥이 있는지 없는지조차도 느껴지지 않았다.

나도 모르게 밀링 씨를 흘끗 쳐다보았다.

밀링 씨는 다른 변신족들을 향해서는 미소를 지었지만, 나를 볼 때의 표정은 좀 더 냉철하고 무언가를 판단하려는 것 같았다.

"어서, 변신해야 해!"

브랜든이 걱정스럽게 속삭였다.

"두 번째 모습이라고 했잖아."

"어서 해!"

홀리도 속삭였다.

'내가 지금 싸울 수 있을까?'

무릎이 바람에 날리는 갈대처럼 후들거렸지만, 어쩌면 그리 나쁜 일이 아닐지도 모른다는 생각이 들었다.

'어쩌면 밀링 씨한테서 벗어날 기회일지도 몰라!'

만약 형편없이 싸워서 지는 모습을 보인다면, 밀링 씨는 분명 나에 대한 흥미를 잃을 것이다. 그러면 더 이상 나를 조수로 쓰고 싶어 하지 않을 거고, 날 그냥 놔줄지도 모른다!

하지만 싸움에서 진다면, 시험에 떨어지게 된다! 그렇게 되면 친구들과 함께 수업을 계속 들을 수 없고, 다음 학기에 새로 들어오는 신입생들과 함께 처음부터 다시 시작해야 한다. 그리고 내가 엉망으로 싸운다면, 실망할 사람은 밀링 씨만이 아니었다. 나에게 너무나도 많은 기회를 준 클리어워터 교장 선생님도 마찬가지로 실망할 것이다. 브리저 선생님, 테오 씨, 그리고 당연히 내 친구들도……. 오직 제프와 늑대 패거리만이 내가 낙제한 걸 보면 좋아서 침을 질질 흘려 대겠지.

"카락? 다들 기다리고 있어."

클리어워터 교장 선생님이 단호하게 말했다.

어떻게 해서든 이 일을 해결해야 했다.

"팀북투."

조용히 혼잣말로 중얼거리며, 퓨마가 되는 모습을 상상했다. 온몸이 털로 뒤덮이면서 내 몸이 변하는 걸 느낄 수 있었다. 나는 다시 한 번 퓨마로 변신했다.

브랜든과 마찬가지로 나도 브라이트아이 선생님과 직접 싸워야 하는 몇 안 되는 학생 중 하나였다. 다른 늑대들은 둘씩 짝을 지어야만 나와 맞설 수 있었지만, 브라이트아이 선생님은 보조 따위는 필요치 않았다. 지금 내 앞에 서 있는 노란 눈의 커다란 검은 늑대는 우리 아빠마저 겁먹게 했을 것이다. 하지만 내가 선생님을 상대할 수 있다는 걸 증명할 필요는 없었다. 나는 이미 마음을 굳혔다.

'앤드루 밀링한테서 자유로워져야 해.'

나는 질 작정이었다.

'자, 시작하자.'

브라이트아이 선생님의 목소리가 머릿속을 파고들었다.

그 즉시 펄쩍 뛰어서 선생님을 향해 몸을 던졌다. 하지만 내가 착지했을 때 상대는 이미 다른 곳에 있었다. 조용히 그리고 부드럽게, 목덜미 털을 곤두세운 늑대가 공격을 시작했다. 선생님은 사방팔방에 다 있는 것처럼 보였다. 난 몸을 숙이고 이리저리 피하다가, 균형을 무너뜨리려는 것처럼 발톱을 감춘 발을 휘둘렀다. 일부러 아주 천천히. 발은 딱 한 번 선생님을 스쳤다.

브라이트아이 선생님은 곧바로 반격을 시작했고, 내 목을 조르려고 했다. 가만히 선 채로 패배자가 되기 딱 좋은 기회였다. 선생님이 나를 넘어뜨리도록 내버려두고, 등을 바닥에 대고 누워 네발로 선생님을 껴안았다. 분명히 꽤 멍청해 보였을 거다. 선생님이 내 위에서 내려오자 벌떡 일어나 몇 걸음 뒤로 물러났다.

관중들 사이에서 수군거리는 소리가 번졌다. 난 첫 라운드에서 확실히 패배했다. 아마 다들 속으로 나한테 무슨 문제가 있는지 궁금해하고 있을 것이다. 난 비참한 기분이 들었다. 하지만 밀링 씨를 힐끗 봤을 때, 굳게 다문 입매가 보였다. 내 계획은 효과가 있었다! 그게 작지만 위로가 되었다.

숨 돌릴 시간은 잠시뿐이었고, 나는 목을 붙잡으려는 것처럼 브라이트아이 선생님을 향해 또다시 달려들었다. 선생님은 아주 쉽게 그 공격을 피했다.

'뭐 잘못 먹은 거냐? 제대로 싸워 봐!'

선생님의 도발에 대꾸하지 않았다. 만약 여기서 내 의도를 드러낸다면 모든 게 헛수고가 될 게 뻔했다. 브라이트아이 선생님을 화나게 만드는 건 결코 좋은 생각이 아니었지만, 지금 선생님은 정말로 화가 난 것 같았다. 내가 다시 한 번 방어에 실패했을 때, 선생님은 참지 못하고 내 어깨를 이빨로 꽉 물었다. 내가 고통스럽게 펄쩍펄쩍 뛰자 관중들은 놀라서 웅성거렸다. 전투 시험 중에 선생님이 일부러 학생을 다치게 한 일은 전에는 한 번도 없었을 것이다.

'이 미친 늑대가 감히 나를 물어?'

내 안의 무언가가 폭발했고, 생각이 멈췄다. 야만적인 힘이 몸 안으로 밀려 들어왔다.

'그래, 이 늑대는 덩치가 크지만, 나는 퓨마야!'

브라이트아이 선생님이 무슨 일이 일어나고 있는지 미처 파악하기도 전에, 검은 늑대를 향해 돌진해서 강력한 한 방을 날려 쓰러뜨렸다. 선생님이 바닥을 구르고 있는 동안 나는 몸을 던져 송곳니를 선생님의 목에 들이댔다.

종이 울렸다. 내가 승리했다.

나의 승리…….

"아, 안 돼!"

환호성이 울려 퍼졌다. 클리어워터 교장 선생님은 10분 동안의 휴식 시간이 있을 거라고 발표했다.

세상에, 맙소사! 어떻게 이렇게 멍청하게 싸움에서 이길 수가 있을까? 거의 질 뻔했는데, 내 바보 같은 본능이 모든 계획을 망쳐 버렸다!

다시 인간으로 변신해 옷가지를 걸쳤을 때, 브라이트아이 선생님이 씩 웃으며 내 멀쩡한 어깨를 두드렸다.

"잘했다. 하지만 B학점이야. 넌 발동이 너무 늦게 걸렸어."

선생님의 옆구리에는 피 묻은 발톱 자국이 여기저기 나 있었다. 그걸 보고서야 내가 선생님을 다치게 했다는 것을 깨달았다.

"죄송해요, 선생님. 일부러 그런 건 아닌데……."

선생님은 손을 흔들었다.

“사과해야 할 사람은 나야. 어쨌든 내가 시작한 거니까. 하지만 내 최고의 학생이 중요한 시험을 망치는 걸 그저 지켜볼 수는 없더구나.”

“그러니까, 이 아이가 최고의 학생이다, 이 말이죠? 정말 그런가요?”

밀링 씨가 어느새 불쑥 우리 옆에 다가와 있었다. 방금 생크림 한 사발을 핥아 먹은 고양이처럼 기분이 좋아 보였다. 밀링 씨는 마치 학부모처럼 내 어깨에 팔을 둘렀다. 당장 뿌리치고 싶었지만 가만히 있었다. 상황은 이미 충분히 나빴다.

“물론이죠.”

브라이트아이 선생님이 말했다.

“발톱과 머리 모두 민첩합니다. 아주 좋은 조합이에요. 이 학교에 있는 누구와도 싸워 이길 수 있을 겁니다. 심지어 저까지도요. 이미 보셨겠지만요.”

선생님은 유쾌하게 말하며 티셔츠를 입었지만, 티셔츠는 금세 피로 물들어 버렸다.

밀링 씨는 고개를 끄덕였다.

“아주 훌륭하구나, 카락. 변신 시험도 잘 치르기 바란다. 나중에 다시 얘기하자.”

밀리라 선생님이 상처를 치료해 주는 동안, 그저 고개를 끄덕일 수밖에 없었다. 나 자신에게 이토록 화가 난 적은 없었다.

'멍청이, 멍청이, 멍청이!'

이 말만 계속 머릿속을 맴돌았고, 다른 어떤 생각도 끼어들 틈이 없었다.

"정말 굉장했어!"

홀리가 나를 와락 껴안으며 소리쳤다.

"처음엔 그렇게 꼴사나운 머저리 흉내를 내더니, 정말 머리를 잘 썼어! 그러다가 달려드니까 선생님도 허를 찔린 거야!"

브랜든은 나를 향해 미소를 지었고, 도리안은 엄지손가락을 치켜세웠다.

전투 시험에서는 마지막 순서였지만, 변신 시험 제비뽑기에서는 첫 번째 순서를 뽑았다. 아직 고난은 끝나지 않았다! 엘우드 선생님은 이미 차가운 눈빛을 내뿜으며 팔짱을 낀 채로 강당 중앙에서 기다리고 있었다. 학생들은 내가 앞으로 나오길 기다리며 수군대고 있었다.

"휴식 시간이 좀 더 필요하니?"

클리어워터 교장 선생님이 걱정스러운 얼굴로 물었다. 만약 그 순간 내가 무엇 때문에 불편한지를 교장 선생님한테 말했다면, 선생님은 나를 믿지 않았을 거다. 교장 선생님은 앤드루 밀링을 세상에서 가장 훌륭한 사람이라고 생각하고 있으니까!

"잠시만요…… 거의 다 됐어요."

가방 속 물건들을 미친 듯이 뒤졌다.

'아, 여기 있다!'

향나무와 퓨마 오줌이 든 작은 봉지를 찾아내어 양손에 하나씩 쥐었다. 그것들은 변신하면 바닥으로 떨어지겠지만, 그건 상관없었다. 단지 예방책일 뿐이니까. 나는 오늘 이미 내 힘으로 변신했고, 그것도 꽤 잘되었다.

"네가 그 비밀 수업에서 얼마나 좋은 걸 배웠는지 얼른 보고 싶구나."

엘우드 선생님이 귓가에 속삭였다. 그다지 친근하게 들리지는 않았다. 엘우드 선생님의 눈길이 꽉 쥐어져 있는 내 주먹에 닿았다.

"뭘 가지고 온 거지?"

"아, 이건 그냥……."

하지만 엘우드 선생님은 이미 작은 봉지 두 개를 손에 쥐고 있었다. 선생님은 눈썹을 찡그린 채로 향나무가 들어 있는 봉지를 검사하더니, 냄새를 맡았다. 그러고는 다른 봉지를 열었다. 그 냄새가 코를 찌르자, 선생님은 저속하기 그지없는 초식 동물만의 욕설을 내뱉으며 펄쩍 뛰어 물러났다.

"으, 역겨워! 이게 뭐냐?"

"카락, 미안하지만 시험 중에 보조제 사용은 금지란다."

클리어워터 교장 선생님이 말했다.

나는 말없이 봉지를 홀리에게 던졌다. 어리석게도 홀리는 곧바로 퓨마 냄새가 들어 있는 봉지에 코를 들이댔고, 그대로 기절해 버렸다. 참견쟁이 다람쥐 같으니라고!

나는 엘우드 선생님 맞은편에 자리를 잡고 섰는데, 운이 없게도 거기는 밀링 씨와 똑바로 마주 보는 자리였다. 밀링 씨의 눈은 정말로 냉혹해 보였다.

'브라이트아이 선생님이 나에 대해 그렇게 칭찬했으니, 밀링 씨는 나를 절대로 놓아주지 않을 거야.'

이 생각이 머릿속을 스쳐 지나갔다.

"쉬운 것부터 시작하지……. 네 두 번째 모습을 보여 봐라, 퓨마 소년."

엘우드 선생님이 살짝 경멸하는 듯한 말투로 지시했다.

밀링 씨가 앉은 자리에서 두 칸 건너뛴 곳에 브리저 선생님이 앉아 있었다. 선생님이 날 얼마나 걱정하고 있는지 느낄 수 있었다. 선생님이 그곳에 있어서 다행이었다. 아무 말도 하지 않았지만, 브리저 선생님을 보자 새벽안개가 낀 고요한 숲에서 가졌던 우리의 비밀 수업이 떠올랐다. 쉽진 않았지만 선생님이 가르쳐 준 대로 긴장을 풀 수 있었다. 그러고 나서 조금 전 브라이트아이 선생님을 제압했던 내 안의 퓨마를 찾아보았다. 하지만 안타깝게도 끊임없이 재잘대는 목소리가 집중력을 방해했다. 내 마음 깊은 곳에서 들려오는 목소리였다.

'그냥 져 버리지 그랬어? 바보 같으니라고.'

'팀북투!'

난 소리 없이 속삭였다.

'이제 너는 앤드루 밀링의 자비를 구걸해야 하는 처지야!'

'팀북투!'

'그 사람한테서 벗어날 기회였는데, 네가 날려 버렸어.'

퓨마는 내 안 깊은 곳으로 숨어 버렸다. 도저히 찾지 못할 만큼 아주 깊은 곳으로.

"죄송합니다."

엘우드 선생님에게 말하고 자리에 가서 앉았다.

나는 변신 시험을 통과하지 못했다.

26

동맹이냐 적이냐

다른 학생들이 시험을 치르는 동안 무슨 일이 일어났는지는 잘 기억나지 않았다. 모든 시험이 끝나고 나서야 멍한 상태에서 깨어날 수 있었다. 선생님들이 위엄 있게 퇴장하자마자 침묵이 깨졌다. 학생들은 펄쩍펄쩍 뛰고 서로를 얼싸안으며 시험 이야기를 나누었다. 리로이와 클리프는 자신들이 했던 싸움에서 가장 멋졌던 장면을 재연했고, 제프는 대진이 불리했다고 큰 소리로 불평을 늘어놓았다. 웃기지도 않는 소리였다.

하지만 그 소란 속에서도 제프가 내 귀에 속삭이는 소리를 들을 수 있었다.

"난 네가 구제 불능의 패배자란 걸 일찌감치 알고 있었어!"

적절한 대답이 생각난 것은 몇 분이 지난 뒤였다.

"물론이야, 브라이트아이 선생님을 이긴 패배자지."

안타깝게도 제프는 벌써 자기 패거리와 함께 축하하기 위해가 버린 뒤였다.

내 방으로 조용히 사라지고 싶었지만, 밀링 씨가 잡아 세웠다.

"둘이서만 조용히 이야기할 수 있을까?"

밀링 씨가 물었다.

선택의 여지가 없었다. 밀링 씨는 분명 나와 이야기를 나누기 전에는 학교를 떠나지 않을 것이다. 할 수 없이 고개를 끄덕였다. 경호원들을 뒤에 달고 밀링 씨는 우리가 평소에 인간 연구 수업을 하는 교실로 나를 데려갔다. 그곳은 지금 텅 비어 있었고 고요했다.

"밖에서 기다리도록."

밀링 씨가 경호원들에게 지시했다. 경호원들은 문 바깥쪽에 자리를 잡았다. 나는 마치 처음 보는 것처럼 교실 벽을 물끄러미 바라보았다. 그곳엔 유명한 영화 포스터와 인간의 헤어스타일이 무엇을 의미하는지 보여 주는 도표, 그리고 우리가 공동으로 작업한 콜라주 작품이 걸려 있었다. '우리가 인간 세상에서 특히 좋아하는 것과 인간으로서 좋아하는 것'이라는 제목을 가진 작품이었다. 나는 손 사진 한 장과 초콜릿 아이스크림 사진 한 장을 오려 다른 아이들이 모은 사진들 사이에 붙였다. 섀도와 윙은 롤러코스터 사진을 붙여 놓았고, 리로이는 텔레비전을…….

"앉아라."

단단하고 힘줄이 도드라진 손이 나를 의자에 앉혔다.

나는 여전히 초콜릿 아이스크림을 멍하니 바라보고 있었다. 이게 내가 인간 세상이 멋지다고 생각하게 만든 물건이었다. 그때 나는 얼마나 어리고 순진했는지.

밀링 씨는 내 맞은편에 앉았다.

"그래, 변신 시험은 운이 나빴다."

밀링 씨가 주머니에서 막대 초콜릿을 꺼내 한입에 먹어 치우며 말했다.

"하지만 나쁜 일은 언제든지 일어날 수 있어. 너는 아직 어려. 나는 열여섯 살이 될 때까지 변신을 제대로 통제하지 못했어."

밀링 씨는 아무렇지도 않게 초콜릿 포장지를 바닥에 버렸다.

그때 처음으로 밀링 씨를 똑바로 쳐다보았다.

"정말요?"

"틀림없는 사실이야. 하지만 그보다 중요한 얘기를 먼저 하자. 넌 반드시 결정을 내려야 해."

"뭘 결정하는데요?"

진이 다 빠진 목소리로 물었다.

"내 편이 될 건지, 아니면 반대편에 설지."

밀링 씨는 내가 어떻게 식당을 뛰쳐나갔는지 잊지 않았다.

"내 계획에 네가 도움이 될 수 있어."

밀링 씨의 눈빛이 너무 강렬해서, 눈을 돌릴 수가 없었다.

"지난 몇 년 동안 나는 많은 동맹을 얻었다. 우드워커 수백

명이 이미 내 편이 되었지. 전국적으로 보자면 수천이야. 우리는 강하고, 하루하루 더 강해지는 중이야. 하지만 아직도 충분하지 않아. 특히 너 같은 포식자는 더더욱 귀하지. 퓨마 변신족은 드물지만, 내 최고의 아군이야."

온몸이 오싹해졌다.

"인간을 죽이려는 거잖아요. 할 수 있는 한 많이. 아니에요?"

그 말을 불쑥 내뱉어 버렸다. 밀링 씨의 눈앞에 대고 그 말을 했다는 게 믿기지 않았다.

이제 밀링 씨는 어떻게 할까? 비밀을 누설할 수 없도록 날 죽여 없애려고 할까?

밀링 씨가 웃음을 터뜨렸다. 깊고, 따뜻하고, 유쾌한 웃음이었다.

"너는 인간에 대해 잘 모르고 있구나, 카락. 우리 우드워커들이 인간들에게 실제로 어떤 피해를 입힐 수 있는지 전혀 모르고 있어. 인간들을 그냥 죽이는 게 훨씬 더 간단한 일이야."

홀리라면 아마 이렇게 대답했을 것이다.

"맞아요, 그 바보 같은 TV를 부숴 버리면, 인간들에게 훨씬 더 큰 고통을 줄 수 있어요."

하지만 농담할 기분이 아니었다. 입이 바싹 말라서, 물 한 모금이 절실했다.

'내가 잘못 생각한 건가? 밀링 씨는 인간을 죽일 계획 같은

건 세우지 않은 걸까?'

방금 밀링 씨가 한 말이 무슨 뜻인지 도무지 알 수 없었다.

"저한테 준 칼은 대체 뭐였죠?"

이 질문조차 밀링 씨를 흔들 수는 없었다.

"그냥 작은 장치일 뿐이야. 해롭진 않지."

"그게 물속에서 폭발했다고요!"

"좋아, 내가 너에 대해 좀 더 알 수 있도록 도와주는 장치가 들어 있었어. 네가 뭘 하는지, 무슨 말을 하는지 같은. 안타깝게도 방수 기능은 없었어. 그게 중요한 건 아니었으니까."

밀링 씨는 어깨를 으쓱하고는 미소를 지었다.

나는 밀링 씨를 빤히 쳐다보았다. 이 사람은 나를 염탐하기 위해 뭔가를 줬다고 고백했다……. 그런데 지금 그게 중요할까?

"네가 나와 함께한다면 뭘 얻을 수 있는지 궁금할 거야."

밀링 씨는 다시 한 번 나를 똑바로 바라보았다.

"네게 제안할 것이 있다, 카락. 너는 가족들이 사라져서 얼마나 슬펐는지 말해 줬다. 네가 잊어버렸을까 봐 말하자면, 나는 힘 있는 사람이고 강력한 퓨마 변신족이야. 네가 나와 함께하기로 결정한다면, 네 가족을 찾는 일을 도와주마."

무언가 날카롭고 뾰족한 것이 심장 한가운데를 푹 찔렀다.

"제 가족이 어디 있는지 아세요?"

"아니. 하지만 찾을 수 있어. 그건 네가 할 수 없었던 일이고,

또 너 혼자서는 할 수 없는 일이기도 하지."

사무치는 그리움에 의자 속으로 몸을 파묻었다. 산에 대한 그리움, 그리고 부모님과 미아 누나에 대한 그리움이었다. 덤불 속에서의 즐거운 놀이도, 잘 마른 풀로 만든 둥지에서 안락하게 서로 몸을 붙이고 있던 느낌도, 사냥이 주는 짜릿한 흥분도 모두 그리웠다…….

"생각해 보고 알려 주기 바란다. 내 제안은 내일 저녁까지 그대로니까."

밀링 씨는 자리에서 일어났다.

"어디로 연락해야 하는지는 알고 있으리라 생각한다."

'내일까지 결정해야 한다고? 그렇게 급하게?'

그건 완전히 미친 짓이다. 그건…….

뭐라고 대답하기도 전에 밀링 씨는 그 자리를 떠났다. 밀링 씨와 경호원들이 점점 멀어지는 소리를 들을 수 있었다.

힘없이 의자에 앉아 팔꿈치를 무릎에 올린 채 두 손으로 머리를 감싸 쥐었다. 이 상황에 맞는 표현은 딱 한 가지밖에 떠오르지 않았다.

"퓨마 똥 같네."

"여기 있었어?"

문이 열리고 브랜든의 상냥한 얼굴이 쓱 들어왔다.

"드디어 찾았네! 여기서 뭘 하고 있는 거야? 아직도 계속 인간을 이해하려고 노력하는 거야?"

나는 힘없이 고개를 저었다.

자리에서 일어섰을 때, 온몸이 떨리는 것을 느꼈다.

"여기서 나갈래. 머리를 좀 비우고 싶어. 아니, 뭐가 어쨌든 간에."

모든 게 벅차다는 생각이 들었다. 더는 감당할 수 없었다.

야생으로 도망쳐야 했다. 그곳에 가면 생각할 수 있고, 이 덫에서 벗어나는 방법을 찾을 수 있을 것이다.

"밖으로? 지금?"

브랜든이 창밖을 내다보았다. 시험이 긴 시간 이어진 터라 날은 어두워져 있었다.

"그래, 지금."

문 쪽으로 터덜터덜 걸어가는 나를 브랜든이 불안한 눈으로 쳐다보았다.

"홀리랑 내가 같이 가 줄까? 그래, 그게 좋겠다. 우리가 같이 갈게. 그 멍청한 시험도 끝났으니까, 바람 좀 쐬는 게 좋을 거야. 넌 그저 운이 나빴을 뿐이야."

브랜든은 진정한 친구였지만, 지금은 혼자 있고 싶었다.

"브랜든, 나 혼자 있고 싶어."

브랜든은 침울한 표정을 지었다.

"하지만 내가 널 지켜 줄 수 있어. 알잖아, 나는 강하다고!"

"나도 알아."

브랜든을 향해 작게나마 미소를 짓지 않을 수 없었다. 그리고 나도 모르게 브랜든을 꽉 안았다.

"언제나 내 옆에 있어 줘서 고마워."

"그런 말은 하지 마. 꼭 작별 인사처럼 들리잖아."

브랜든이 중얼거렸다.

"나 대신 다른 애들한테도 인사 전해 줘."

난 잉크처럼 검푸르고 별이 반짝이는 로키산맥의 어둠을 향해 출발했다. 옷은 홀리의 비밀 음식 저장고에 놓아두었다. 밖에서는 변신하는 게 이렇게 쉬운데, 왜 시험 볼 때는 잘 안 됐던 걸까?

발에 밟히는 눈이 깃털처럼 부드러웠다. 머리 위에는 보름달이 너무나도 밝게 빛나서 소나무마다 그림자를 드리우고 있었다. 이따금 추위를 못 견디고 나무껍질이 갈라지는 소리와 나뭇가지에서 눈이 떨어지는 소리만 들릴 뿐, 놀라울 정도로 고요했다. 나는 상쾌하고 차가운 공기를 가슴 깊이 들이마셨다. 그 순간 집도, 침대도, 시간표도, 시험도 없는 이 세상을 한 번도 벗어난 적 없는 것 같은 기분이 들었다. 마치 인간으로 살겠다는 말도 안 되는 결정 따위는 한 적이 없는 것 같았다.

그때는, 그러니까 예전의 나는 생각해야 할 게 별로 없었는데, 그에 반해 지금은 머릿속이 생각들로 가득 차 있었다. 마치 누군가가 내 뒤에 채찍을 들고 서 있는 것처럼 생각들이 나를 몰아붙였다.

'내가 잘못된 길로 가고 있는 걸까? 밀링 씨의 의도는 정말로 인간을 해치려는 게 아니라 그저 따끔한 교훈을 주려는 거 아니었을까?'

그게 아니라면, 내가 비난했을 때 뭔가 반응을 보였을 것이다. 하지만 밀링 씨는 변명하지 않았다.

'어쩌면 밀링 씨와 손을 잡는 게 최선이 아닐까?'

그러면 가족을 찾을 기회를 얻게 된다. 내가 밀링 씨를 좋아하지 않는 게 무슨 상관일까?

'랄스턴 가족은 좋아했나 뭐.'

옐로스톤으로 여행 갔을 때 말론 형은 나를 거의 죽일 뻔했는데, 나중에 미안하다는 말이라도 했나? 당연히 하지 않았다.

어쩌면 밀링 씨는 내 진짜 가족을 찾을 수 있는 유일한 사람일지도 모른다. 밀링 씨가 그럴 능력이 있다는 것을 믿었다. 밀링 씨의 제안을 거절한다면, 난 이 희망을 잃게 될 것이다. 거절한다는 생각만 해도 기분이 이상했다. 만약 내가 거절한다면, 밀링 씨는 더 이상 내 편이 아니라 적이 될 것이다. 밀링 씨는 분명 최악의 적을 넘어 생사를 다투는 치명적인 적이 될 것이다. 그런 사람에게 전쟁을 선포하려면 얼마나 어리석어야 할까?

어느 방향으로 가는지는 중요하지 않았다. 계속 앞으로, 더 앞으로, 깊고 깊은 숲속으로 들어간 뒤, 산자락을 타고 더 높고 높은 곳으로 올라갔다. 하늘에서 눈송이가 내려와 콧잔등에 떨어져 녹아내렸다.

'내가 내일 결석하더라도 누가 신경이나 쓰겠어?'

선생님들은 그저 어깨를 으쓱하고 말 것이다. 나는 결국 낙제했고, 수업을 들으려고 서두를 필요도 없었다. 우리 반의 모든 학생은 진급할 것이다. 나만 빼고 모두 다.

어쩌면 이 숲에서 영원히 머무는 게 가장 좋은 방법일지도 모른다. 내 영역을 찾고, 사냥하는 연습도 하고, 그러면서 다시 퓨마로 살아가는 것이다. 하지만 원하든 원하지 않든 난 그저 단순한 퓨마가 아니다.

'난 가족이 필요해. 그리고 내일까지 결정을 내려야 해!'

머리 위에서 새벽녘의 첫 빛이 하늘을 주황색으로 물들였다. 밤새도록 밖을 돌아다녔지만 춥지 않았다. 두툼한 털 덕분에 따뜻했다.

'잠깐만.'

멈춰 서서 고개를 돌려 귀를 기울였다.

'저게 무슨 소리지?'

거의 즉시 알아차렸다. 멀리서 개 몇 마리가 열심히 짖고 있었다. 짖는 것을 넘어 거의 미쳐 날뛰는 것처럼 들렸다. 그건 사냥감의 냄새를 쫓는 사냥개의 소리였다.

'널 잡는다, 널 잡는다!'

개들이 보내는 경고의 메시지였다. 개들은 와피티사슴을 쫓고 있는 게 분명했다. 아니면 큰뿔양이라든지.

절대 나는 아니었다!

'아니지, 나일 수도 있나?'

사슴이나 들소 같은 초식 동물들을 사냥할 때는 사냥꾼들이 개와 함께 다니지 않는다는 사실이 문득 떠올랐다. 총을 들고 차에 탄 채로 그저 사냥감이 나타나길 기다리다가, 총으로 쏘곤 했다. 그런 방식은 우리 같은 대형 고양잇과 동물에게는 통하지 않는다. 모습을 숨기려고 마음먹으면 아무도 우리를 발견할 수 없으니까. 하지만 만약 눈 속에서 사냥꾼이 발자국을 발견하고 개를 풀어 쫓는다면, 우리를 찾아낼 수 있었다.

긴장감이 점점 더 커졌다. 전투와 생존 수업에서 퓨마 사냥철은 10월에서 3월까지라고 배웠다. 우리를 쏘기 위해서는 그저 면허만 있으면 된다. 그리고 그 면허는 아무나 달라고 하면 한 장씩 나눠 준다.

점점 커지는 공포를 억누르며 주위를 둘러보았다. 나는 왜 눈먼 바보처럼 이런 먼 곳까지 나왔을까? 안전한 학교를 뒤로한 채 말이다. 지금쯤이면 아마도 그랜드티턴 국립 공원에서 한참이나 벗어났을 것이다. 신경질적으로 꼬리를 휘둘렀다.

'인간으로 변신해야 하나?'

어쩌면 그게 최선일지도 모른다. 하지만 지금 나는 홀딱 벗고 있었고, 가장 가까운 마을에서도 너무 멀리 떨어져 있었다. 발가벗은 채로 신발도 없이 몇 시간이고 눈 속을 헤맨다면, 내 인간 몸뚱이는 꽁꽁 얼어 버릴 것이다.

차라리 퓨마의 모습으로 여길 벗어나는 편이 나을 것 같았다.

27

사냥개들과 사냥꾼

가장 먼저 한 일은, 옆으로 펄쩍 뛰어서 가던 길에서 벗어나 방향을 바꾸는 것이었다.

'이렇게 하면 저 멍청이들이 흔적을 놓칠지도 몰라.'

개들은 좋은 코를 가지고 있지만, 다행히 머릿속에 든 건 별로 없었다.

방향을 확인하기 위해 잠시 하늘을 보았다. 학교는 너무 멀리 있었다. 내가 밤새도록 싸돌아다녔기 때문이다. 차라리 국립 공원으로 가는 게 나을 것 같았다. 그러기 위해서는 계곡으로 내려가야만 했다. 나는 걸음을 재촉해서 발밑으로 흩날리는 눈을 밟으며 성큼성큼 달려갔다. 제법 잘 해내고 있었고, 곧 그 시끄러운 무리를 떨쳐 버릴 수 있을 거라고 믿었다.

하지만 개 짖는 소리는 점점 가까워지는 것 같았다. 이제 놈들이 나를 사냥하고 있다는 것은 의심할 여지가 없었다.

'얼마나 오랫동안 도망친 거지?'

들리는 소리로 미뤄 볼 때 아직 몇 킬로미터 떨어져 있었지만, 개들은 놀랍도록 빠른 속도로 따라잡고 있었다. 개들이 계속해서 내 흔적을 쫓는 동안, 나는 긴장된 마음으로 소리에 귀를 기울였다.

'인간들과 함께 있는 걸까?'

수업 시간에 배운 바로는 사냥꾼은 대부분 걸어 다니고, 사냥개를 따라잡기까지 몇 시간이 걸린다고 했다. 하지만 어떤 사냥꾼들은 모터 스키처럼 보이는 시끄럽고 냄새가 진동하는 스노모빌을 타고 따라온다고 했다. 달리는 동안 계속 귀를 기울였고, 분명히 스노모빌 소리가 들린다고 확신할 수 있었다.

두 그루의 전나무 사이로 툭 튀어나와 있는 바위 뒤에 누군가가 지어 놓은 작은 통나무집을 찾아냈다. 굴뚝에서 연기가 나지는 않았지만, 안에 누군가가 있을 수도 있었다. 만약 등산하다가 길을 잃었다고 하면, 나를 도와줄 친절한 사람이 있지 않을까? 물론 발가벗은 상태라 창피할 거고 좀 이상해 보일 테지만, 그래서 뭐? 중요한 건 이 위험에서 벗어나는 거였다.

변신은 쉽지 않았다. 나는 깊은숨을 들이마셨다. 아주 깊이! 그리고 이번에도 역시 변신에 성공했다. 인간의 손을 들어 문을 두드렸다. 답이 없었다. 신경질적으로 문손잡이를 흔들고, 낡고 갈라진 나무문을 두들겼다. 하지만 문은 잠겨 있었다! 상황이 좋지 않았다. 나는 계속 도망쳐야만 했다.

퓨마의 모습으로 돌아온 나는 슬그머니 그 자리를 떠났다. 소리는 내지 않았지만, 안타깝게도 발자국까지 없앨 수는 없었다. 빌어먹을 눈에 찍힌 발자국 하나하나가 나를 배신할 것이다!

그렇지만 방금 전 아주 쉽게 퓨마의 모습으로 돌아왔다는 사실이 매우 자랑스러웠다. 시험에 상관없이, 브리저 선생님은 나에게 아주 좋은 비법 몇 가지를 가르쳐 주었다.

자랑스러운 기분은 곧 어디론가 사라져 버렸다. 사냥개들은 점점 더 가까워지고 있었고, 그들과 나 사이의 거리는 무서운 속도로 줄어들고 있었다. 이대로 가다가는 사냥개들이 나를 발견하기까지 채 30분도 안 걸릴 것이다. 몸을 숨겨 줄 안개 따위는 없었다. 대신에 저 높이 창백한 푸른 하늘이 끝없이 펼쳐져 있었다. 사냥하는 인간들에게는 그야말로 완벽한 날씨였다.

바로 그때, 사냥개들이 머뭇거리는 소리가 들렸다. 사냥개들의 소리가 바뀌었다. '*널 잡는다.*' 대신, 자기들끼리 서로 의견을 나누는 것 같았다. 아하! 개들은 지금 내가 폴짝 뛰어서 흔적을 헷갈리게 만든 지점에 도착했다. 나는 숨을 참았다.

'*너희에게는 기회가 없어. 그냥 잊어버려. 나는 이미 사라졌어.*'

이 말을 사냥개들의 머릿속에 속삭이려고 애썼지만 별 도움은 되지 않았다.

잠시 후 사냥개들은 내 흔적을 다시 찾아냈고, 자기들만의 노래를 다시 부르기 시작했다. 이 추잡한 생물들에겐 나를 사냥하는 것이 그저 재미있는 놀이일 뿐이었다.

이제 다음 속임수를 사용할 시간이었다. 나는 진흙으로 가득 찬 아주 깊은 도랑을 찾아냈다. 아주 기다랗고, 가늘고, 거대한 이쑤시개처럼 쭉 뻗은 소나무 한 그루가 도랑을 비스듬히 가로지르며 쓰러져 있었다. 완벽했다.

조금도 힘들이지 않고 우아하게 그 위를 건너갔다. 다른 고양이들처럼 나도 균형을 아주 잘 잡았다. 이제 개들이 어떻게 할지를 지켜볼 시간이었다. 나는 전망 좋은 곳에 배를 깔고 엎드려 기다렸다.

사냥개 무리의 우두머리로 보이는 갈색 개가 쓰러진 나무 앞에서 머뭇거리며 낑낑댔다. 그 개는 사냥감이 나무를 지나간 냄새를 맡았지만, 똑같이 하고 싶은 마음은 없어 보였다. 하지만 어쩔 수 없이 위험을 무릅쓰고 나무 위로 올랐고, 다른 사냥개 세 마리가 그 뒤를 따랐다. 갈색 우두머리 개가 나무줄기 위로 어색하게 몇 걸음 걸었다. 그 즉시 한쪽 뒷다리가 쭉 미끄러졌고, 잠시 그 다리와 엉덩이가 마치 새로운 춤을 배우는 것처럼 허공에서 이리저리 흔들렸다. 그러다가 울부짖는 소리와 함께 균형을 잃고 반쯤 얼어붙은 늪 속으로 철퍼덕 빠져 버렸다. 그 개가 다시 반대편으로 빠져나오기까지는 시간이 좀 걸릴 것 같았다.

나는 가르랑거리며 다음 광대가 무대에 등장하기를 기다렸다. 갈색과 검은색이 섞인 두 번째 개 역시 동료보다 더 멀리 가지는 못했다. 하지만 한바탕 공중제비를 도는 데는 성공했다. 세 번째 개는 그만큼 멋진 모습을 보여 주지는 못했지만, 엎드려서 살금살금 기어가다가 나무에서 떨어지는 과일처럼 철퍼덕 떨어지는 유쾌한 모습을 보여 주었다.

네 번째 개만 유일하게 나무를 건너는 데 성공했다. 비록 엄청나게 훌쩍이고 낑낑대긴 했지만.

막 자리를 뜨려던 찰나, 스노모빌이 엄청난 속도로 달려오는 게 보였다. 이곳에 속도 제한은 없지만, 경고 표지판 같은 게 있었다면 도움이 되었을 것이다.

'저런.'

스노모빌이 깊고 질척거리는 도랑으로 추락하기 직전에 총을 든 남자가 비명을 지르며 일어나 옆으로 몸을 던졌다. 사냥꾼은 도랑을 미처 보지 못한 게 틀림없었다.

이 모든 장면이 아무리 우스꽝스럽더라도 나는 여전히 위험한 상황에 놓여 있었기 때문에, 이제는 다시 거리를 벌려야 할 때였다. 보폭을 넓혀서 계곡을 향해 질주했다. 얼마 지나지 않아 뒤에서 개 짖는 소리가 다시 들렸을 때는 큰 충격을 받았다. 진흙을 뒤집어쓰고도 개들은 내 흔적을 끈질기게 쫓아왔다.

이제 바람에 온 신경을 집중했다. 몸을 숨겨야 한다는 생각은 버렸다. 어떤 등산객이 나를 보고 역대급으로 놀라든 말든, 인생 사진을 찍든 말든, 더 이상 중요한 문제가 아니었다. 한편으로는, 잊으려고 노력했지만 밀링 씨가 했던 말이 계속 생각났다. 자신의 아내와 딸이 어떻게 죽어서 사냥꾼의 전리품이 되었는지를. 나는 전리품 따위는 되고 싶지 않았다! 누군가의 거실 벽에 내 털가죽이 걸린다는 상상만으로도 속이 메스꺼웠다.

'내 송곳니를 뽑아서 펜던트를 만들까? 그리고 나를 어떻게 잡았는지를 자랑스럽게 떠벌릴까?'

개들이 점점 더 가까워지고 있었다. 공포가 날카로운 발톱으로 내 배를 마구 후벼 팠다. 예전의 나는 이런 상황에 대해 어떻게 생각했더라? '야생에서 실수의 대가는 대부분 죽음이다.'라고 했던가? 밤새도록 무작정 도망친 게 얼마나 머저리 같은 짓이었는지 깨달았다. 만약 내가 지금 총에 맞는다면, 그건 인간의 잘못만이 아니라 내 잘못이기도 했다. 브랜든과 홀리를 데려오기만 했어도! 어쩌면 그 애들이 어떻게든 나를 도와줄 방법을 찾았을지도 모른다. 아마 우리 셋이서 함께였다면 기회가 있었을 것이다.

'도와줘!'

누구든 들을 수 있는 이에게 내 생각이 닿기를 바라며, 조용히 울부짖었다. 하지만 아무런 대답이 없었다. 이 근처에는 우드워커가 없었고, 우리 학교에서는 너무 멀리 떨어져 있었다.

'아빠는 쫓길 때 어떻게 한다고 했지? 조금만 더 주의 깊게 들었더라면!'

대신 나는 브리저 선생님의 수업을 열심히 들었고, 선생님의 조언 중 하나가 지금 막 머릿속에 떠올랐다.

'만약 개에게 쫓기고 있다면, 강으로 인도해라!'

그래, 계곡에는 강이 흐르고 있고, 약간의 운이 따른다면 강물을 이용해서 개들을 따돌릴 수 있을 것이다. 하지만 문제는 어떻게 강까지 가느냐는 거였다. 안타깝게도 내가 단거리 선수에 가까운 반면, 개들은 놀라운 지구력을 가지고 있었다. 나는 기운이 쑥쑥 빠져나가고 근육의 힘이 점점 줄어들고 있었다. 잠깐씩 숨을 고르기 위해 계속 멈춰야 했다. 나는 숨을 헐떡이고 있었고, 얼굴 앞으로 입김이 구름처럼 피어올랐다. 코끝에 서리가 맺힐 정도로 추운 날씨였다.

'강으로 가야 해, 강으로!'

이 생각이 머릿속을 쾅쾅 울리고 있었고, 어떻게든 억지로라도 계속 앞으로 나아갈 수 있었다. 이미 계곡에 거의 다다랐고, 지금은 빽빽한 솔숲을 달리는 중이었다. 어쩌면 사냥개들은 내가 지쳤다는 걸 감지했거나, 내 보폭이 줄어든 것을 알아차렸거나, 아니면 냄새를 맡았을 것이다. 어느 쪽이든 간에, 사냥개들은 이제 더 크게 짖고 있었다. 그 소음이 귀를 파고들었다.

'널 잡는다! 널 잡는다!'

정말이지 미칠 노릇이었다. 그 소리는 온몸을 스멀스멀 타고 오르는 차가운 공포만큼이나 나를 힘들게 했다.

한 과목에서 낙제했다고, 거지 같은 시험 하나 망쳤다고 누가 신경이나 쓸까? 아니면 내리기 힘든 결정? 그게 뭐라고! 이제 내 목숨이 위태로웠다!

절망적인 마음으로, 학교에서 배운 또 다른 속임수를 시도했다. 그 자리에서 우아하게 몸을 돌린 뒤, 정신을 집중해서 내가 남긴 자취를 따라 되돌아가기 시작했다. 퓨마의 모습을 한 나는 내 앞발이 닿았던 곳에 정확히 뒷발을 놓을 수 있었고, 그건 그다지 어려운 일이 아니었다. 인간이었다면 이 흔적이 뭔가 수상하다는 걸 알아차릴지도 모른다. 하지만 개들의 눈에는 발자국이 갑자기 사라져 버린 것처럼 보일 것이다. 몇 백 미터쯤 가서 이중으로 만든 흔적에서 나무 위로 뛰어오르고, 거기서 다시 바위 위로 뛰어내렸다.

'어디 머리 터지게 고민해 봐라, 이 머저리들아!'

그리고 마침내 강이 보였다. 나무 길이의 절반 정도 되는 폭이었고, 버드나무 수풀이 듬성듬성 자라고 있는 자갈 깔린 강둑이 있었다. 강둑에 가까운 곳은 물살이 비교적 느렸다. 나는 얇게 얼어 있는 얼음을 깨고 강으로 들어갔다.

'정말 강으로 들어가야 하나?'

미치고 팔짝 뛸 노릇이지만 정말로 들어가야 했다. 이 물이 나에게 남은 유일한 기회일지도 모르니까. 내 냄새는 물속에서 사라질 것이고, 아무런 흔적도 남지 않을 것이다. 하지만 혹시라도 사냥개들이 강을 건너는 경우에 대비해 반대편에서 내 흔적을 다시 찾기 어렵게 만들어야 했다.

나는 끔찍한 강물 속으로 걸어 들어갔다. 가끔 가족들과 함께 강을 건넜기 때문에, 내가 헤엄칠 수 있다는 걸 알고 있었다. 심지어 미아 누나는 헤엄치는 게 재밌다고도 했다. 젖은 털도 전혀 찝찝해하지 않았다.

'그러니 헤엄을 쳐야 해!'

물은 얼음장처럼 차가웠고, 물에 들어가자마자 몸이 서서히 굳기 시작했다. 흠뻑 젖어 무거워진 털은 자꾸만 몸을 아래로 끌어당겼다.

필사적으로 발을 저으면서 수면 위로 계속 머리를 내밀고 있으려고 했다. 하지만 거센 물살이 몸을 잡아당겨서 자꾸만 하류로 떠내려갔다. 나는 저항하지 않았다. 똑바로 강을 건너 반대편에서 계속 도망가는 건 바보 같은 짓이었다. 사냥개들과 수영 시합을 하는 게 목적이 아니라, 사냥개들을 따돌리는 게 목적이었으니까. 하류 쪽으로 내려가 강에서 멀어지는 게 가장 좋은 방법일 것이다. 가능하다면 내 흔적이 잘 드러나지 않게 바위가 많은 곳으로.

'아니면 차라리 강을 건너지 말고 같은 쪽으로 나갈까?'

사냥개들은 그건 예상하지 못할 게 분명했다.

'저기다!'

건너편 강둑에 적당한 장소가 보였다. 발을 더 열심히 저어 강둑에 있는 널따란 바위 위로 몸을 밀어 올렸다. 하지만 그 바위에는 물이끼가 너무 두껍게 덮여 있어서, 발이 쭉 미끄러지며 다시 강물에 빠져 버렸다. 순간 머리가 물속에 가라앉으면서 귀에 물이 들어갔다.

'살려 줘!'

물에 빠져 죽는 게 총에 맞아 죽는 것보다 정말 나을까?

하지만 나는 빠져 죽지 않았다. 발이 본능적으로 계속 움직였고, 나는 다시 수면 위로 올라와 숨을 몰아쉬었다. 얼마 지나지 않아 다시 뭍으로 기어 올라가 개처럼 온몸을 털었다. 단지 털만 젖었을 뿐, 안쪽 피부까지 다 젖은 건 아니었기 때문에 큰 도움이 되었다. 그래도 배에는 곧 고드름이 매달릴 게 틀림없었다.

내가 늦지 않게 물에 뛰어들었다는 걸 알 수 있었다. 개들이 벌써 반대편 강둑에 도착해서 짖는 소리를 들을 수 있었다. 약간의 운이 더 따른다면, 넓은 강폭 때문에 사냥개들의 발이 잠시 묶일 것이다. 그리고 인간들은 스노모빌을 타고 강을 건널 방법이 없었다.

'하하, 쌤통이다!'

사냥꾼은 되돌아가서 가장 가까운 다리를 찾아야 할 거고, 그렇게 하려면 시간이 꽤 걸릴 것이다.

마지막 남은 힘을 다해 덤불 속을 빠져나갔다. 휴식이 간절히 필요했지만, 혹시라도 개들이 다시 내 흔적을 찾을까 봐 잠시도 쉴 수가 없었다.

물론 저 멍청이들이 절대 그럴 리 없겠지만.

28

죽느냐 사느냐의 문제

뒤에서 캥캥거리던 사냥개들의 소리가 이제 점점 멀어지고 있었다. 숨을 깊이 들이마시며 잠시 멈춰 서서 주위를 둘러보았다. 왼쪽 발이 아팠지만 무시했다. 여기서 국립 공원이 시작되는 곳까지는 겨우 몇 킬로미터밖에 남지 않았고, 그 정도는 갈 수 있을 것 같았다. 아니, 어떻게든 가야만 했다. 친구들 중 하나가 갑자기 덤불에서 뛰쳐나와 "놀랐지?"라고 외치며 날 도와주지 않을 게 분명했기 때문이다. 내가 어디에 있는지 아는 사람은 아무도 없었다. 홀리, 브랜든, 도리안은 아마 아직 자고 있을 것이다. 시험이 끝난 다음 날은 하루를 꼬박 쉴 수 있다고 했다. 아니면 친구들은 아침을 먹으러 가는 길일 것이다. 내가 얼마나 멀리 떨어져 있는지, 혹은 어떤 곤경에 처해 있는지도 모른 채.

'계속 가야 해, 더 서둘러야 해.'

이제 곧 나는 안전해질 것이다. 그러면 푹 쉬다가 나중에 사냥꾼이 포기하면 학교로 돌아가면 된다. 인간들은 낮에 사냥하니까 밤이 될 때까지 기다리는 게 가장 좋은 방법이었다.

'어어, 잠깐만.'

내 귀를 믿을 수가 없었다. 개들이 짖는 소리가 다시 커졌다. 개들도 강을 헤엄쳐서 건넜고, 결국 내 흔적을 찾는 데도 성공했나 보다!

'이건 말도 안 돼!'

다시 전력 질주하기 위한 힘을 몸 깊은 곳에서 끌어모았다. 더는 숨이 안 쉬어질 때까지 달렸지만, 국립 공원까지는 아직도 거리가 조금 남아 있었다. 게다가 이 사냥꾼이 규칙을 지킬 거라고 누가 장담할 수 있을까? 산악 경비대가 모든 장소를 지킬 수도 없고, 국립 공원에서의 밀렵 행위를 감시하는 사람도 없을 것이다.

이제 선택의 여지가 없었다. 인간으로 변신해서 개들을 놀라게 해야 했다! 개들은 인간에게 익숙하지만, 그건 사냥감으로서가 아니다. 인간은 개들의 주인이다. 만약 그 주인 중 하나가 옷도 입지 않은 채로 나타나 혼쭐을 낸다면, 아마 사냥개들은 추격전의 열기를 가라앉히고 물러날 것이다. 이번이 마지막 기회였다. 이 방법이 통하지 않으면 꼼짝없이 죽고 만다.

숨이 턱턱 막히고, 탈진 직전의 옆구리는 부들부들 떨렸다.

어차피 이젠 달릴 힘도 남아 있지 않았다.

'팀북투.'

나지막이 속삭이며 모래색 머리카락과 녹색이 감도는 금색 눈동자의 소년이 된 내 모습을 상상했다. 마지막 희망을 가지고, 몸이 찌릿찌릿해지를 기다렸다.

'팀북투!'

아무 일도 일어나지 않았다.

공포에 질려 휘두른 발톱이 숲 바닥에 길게 고랑을 만들었다.

'왜 또 통하지 않는 거지? 이런 올빼미 똥 같은! 안 되면 나더러 어쩌라고! 난 죽고 싶지 않다고!'

인간의 모습이었다면 소리를 지르며 대성통곡을 했을 테지만, 퓨마의 모습으로는 그저 날카롭게 야옹거리는 수밖에 없었다. 브리저 선생님이 옳았다. 죽음의 공포를 느끼는 순간, 내 마법의 단어는 아무 소용이 없었다!

그리고 이제 사냥개 네 마리가 눈앞에 나타났다. 개들은 귀를 펄럭이며, 입을 크게 벌리고 달려왔다. 그 무엇도 사냥을 갈망하는 이 개들의 순수한 욕망을 막을 수는 없었다. 침을 질질 흘리고 있는 주둥이 위로 뜨거운 숨결이 연기처럼 피어올랐다. 개들은 나를 처음 봤을 때 미친 듯이 울부짖었다. 다행히 사냥꾼은 아직 보이지 않았다. 하지만 최대한 빨리 달려올 것이고, 사냥감을 찾아 헤맬 필요도 없었다. 사냥개 중 두 마리의 목걸이에 송신기가 달려 있었다.

사냥개들에게 맞서며 미친 듯이 발을 휘둘러 위협했다.

'이 쪼그라든 늑대들아! 저리 꺼져!'

되는 대로 욕설을 퍼부으며, 가까이 오면 죽여 버리겠다고 협박했다. 하지만 사냥개는 넷이었고, 나는 혼자였다. 개들은 사납게 짖으며 나를 에워싸고 사방에서 공격했다. 그중 한 마리를 앞발로 후려치자, 그 녀석은 덤불 속으로 데굴데굴 굴러갔다. 또 다른 녀석은 귀를 피범벅으로 만들어 줬다. 그 녀석은 한동안 낑낑거리며 뒤로 물러나 있다가 다시 싸움에 뛰어들었다.

그때 갑자기 머릿속에서 고함 소리가 들려왔다.

'카락!'

누군가가 내 이름을 부르고 있었다. 바로 그 순간, 커다란 검은 새 두 마리가 하늘에서 쏜살같이 내려왔다. 그 새들이 누군지 단번에 알아보았다.

'섀도! 윙!'

마음이 탁 놓여 소리를 질렀다.

'쟤들이 어떻게 나를 찾았지?'

'곤란한 상황인 것 같은데, 맞아?'

윙이 물으며, 부리를 쭉 뻗은 채 개 한 마리에게 돌진했다. 개는 깜짝 놀라서 몸을 움찔했다. 섀도는 또 다른 개의 등에 갈고리 같은 발톱을 걸고 부리로 사납게 쪼아 댔다. 그 개는 제자리에서 빙빙 돌면서, 날개를 퍼덕이며 균형을 잡고 있는 내 까마귀 친구를 뿌리치려고 안간힘을 썼다. 마치 로데오 같아 보였다.

'역시 넷을 상대하긴 힘들겠는데.'

윙이 말하며 위로 날아올랐다.

'내가 가서 도움을 요청할게.'

'그래, 빨랑 갔다 와.'

그렇게 말하며 섀도는 올라타고 있던 개의 털을 신나게 한 줌 뜯어냈다.

'힘내, 카락! 놈들에게 지옥을 선사해 주라고!'

하지만 안타깝게도 사냥개들은 힘이 펄펄 넘쳤고, 나는 완전히 녹초가 돼 있었다. 섀도의 도움에도 불구하고, 내가 개들에게 선사해 줄 수 있는 지옥은 문도 제대로 열리지 않았다. 그리고 학교에서 지원군이 오는 데는 시간이 걸릴 게 분명했다. 결국 포기하고 가까운 나무 위로 올라갔다. 개들은 나무 위까지 따라올 수 없으니까 나도 좀 쉴 수 있었다.

섀도가 날아와서 내 옆의 나뭇가지에 앉았다. 섀도는 부리로 나를 조심스레 어루만지며 자세히 살펴보았다.

'와, 카락, 너 완전 엉망진창이 됐구나. 우린 사냥개들을 먼저 봤어. 근데 네가 거기 있지 뭐야.'

'고마워.'

내 모든 진심을 담아서 말했다.

'나를 찾아 줘서 고마워.'

새도는 고개를 한쪽으로 갸웃한 채 반짝거리는 검은 눈으로 나를 바라보았다.

'고맙긴. 비행단 전체가 수색에 나섰어. 당연히 클리어워터 교장 선생님이 매의 눈으로 가장 먼저 널 찾아냈을 테지만, 지금 다른 지역을 수색 중이거든.'

새도는 개들을 내려다보더니, 부리로 나무껍질을 쪼았다.

'여기 있으면 안 돼. 너무 위험해.'

'나도 알아. 잠깐 쉬었다가 다시 변신해 볼 거야.'

사냥꾼들은 사냥개가 퓨마를 나무 위로 몰고 갔다고 생각할 테니까, 총을 쏘기까지는 잠시 여유가 있을 것이다. 아무리 늦어도 사냥꾼이 오는 소리를 듣는 순간 여기서 도망쳐야 했다.

'아마도 그 신호는 스노모빌 소리겠지.'

하지만 그때쯤이면 인간의 모습으로 변신할 수 있을 거라 생각하며 잠시 눈을 감고 호흡에 집중했다. 그리고 브리저 선생님과 함께 수없이 연습했던, 마음을 가라앉히는 공식을 계속 반복했다. 학생 식당과 알록달록한 러그가 깔려 있는 내 방, 그리고 교실에서 편하게 쉬고 있는 내 모습을 상상했다.

맥박이 점점 느려졌다. 마법의 단어를 읊을 때는 약간 찌릿찌릿했다. 이번에는 분명히…….

'조심해!'

새도의 날카로운 외침이 머릿속을 뚫고 들어왔고, 이어서 까마귀가 날아가는 소리가 들렸다.

그리고 '탕' 총성이 울렸다.

눈을 번쩍 뜨고 고개를 이리저리 휙휙 돌렸다. 고개를 너무 빨리 돌린 탓에 눈 덮인 숲이 흐릿하게 보였다. 그리고 그곳에 사냥꾼이 있었다. 두꺼운 위장 재킷을 입은 땅딸막한 남자였다. 그런데 스노모빌이 없었다! 아마 도랑에서 꺼내지 못한 것 같았다.

이제 나는 나무 위에 갇혔다. 만약 지금 당장 뭔가를 하지 않으면…….

'당장 뛰어내려!'

나무 꼭대기 위를 날면서 나를 내려다보던 새도가 소리쳤다.

'안 그러면 사냥꾼이 널 죽일 거야! 뛰어내려, 어서!'

얼른 주변을 살펴보았다. 앞쪽에 가파른 비탈이 있었다. 내 몸의 뼈 마디마디가 부러진다고 해도, 그곳을 내려가야만 했다. 결심을 굳힌 나는 온몸에 힘을 주고 뒷다리를 몸 아래로 끌어당겼다…….

타앙! 두 번째 총성이 울렸다. 이번에는 내가 맞았다는 걸 알 수 있었다. 총에 맞은 몸이 옆으로 밀려났지만, 나뭇가지에 발톱을 깊이 박아 넣으며 떨어지지 않으려고 버텼다. 처음에는 등 부분이 마비되는 것 같았고, 곧 타는 듯한 통증이 온몸을 훑고 지나갔다. 하지만 어느 때보다도 힘껏 뛰어올랐다. 목숨을 건 단 한 번의 도약으로, 나는 개들과 사냥꾼의 머리를 넘어 덤불 위로 날아갔다.

만약 인간의 모습이었다면 나무에서 떨어졌을 때 다시는 일어나지 못했겠지만, 나는 인간이 아니었다. 날렵하고 거칠고 강인한 퓨마였고, 야생에서 살아남는 데 익숙했다. 반쯤은 구르고, 반쯤은 뛰며 비탈을 내려갔다. 잠시 동안은 사냥꾼을 따돌릴 수 있을 것이다. 사냥꾼이 나를 따라오려면 밧줄을 써야 하고, 개들은 다른 길을 찾아야만 한다.

'카락, 괜찮아?'

섀도가 걱정스럽게 물었다.

'다친 거야?'

'그런 것 같아.'

자꾸만 몽롱해지는 정신을 다잡으려고 안간힘을 써야 했다.

'언제쯤 우릴 구하러 올까?'

'잘 모르겠어.'

섀도의 대답에 기운이 하나도 없었다. 학교에서 지원군이 오려면 시간이 꽤 오래 걸린다는 것을 섀도 역시 나만큼이나 잘 알고 있었다.

'아마 그때쯤이면 나는 이미 죽었을 거야.'

향나무를 찾아야 했다! 냄새의 비법을 사용한다면 인간으로 변신할 수 있을지도 모른다. 전에는 대부분 효과가 있었다. 하지만 지금 내 상태는 그때보다 훨씬 나빴다. 총에 맞으면 멀리 갈 수 없을 거라는 사실을 사냥꾼은 정확히 알고 있었다. 사냥꾼이 나를 끝장내려면, 그저 날 찾아내기만 하면 되는 일이었다.

'포기하지 마, 카락! 포기하지 말라고!'

섀도가 내 머리 위를 맴돌며 격려했지만, 해 줄 수 있는 일은 아무것도 없었다.

제정신이 아닌 상태로 사시나무 숲을 비틀거리며 걸어가는데, 피가 털을 축축이 적시는 게 느껴졌다. 너무 고통스러워서 몸에 남아 있던 힘이 모조리 빠져나갔다. 당장이라도 쓰러질 것 같았다. 그리고 이 저주받은 숲 어디에도 향나무는 없는 것 같았다.

'향나무가 필요해. 향나무 좀 찾아 줘!'

섀도를 향해 텔레파시를 보내며, 내가 그 냄새를 맡고 변신하는 간절한 바람을 함께 실어 보냈다. 이렇게 하는 편이 말로 설명하는 것보다 빨랐다.

'내 생각엔 산에서만 자라는 거 같아.'

섀도의 대답은 나만큼이나 절박하게 들렸다.

'아니면 솔숲에는 있을지도 몰라. 조금 더 갈 수 있겠어?'

'모르겠어.'

마지막 힘을 다해, 날 구해 줄 거라고 믿었던 강에서부터 간신히 멀어져 갔다. 그때 다시 개들이 짖는 소리가 들렸다. 개들은 혼란에 빠져 신경질적으로 짖고 있었다. 내 흔적을 열심히 쫓아올 때처럼 명확하고 우렁차지는 않았지만, 무서울 정도로 가까이에서 들렸다.

드러눕고 싶었다. 이제 그만 쉬고 싶고, 다 포기하고 싶었다.

아니! 그럴 순 없었다! 난 아직 죽지 않았다!'

'찾았어!'

새도가 외쳤다.

'카락, 향나무가 보여. 이쪽이야, 어서!'

최대한 빠르게 새도가 가리킨 방향을 향해 절뚝거리며 걸어갔다. 두리번거리며 냄새를 맡았지만 아무것도 찾지 못했다. 그러다가 마침내 발견했다. 밝은 파란색 열매가 달린 짙은 초록색의 작은 가시덤불이었다. 덤불 속으로 곧장 몸을 던지자 잔가지 몇 개가 부러지며 알싸한 냄새가 코를 찔렀다.

'팀북투!'

소년의 모습으로 교실에 앉아 있는 내 모습을 상상하며 마음속으로 외쳤다. 거의 즉시 몸이 찌릿찌릿해지면서 변하기 시작했다. 나는 안도감에 흐느꼈고, 얼굴이 눈물 콧물로 범벅이 되었다. 총에 맞은 상처는 참을 수 없을 정도로 화끈거렸고 추위에 몸이 덜덜 떨렸지만, 어쨌든 다시 인간이 되었다. 인간의 손을 들어 손가락을 펼쳐 보았다. 길고 하얀 손가락에서 눈을 뗄

수가 없었다.

손으로 인간의 얼굴을 쓸어내렸다. 내 작은 코, 내 입술, 내 이마……. 새도가 오로지 까마귀만 낼 수 있는 거칠고 쉰 목소리로 내 머릿속에서 환호하는 걸 들을 수 있었다.

'이제 얼마든지 와 봐라, 사냥개 놈들아!'

그리고 정말로 사냥개들이 왔다. 코를 땅에 처박고 숲을 가로지르며 달려오다가, 고개를 들어 사냥감을 확인하는 순간…… 그대로 얼어붙어 버렸다. 난 이보다 더 어리둥절해 보이는 개를 본 적이 없었다. 사냥개들은 분명 고양이를 쫓아왔다. 매혹적인 피 냄새를 풍기는 아주 멋지고 커다란 고양이를……. 그런데 갑자기 눈앞에 주인 중 하나가 잔뜩 화난 채로 그들을 노려보며 서 있었다.

옅은 회색 몸통에 검은 점박이 무늬가 있고 귀가 축 늘어진 사냥개 한 마리가 날 올려다보며 머뭇머뭇 꼬리를 흔들었다. 다른 사냥개들은 혼란스러운 듯 다가와 냄새를 맡았다. 무리의 우두머리는 나에게 무언가 수상한 점이 있다고 여기고, 나를 향해 으르렁거렸다.

나는 최대한 커 보이도록 몸을 곧게 펴고, 허리에 손을 올린 채 소리쳤다.

"꺼져, 이 멍청한 놈들아! 네놈들한테 줄 건 아무것도 없어! 길이나 확 잃어버려라, 이 구린내 나는 놈들아!"

네 마리 중 한 마리가 꼬리를 숨기고 주춤주춤 물러났다. 갈색 우두머리는 놀라서 펄쩍 뛰었지만, 으르렁대는 걸 멈추지 않았다. 하지만 발밑에 흩어져 있는 나뭇가지를 집어 던지자, 날 계속 괴롭힐 의지를 잃은 듯했다. 옅은 회색 사냥개는 눈치껏 행동했다. 간식을 주거나 쓰다듬어 줄 필요도 없었다. 그 개는 몸을 돌리고 땅에서 뭔가 특별히 찾는 것도 없으면서 코를 박고 킁킁거렸다. 분노한 까마귀가 하늘에서 폭탄처럼 떨어져 내렸을 때조차, 그 개는 코를 박고 있었다.

나는 피를 흘리면서 절뚝절뚝 숲을 통과했다.

'사냥꾼이 개들을 찾아내는 데 시간이 좀 오래 걸리면 좋겠는데…….'

섀도는 머리 위에서 맴돌며 길을 인도해 주었고, 한 번도 나에게서 눈을 떼지 않았다.

'저기 온다!'

자동차 엔진 소리가 들리기도 전에 섀도가 외쳤다. 그리고 마침내 학교의 낡은 소형 트럭이 눈앞에 나타났다. 트럭은 끼익 소리를 내며 내 옆에 멈춰 섰다.

문이 벌컥 열리고, 브리저 선생님이 경악한 표정으로 뛰어나와 나를 향해 달려왔다.

"카락!"

선생님이 재빨리 나를 잡아 준 건 정말로 다행이었다. 그러지 않았더라면 나는 바닥에 쓰러져 코가 깨졌을 것이다.

브리저 선생님과 말릴라 선생님이 담요로 나를 감싸서 뒷좌석에 눕혔다. 누군가가 내 팔에 주사를 놓았다. 그리고 다른 누군가가 총알에 스친 상처에 대해 뭐라고 말했다.

"걱정할 거 없어, 카락."

브리저 선생님의 목소리가 들렸다.

"금방 학교 보건실로 데려다줄게. 넌 괜찮을 거야."

'집.'

의식을 잃기 전에 마지막으로 든 생각이었다.

'나는 살아 있고, 곧 집에 갈 거야.'

29

스파이의 정체

잠에서 깨어났을 땐 섬뜩할 정도로 주변이 조용했다. 눈을 뜨지 않고 손가락을 움직여 봤다. 그런 다음 발가락도. 전부 다 제대로 움직이는 걸 확인하고 안도의 숨을 내쉬었다. 동상에 걸리지도 않았고, 내 몸의 한 부분이 사냥꾼의 전리품이 되지도 않았다. 비록 등이 죽을 것같이 욱신거리긴 했지만, 총알이 스쳐 지나갔으니 이만한 게 다행이었다.

'설마 내가 총에 맞을 줄이야.'

솔직히 그 사냥꾼이 대단한 명사수가 아니어서 다행이었다고 할 수밖에 없었다. 하지만 그 올빼미 똥 같은 놈 때문에 당분간 엎드려서 자야 했다.

'왜 이렇게 좋은 냄새가 나지?'

어쩐지 군침이 도는 냄새였다. 평소 보건실에서 맡을 수 있는 냄새는 아니었다. 코를 벌름거리다가 눈을 떴다. 그리고 충격을 받았다.

내 침대 옆 의자에 루 엘우드가 앉아 있었다!

"꼭 전설 속의 용이나 뭐 그런 걸 본 것 같은 표정으로 나를 보고 있네."

루가 말했다. 하지만 기분이 상한 것 같지는 않았다. 그보다는 좀 당황스러워 보였다.

"그건 내 탓이겠지. 그동안 너한테 친절하게 대한 적이 없잖아, 안 그래?"

고개를 끄덕여야 할지, 아니면 가로저어야 할지 알 수 없었다. 그래서 루를 더 잘 볼 수 있도록 고개를 옆으로 돌렸다.

"넌 그냥 퓨마로 태어났을 뿐인데. 그러니까 네가 무슨 죄라도 지은 것처럼 대하지 말았어야 했어."

루가 바닥을 내려다보자 긴 흑갈색 머리카락이 앞으로 흘러내리며 두 뺨을 가렸다.

"넌 단 한 번도 친절하지 않은 적이 없었는데……. 이제부턴 나도 너한테 친절히 대할게."

'루가 나에게 사과를 하다니!'

이건 너무나 멋진 일이다! 혀 위에 달콤한 초콜릿 아이스크림을 얹어 놓은 것 같았다. 아니, 초콜릿 아이스크림보다 열 배는 더 좋았다. 총에 맞아 드러누워 있는 것도 나쁜 점만 있는 건 아니었다. 그러지 않았다면 루는 아마 나에게 이런 말을 하지 않았을 테니까.

"너한테 하고 싶은 말이 있어."

루가 말을 이었다. 놀랍게도 루의 얼굴이 붉어졌다. 루가 재빠른 손놀림으로 머리카락을 뒤로 넘겼다.

"어제 네가 학교를 떠나고 나서…… 해가 뜰 무렵이랑 그 뒤로도, 계속 나쁜 예감이 들었어. 왜 그런지는 잘 모르겠어. 하지만 어쨌든 너한테 뭔가 문제가 생겼다는 걸 알았어."

해가 뜰 무렵이라면 개들이 내 흔적을 발견하고 나를 사냥하기 시작했을 때였다.

'루가 그걸 느꼈다고?'

마음이 사르르 녹아내렸다. 그건 불쾌한 느낌과는 거리가 아주 멀었다.

"그때 나는 위험에 처해 있었어."

난 부드러운 목소리로 말했다.

"그래, 위험! 내가 느꼈던 게 바로 그거야."

루의 목소리도 부드러웠다.

'설마 루가 나를 좋아하는 걸까? 제발 누가 나 좀 꼬집어 줘!'

사실이라고 믿기엔 너무나 꿈 같은 일이었다.

"네 시험을 지켜보던 그 남자 말이야…… 어떤 사람이야?"

"후원자 비슷한 사람이야. 이름은 앤드루 밀링이고. 어마어마한 부자고, 막강한 권력을 가지고 있어. 그런데 나는 그 사람이 두려워. 밀링 씨는 내가 자기를 도와주길 바라지만, 난 그렇게 하고 싶지 않아."

"그 사람이 두렵다면, 진지하게 생각해 봐야 해."

마침내 루가 고개를 들며 말했다. 루는 사려 깊은 표정으로 말을 이었다.

"우리가 인간보다 본능이 뛰어나다는 걸 너도 잘 알잖아."

나는 한숨을 내쉬었다.

"하지만 내가 싫다고 하면…… 그 사람은 분명 화를 낼 거야. 그리고 나는 큰 기회를 놓치겠지."

재빨리 루에게 밀링 씨가 제안했던 것을 말해 주었다.

"알겠어."

루가 아랫입술을 깨물며 내 얼굴을 똑바로 바라보았다.

"넌 그 사람의 어떤 점이 두려운 거야?"

"그 사람의 마음은 증오로 가득 차 있어. 밀링 씨는 모든 인간을 증오해."

루는 한참을 생각하고 나서 입을 열었다.

"네가 싫다고 말한다면 그건 옳은 일을 하는 거야. 만약 그 사람이 너를 그렇게 압박한다면, 그 사람을 믿으면 안 돼. 어쩌면 약속을 지킬 생각이 전혀 없을 수도 있고, 네 가족을 찾지 못할 수도 있어."

"그건 맞아."

고마운 마음으로 루를 바라보았다. 루는 밀링 씨가 얼마나 막강한 권력과 재물을 가졌는지 전혀 관심 없는, 내가 아는 두 번째 사람이었다. 그리고 밀링 씨가 소유한 사업체와 회사 제트기, 수영장이 몇 개나 되는지도 말이다.

우리는 한참 동안 이야기를 나눴다. 시간이 얼마나 흘렀을까, 문이 열리고 클리어워터 교장 선생님이 들어왔다. 루는 그 즉시 앉은 자세를 바로 했다.

"안녕하세요, 클리어워터 교장 선생님."

루는 살짝 당황하며 인사하고는 곧바로 달아나 버렸다. 교장 선생님은 세상에서 가장 아름다운 와피티 소녀의 온기를 아직 품고 있는 의자를 물려받았다. 교장 선생님이 나를 보며 미소를 지었다.

"점점 나아지고 있는 모습을 보니 기쁘구나, 카락. 기분은 좀 어떠니?"

"꼭 누구한테 제대로 맞은 것 같아요."

사실대로 고백하자 엄격하고 투명하던 교장 선생님의 표정에 그늘이 드리워졌다.

"혹시라도 궁금해할까 봐 말하는 건데, 브라이트아이 선생님에게는 징계 조치를 했어. 시험 도중에 널 다치게 해선 안 되는 거였는데……."

"안 돼요!"

나는 다급히 소리쳤다.

"제발, 징계를 거둬 주시면 안 될까요? 브라이트아이 선생님은…… 선생님이 그러지 않았다면 저는 그 시험에서 낙제했을 거예요."

교장 선생님은 깜짝 놀란 얼굴로 나를 바라보았다.

"하지만 그 일 때문에 도망친 거 아니었니?"

나는 격렬하게 고개를 저었다.

"그래, 좋아. 그런 거라면 징계는 거둬들이마. 그럼 이제 정말로 무슨 일이 있었던 건지 말해 주렴. 우린 모두 네 걱정으로 정신이 하나도 없었어. 열 명도 넘는 선생님들과 학생들이 널 찾으러 밖으로 나갔고."

내가 어떻게 쫓기다가 구조되었는지를 모조리 이야기하자, 교장 선생님의 표정이 아주 신중해졌다.

"모든 걸 제대로 했기 때문에 네가 아직도 살아 있는 거야."

교장 선생님이 천천히 말했다.

"물론 즉시 그 나무를 떠났으면 좋았겠지만, 그렇게 잠깐이라도 숨을 돌리지 않았더라면 어차피 멀리 가지 못했겠지."

교장 선생님이 자리에서 일어났다.

"다른 선생님들과 잠깐 의논할 게 있어서 그러는데, 잠시 실례해도 될까?"

'다른 선생님들과 의논할 게 있다고?'

그 말이 정확히 뭘 의미하는지 궁금했다.

교장 선생님이 방을 나가자마자 다시 베개 속으로 파고들었다. 말릴라 선생님이 침대로 와서 날 보며 미소 짓더니, 팔에다 바늘을 찔러 넣고 머리카락을 헝클어뜨렸다.

뭔가 다정한 말을 해 줄 거라고 기대하고 있었는데, 말릴라 선생님은 그저 "머리 좀 감아야겠다. 그렇지?"라고 중얼거리며 침대 옆 탁자에 진통제 몇 알을 올려놓았다.

'좋아, 좋아! 이제 보건 선생님까지 나한테 털 관리법을 알려 주는구나!'

문이 다시 열리고, 교장 선생님이 엘우드 선생님과 함께 들어왔다.

교장 선생님은 기분이 매우 좋아 보였고, 엘우드 선생님은 먹던 수프에서 구더기를 발견하기라도 한 듯한 표정을 짓고 있었다. 그것도 살아서 꿈틀대는 놈으로.

"카락, 너도 이 얘기를 들으면 틀림없이 기뻐할 것 같구나."

교장 선생님이 운을 띄웠다.

"네가 가장 위험한 순간에 다시 인간의 모습으로 변신하는 데 성공한 건 주목할 필요가 있다고 생각해. 심지어 상처를 입은 상태였는데 말이야. 그건 아주 뛰어난 실력이었어. 그래서 우린 네가 중간고사를 통과한 걸로 인정해 주기로 했단다."

엘우드 선생님이 불만스러운 표정으로 고개를 끄덕였다.

"고, 고맙습니다."

나는 더듬거리며 인사했다.

'진짜로? 나도 친구들과 함께 계속 수업을 들을 수 있다고?'

이건 정말로 기뻐할 수밖에 없는 선물이었다. 포장을 뜯을 필요도 없는 선물. 달나라까지 반쯤 날아간 듯한 기분이었다!

그날 하루 동안, 내가 겪은 일을 열두 번도 넘게 반복해서 이야기해야 했다. 홀리, 브랜든, 도리안, 님블, 그리고 다른 많은 친구들이 날 보러 찾아왔다. 물론 내 어둠의 수호천사인 섀도와 윙도.

"너희는 진짜 최고였어! 역대급 항공 구조대였다고!"

내 칭찬에 쌍둥이 까마귀들은 조금 쑥스러워하긴 했지만, 환하게 웃었다.

가장 중요한 건 브리저 선생님도 내 상태를 확인하러 왔다는 것이다.

"이 녀석아, 얼마나 걱정했다고."

브리저 선생님이 한숨을 내쉬며 말했다.

"사냥꾼이 개를 몇 마리나 끌고 왔지?"

"네 마리요. 그리고 총 한 자루와 스노모빌도요."

선생님은 신음을 흘렸다.

"근데 대체 왜 학교에서 도망친 거니? 시험을 망쳐서?"

"꼭 그것 때문만은 아니에요."

"이 녀석아, 네가 거기 그냥 멀뚱멀뚱 서 있는 꼴을 보느니, 확 똥통에다 던져 버리고 싶더라. 얼마든지 할 수 있는데 왜 그러고 있었어!"

선생님의 말에 웃음이 나왔지만, 꼭 해야 하는 얘기가 있어서 금세 다시 진지해졌다.

"브리저 선생님……."

"응?"

"선생님이 가르쳐 준 비법 말이에요, 음…… 그게…… 제 목숨을 구해 준 것 같아요."

브리저 선생님은 쓴웃음을 지으며 짧게 자란 수염을 긁적였다. 선생님의 얼굴에는 털이 엄청 많았다.

"요 몇 주 동안 아침을 늦게 먹은 덕을 톡톡히 봤구나."

나는 고개를 끄덕였다.

"혹시 전화기 좀 가져다주실 수 있나요? 꼭 해야 할 일이 있어서요."

"그럼, 물론이지."

브리저 선생님은 자신의 스마트폰을 건넸다. 이렇게 영광스러울 수가!

"어…… 그리고 제 방에서 가져와야 할 게 있어요. 어디에 있는지 알려 드릴게요."

몇 분 뒤, 브리저 선생님이 밀링 씨의 휴대폰 번호가 적힌 구깃구깃한 명함을 가져왔다. 아직 손가락이 좀 뻣뻣해서, 약간의 노력 끝에 번호를 누를 수 있었다.

"좋아, 나는 이제 나가 있으마."

선생님이 가려고 일어섰다. 하지만 내가 고개를 젓자 선생님은 눈썹을 치켜세우고는 다시 자리에 앉았다. 나는 스피커폰을 켰다. 내가 누구인지 밝히자, 밀링 씨는 나에게 한마디도 할 기회를 주지 않았다.

"네가 작은 모험에서 살아남았다니 너무나도 기쁘구나."

나는 입이 떡 벌어질 정도로 놀랐다. 첫째는 밀링 씨가 무슨 일이 있었는지 이미 알고 있어서였고, 둘째는 밀링 씨가 그걸 '작은 모험'이라고 불렀기 때문이었다.

"음, 맞아요. 근데 대답할 기한을 놓친 것 같아요."

마음을 가라앉히고 최대한 차분하게 말했다.

"그건 괜찮아. 다른 일로 바빴잖니. 하지만 이제 대답을 해 주겠니?"

"좋아요."

숨을 깊이 들이쉬었다.

"제 대답은, '싫다'예요. 저는 아저씨를 돕고 싶지 않아요."

잠시 침묵이 흘렀다.

밀링 씨가 다시 입을 열었을 때, 목소리는 한없이 부드럽고 차가웠다.

"후회할 거다, 카락. 아주 지독하게 후회할 거야. 이 싹수없는 자식아."

밀링 씨가 전화를 뚝 끊었다.

내 얼굴은 분명 하얗게 질렸을 것이다. 브리저 선생님과 나는 잠시 동안 아무 말도 하지 않았다. 잠시 후 브리저 선생님이 으르렁거리듯 말했다.

"넌 아주 용감했다, 카락."

얼굴을 찡그리며 선생님에게 스마트폰을 돌려 드렸다.

"모르겠어요. 어쩌면 이 일 때문에 제대로 곤경에 빠질지도 모르겠네요."

하지만 지금은 그 생각을 하고 싶지 않았다. 그저 얼른 몸이 나아서, 친구들과 함께 우리가 시험을 통과했다는 사실을 축하하고 싶었다. 전 학년을 통틀어 딱 세 명만 진급을 하지 못했고, 그중 한 명은 방학이 끝난 뒤에 우리 학급에서 함께 수업을 들을 예정이었다.

기진맥진한 채 다시 침대에 몸을 파묻었다. 천장의 불빛 주위를 왱왱거리며 돌아다니는 파리 한 마리를 제외하면, 방 안은 너무나도 고요했다. 브리저 선생님이 날 혼자 두고 방을 나가며 조용히 방문을 닫는 소리가 들렸다. 맑은 공기가 들어올 수 있도록 창문은 조금 열어 놓았다.

'어, 잠깐만.'

브리저 선생님이 떠났는데도 방 안에 여전히 변신족이 있는 듯한 느낌이 들었다.

'그런 일이 가능할까?'

아주아주 약한 느낌이었지만, 학교에서 보낸 시간은 내 본능을 날카롭게 다듬어 주었다. 이 변신족은 아마도 아주 작은 생물일 것이다. 어쩌면 후아니타일지도 모른다.

'아니면 2학년의 개미 변신족인가? 하지만 보건실에서 뭘 하는 거지?'

그때 퍼뜩 떠오르는 생각이 있었다.

'파리!'

그 즉시 퍼즐 조각이 맞춰졌다. 모든 초식 동물이 으레 그렇듯, 브랜든의 머리 주위에는 항상 파리가 윙윙거리고 있었다. 어느 순간부터 난 파리에 대한 관심을 끊었다.

'멍청하긴!'

게다가 항상 다른 변신족이 근처에 있었기 때문에, 아무것도 감지하지 못했다. 브랜든이 날 배신한 게 아니었다. 스파이는 브랜든의 원치 않는 동반자 중 하나였다! 브랜든과 나는 워낙 자주 어울렸기 때문에, 이 스파이 파리는 내가 뭘 했는지를 밀링 씨에게 거의 다 보고할 수 있었다.

'내 의심이 틀리지 않는다면 말이지.'

침대에서 몸을 일으켜 세면대로 가는 시늉을 하다가, 마지막 순간에 재빨리 방향을 틀어 창문으로 달려가 있는 힘껏 쾅 닫아 버렸다.

파리는 당황했다.

미친 듯이 왱왱거리며 탈출구를 찾으려 했지만 헛수고였다.

"브리저 선생님!"

있는 힘껏 소리를 질렀다.

"말릴라 선생님! 얼른요!"

코요테는 청력이 뛰어났고, 아마 브리저 선생님은 그리 멀리 가지 않았을 터였다. 선생님들이 서둘러 방 안으로 뛰어 들어왔다.

"문 닫아요, 얼른요!"

소리를 지르며 파리를 가리켰다.

"저 녀석이 스파이인 것 같아요."

두 사람 모두 웃지 않았고, 필요 없는 질문을 하지도 않았다.

브리저 선생님은 파리를 쳐다보며 자신의 본능에 귀를 기울였다.

"네 말이 맞아, 우드워커야! 남성인 것 같은데…… 이곳 학생은 아니야. 이건 아주 심각한 일이구나. 가서 교장 선생님을 불러오마. 그리고 혹시라도 이 남자가 문제를 일으킬지도 모르니 브라이트아이 선생님도 데려와야겠다."

얼마 지나지 않아 교장 선생님은 날카로운 시선으로 천장을 노려보고 있었다. 파리는 문이 열리자마자 도망치려고 했지만 실패했다. 그리고 지금은 천장에 달린 전등 구석으로 기어 들어가 버렸다.

"도망치려는 생각이라면 접는 게 좋아."

교장 선생님이 차갑게 말하며, 바닥에 담요를 깔았다.

"당장 변신해. 안 그러면 다른 방법을 써야 하니까."

'다른 방법이라면…… 무슨?'

머릿속에서 어떤 목소리가 물었다.

스파이가 처음으로 입을 열었다!

"파리채."

말릴라 선생님이 험악한 표정으로 팔짱을 끼며 말했다.

교장 선생님의 눈썹이 꿈틀댔지만, 반박하지는 않았다.

잠시 뒤, 우리 앞에는 창백하고 다소 마른 체형의 젊은 남자가 담요를 두른 채 반항적인 표정으로 우리를 노려보고 있었다.

"당신들은 나한테서 아무것도 알아내지 못할 거야. 그렇게만 알아 둬."

남자가 말했다.

"여기서 뭘 하고 있었지?"

브라이트아이 선생님이 질문했다.

"누가 보낸 거야?"

하지만 스파이는 대답하지 않았다.

내 머리가 번개 같은 속도로 돌아가기 시작했다.

'학교 안팎에 저 파리 말고도 스파이가 더 있을 거야.'

브랜든이 잠을 자다가 처음으로 변신했던 날, 무언가가 우리 방 창문 밖에서 허둥지둥 달아났다. 그건 아마도 파리가 알아낸 최신 소식을 밀링 씨에게 가져다주려는 전달자였는지도 모른다.

"또 누가 여기서 스파이 노릇을 하고 있죠?"

파리 변신족에게 물었다. 하지만 남자는 이번에도 역시 못 들은 척했다.

"저 남자를 여기 가둬 둘 수는 없어요."

교장 선생님이 말했다.

"그리고 만약 침입자로 경찰에 넘긴다면, 파리로 변신해서 날아가 버릴 거고요."

젊은 남자가 능글맞게 웃었다.

브리저 선생님과 브라이트아이 선생님, 그리고 교장 선생님이 밤새도록 그 남자에게서 뭔가를 알아내려고 갖은 애를 다 썼지만, 결국 선생님들은 그 남자의 사진을 찍고 지문을 채취한 뒤에 풀어 줄 수밖에 없었다.

우리가 밀링 씨의 가장 중요한 스파이를 찾아낸 걸까? 아니면 이 남자는 그저 많고 많은 스파이 중 하나일 뿐일까?

이틀 뒤, 학생들이 크리스마스 휴가를 즐기러 떠나기 직전에 멋진 종강 파티가 열렸다. 말릴라 선생님이 나에게 무슨 약을 썼는지는 모르겠지만, 어쨌든 효과가 있었다. 나는 다시 일어날 수 있었고, 종강 파티에 참석해도 된다고 허락을 받았다.

교장 선생님은 우리가 학교 지하실을 사용할 수 있도록 허락했고, 다른 학생들은 모두 지하에 있는 두 개의 빈방과 복도를 파티장으로 꾸미느라 열심히 땀을 흘렸다. 나는 파티장을 둘러보며 감탄했다.

"어때? 다들 제정신이 아닌 것 같지?"

홀리가 말했다.

"완전!"

벽과 모서리를 솜뭉치로 만든 구름으로 장식하고 그 사이로 반짝이는 전구가 달린 긴 줄을 통과시켜서, 보고 있으면 하늘 위를 떠다니는 느낌이 들었다. 사탕과 다른 맛있는 주전부리들이 천장과 벽에 매달려 있어서, 누구든 먹고 싶을 때 가서 톡 따다 먹을 수 있었다. 목마른 사람들을 위해서는 오렌지 시나몬 펀치(과일즙에 설탕, 알코올 따위를 섞은 음료)가 담긴 커다란 그릇이 준비되어 있었는데, 그릇 아래쪽에 손전등 불빛을 비춰서 마치 떠오르는 태양처럼 보이게 해 놓았다. 맛있어 보이는 음식들이 줄줄이 놓인 탁자도 두 개나 있었다. 닭 날개 구이 냄새가 내 코를 반겨 주었고, 2학년 수달 변신족이 연어 애피타이저 요리를 막 가져오고 있었다.

늑대들은 여느 때처럼 유행에 민감한 옷차림으로 음식을 보며 탐욕스럽게 눈을 번뜩이고 있었다.

“제프랑 그 패거리 좀 봐. 자기들이 전부 다 먹어 치우려는 것 같아.”

난 브랜든의 귓가에 속삭였다. 하지만 브랜든은 이미 다른 탁자에 놓인 구운 채소와 월귤 타르트, 밀싹 셰이크에 눈이 돌아가 있었다.

파티장은 점점 더 붐비기 시작했다. 몇몇 학생들은 인간의 모습으로 왔지만, 스컹크 소년 리로이가 흑백 털가죽 차림으로 뒤뚱뒤뚱 돌아다니는 모습도 보였다. 도리안은 졸업생들이 예전에 벼룩시장에서 사다 놓은 낡은 소파 위에서 발톱을 날카롭게 다듬느라 여념이 없었고, 2학년의 한 여우 변신족은 작은 햄 롤을 입에 던져 넣느라 바빴다.

루를 본 순간 무릎에 힘이 풀렸다. 루는 짧고 반짝거리는 녹색 드레스를 입고 있었는데, 불빛이 줄지어 루의 어깨를 감싸고 있어서 마치 보름달처럼 아름다워 보였다.

하지만 홀리한테는 굳이 이 말을 하지 않았다. 그랬다가는 몇 시간 동안 놀려 댈 게 뻔했기 때문이다.

파티는 천천히 진행되었다. 님블이 키보드로 힘차게 곡을 연주하고, 그 옆에서는 3학년 여학생이 마치 드럼을 혼내 주고 싶은 것처럼 세게 두드려 댔다. 넬은 형형색색의 스티커로 뒤덮인 일렉트릭 기타를 연주했다. 점점 더 많은 학생이 춤을 추기 시작했다. 다람쥐의 모습을 한 홀리는 공 모양 피칸 과자를 집으려고 장식 사이를 기어 올라갔다가, 닭 다리를 야금야금 먹어 치우는 내 어깨 위로 올라와 음악에 맞춰 춤을 췄다. 그러더니 내 귀를 잡아당기기 시작했다.

'너도 춤춰!'

홀리가 명령했다.

'넌 진짜 재미있는 걸 놓치고 있는 거라고!'

"난 춤을 어떻게 추는지 몰라!"

'아무도 신경 안 써.'

홀리가 소리치더니, 더 미친 듯이 춤을 췄다.

"내가 다쳤다는 걸 잊지 마!"

'어휴, 엄살은!'

그래서 나도 아주 살짝 뛰어다녔는데, 결국 나에게도 도움이 되었다. 왜냐하면 줄곧 마음속에서 떠나지 않던 밀링 씨의 위협을 그 덕분에 잠시나마 잊을 수 있었기 때문이다. 깡충깡충 뛰면서 동시에 닭 다리를 먹는다는 것은 사실 그다지 영리한 행동은 아니었기 때문에, 나중에 해치우려고 바지 주머니에 잘 넣어 두었다. 주머니는 인간의 놀라운 발명품 중 하나다. 물건을 가지고 다닐 수 있다니, 얼마나 훌륭한가!

제프와 클리프, 기분 전환 삼아 드레스를 입고 온 티카니, 그리고 보가 나를 지켜보고 있다는 것을 알아차렸을 때, 나는 정말로 춤을 즐기고 있었다.

'어어, 이거 불길한데.'

그 녀석들은 마치 무언가를 꾸미고 있는 듯이 보였다. 아마도 늑대들은 거의 모든 사람들이 내 얘기만 하고, 자기들에겐 관심을 주지 않는다는 사실에 화가 났을 것이다. 녀석들이 다른 학생들 앞으로 온 크리스마스 선물을 셀 수 없을 정도로 많이 가로챘는데도 말이다.

나 역시 곁눈질로 그 녀석들을 지켜보기 시작했다. 제프가 금발에 푸른 눈을 지닌 베타 늑대 클리프에게 뭔가를 속삭이는 모습이 보였다. 클리프는 눈에 띄지 않게 움직이기 시작했고, 춤을 추면서 나에게 점점 더 가까이 다가왔다.

'좋아, 뭘 하려는 건데?'

공격이 시작되기 몇 초 전에야 나는 녀석들이 뭘 하려는지 깨달았다. 리로이가 스컹크의 모습으로 내 발치에서 춤을 추고 있었다.

'그거였구나!'

늑대들이 나에게 악취 폭탄을 날리려는 것이다!

클리프는 우리에게 거의 다가왔고, 나에게 일부러 부딪치려고 했다. 하지만 난 번개처럼 빠르게 옆으로 비켜섰고, 균형을 잃은 클리프는 실수로 불쌍한 리로이의 옆구리에 발차기를 날렸다. 리로이는 분노에 찬 비명을 지르며 검은색과 흰색 털이 덥수룩하게 난 꼬리를 치켜들고 시원하게 한 방 뿜었다.

"아아악! 얼굴이 썩는 것 같아!"

클리프는 두 손으로 얼굴을 감싸고 구르다가, 비틀거리며 지하실을 가로질렀다. 정말 순식간에 클리프 주위가 텅 비었기 때문에, 클리프는 아무런 방해도 받지 않고 어디든 갈 수 있었다. 믿을 수 없을 정도로 엄청난 악취였다! 썩은 고기 반, 똥 반 같았다!

"우웩!"

클리프가 비틀비틀 걸어오자 염소 소녀 비올라가 헛구역질을 하며 재빨리 자리를 피했다.

"가까이 오지 마!"

"여기서 얼른 꺼져, 늑대!"

최근에 학생회장이 된 3학년의 사슴 변신족 이든이 명령했다.

"네 파티는 끝났어. 얼른 가서 샤워해."

"하지만 나도…… 파티를 정말……."

클리프가 구슬프게 울부짖었다.

'안타깝지만, 샤워를 해 봤자 별로 도움은 안 될 거야.'

리로이는 전혀 안타까워하는 것 같지 않았다.

'근데 뭐, 걱정하지 마. 며칠이면 냄새가 가실 테니까.'

제프는 있는 대로 얼굴을 구기며 날 죽일 듯이 노려보더니, 친구의 팔을 잡았다.

"이리 와, 이 바보야! 티카니, 보, 가자!"

완전히 흥분한 홀리는 펀치가 들어 있는 그릇에 퐁당 뛰어들더니, 마치 주황색 수영장이라도 되는 것처럼 첨벙거리며 헤엄을 쳤다. 어쩐지 그건 홀리에게 좋은 선택이 아니었던 것 같다. 목덜미를 붙잡아 밖으로 끌어내자, 홀딱 젖은 홀리가 펀치 방울을 뚝뚝 떨어뜨리며 고래고래 노래를 했다.

오늘 밤, 내 친구 미친 고양이가

바닐라 박쥐를 삼킬 거야!

노래는 계속되었고, 갈수록 듣기 힘들어졌다.

아무도 다람쥐 맛 펀치를 마시고 싶어 하지 않았다. 브랜든만 빼고. 브랜든은 들소로 변신해서 그릇에 주둥이를 처박고 한 방울도 남김없이 꿀꺽꿀꺽 마셔 버렸다.

난 텅 빈 펀치 그릇을 머리에 뒤집어쓰고, 벽에서 초콜릿 사탕 하나를 땄다. 물론 삶은 완벽하지 않고, 나에게는 처음으로 정말 위험한 적이 생겼다. 하지만 지금 이 순간만큼은 행복했다. 왜냐하면 난 옳은 일을 했고, 지난 몇 주 동안 많은 것들이 명확해졌기 때문이다.

나는 인간이 아니었고, 앞으로도 인간이 될 수 없을 것이다.

하지만 그게 그렇게 나쁘지는 않았다.

왜냐하면 우드워커로 산다는 것은 환상적이고 기똥차게 재미있는 일이기 때문이다!

〈2권에서 계속〉